LUMINAIRE

光启

守望思想　逐光启航

周颖琪 著

车辚辚野事记

上海人民出版社

LUMINAIRE BOOKS
光启书局

目录

第二章　夏

第三章　秋

序 像野狗一样生活

　　2018年元旦，一辆依维柯载着我的所有家当，迎着新年的朝阳，从热闹的上海市内老社区来到了外环线以外的车墩镇。下了高速，搬家师傅问我要过路费，我这才反应过来，这回是真的出了城了。

　　车墩镇没有通地铁，不过有一条金山铁路可以直达，其实还算方便。但此前我根本没听说过这样一个地方，倒是去金山玩过好几次，在当时还没开始填海的金山边滩观鸟。从上海南站到金山卫站，一共七站，有一次路过其间的车墩站时，看到外面的景象挺有意思，就临时起意蹦下了车。这里很快吸引了我：火车站门口就有一大片荒地，成群的家燕在荒地里的水塘上飞来飞去；在一户人家房前的树上，我惊喜地发现了一个蜂窝。我想，如果住在这里，在家门口就可以观鸟、观虫。于是，我暗自给这个第一次来的地方投了一张赞成票。

刚搬来时，新家里什么都没有。没有床，我就把褥子铺在地上，这样打了一阵子地铺。没有窗帘，早上太阳出来，我就跟着亮光醒过来。感觉到也许没有什么东西是必要的，所以新家在物质上完善得很慢。后来，渐渐地，我费劲地自行组装了一张床，把沉甸甸的床垫推上去，找师傅来打了窗帘杆的孔，精心挑选了自己喜欢的桌椅……但家里的东西还远远没配齐，人就迫不及待地开始往外跑了。

　　于是一到周末，我便开始了钻林子、拉野屎、翻墙头和看云观鸟的生活。

　　车墩镇位于上海松江区的边缘，走两步就能去闵行；我住的小区也位于镇上社区的边缘，走两步就能进村。村子延伸到黄浦江的边缘，交织的水道划出了一块块稻田、经济林、荒地，还有一条条铁路和一排排民房。我住在这里起初也像个边缘人，但没过两年就融进去了。

　　车墩镇只有五个社区，稀少的人口带动不了房价的上涨；村子足足有十六个，东到女儿泾，西至大张泾，南到黄浦江，北接进出口加工区，但以车墩火车站和经济园区为两个中心向外辐射，有的村子已经消失，有的村子正在越拆越小，也有的村子依然人丁兴旺。在城市发展的夹缝中，车墩镇的乡村难得还保留着不少乡间野趣。

　　我开始用自己的脚和自行车的车轮丈量这块地方，记录在这里看到的野生鸟类（截至2023年5月13日，车墩镇共记录到鸟类114种）、哺乳动物（4种）、野花（93种）和昆虫。这几年来，似乎没有在这里发现除了我以外的第二个自然观察爱好者。不过，独自去发现、探索和观察带来的愉悦感，很难说还有什么东西比得上。

不久，我的配偶小狮子加入了我的乡下生活。对他来说，除了少座能爬的山，这里一切都好。他比我更调皮一点，敢于走看起来显然不太靠谱的小桥，喜欢挑衅村里的狗或者回应村里狗的挑衅，更是经常在我"不行""不能""不要"的边缘疯狂试探，让我一次又一次重新刷新了自己去野外的边界。不过，他也很喜欢留在家里做一颗"沙发土豆"。

要说车墩镇有什么吸引我的地方，我还真有点一下子说不出来，也许什么都没有，也许是所有的一切。那些走过一遍又一遍的路，还是能让我一遍又一遍地沉浸其中。去村里遛弯的时候，经常不觉已到了吃饭时间，接到小狮子的电话问我在哪里，结果还在离家较远的地方，我答马上就回，但其实走走停停，也要过很久。有时候，我吃完早饭便出去逛，逛到不舍得回家吃午饭，直到太阳落山才返程，最后一顿当作两顿吃。

要说人们对乡下生活有什么刻板印象，那一定少不了

"岁月静好""田园牧歌""清新脱俗"之类的字眼。实际上，就拿车墩镇来说，静的确是静了不少，少了很多车声和人声，多了一些飞机和火车的声音；田倒也有不少，只不过种田无非是关乎工作和挣钱；清新是真不太清新，俗是真的很俗，晾在电线上的大裤衩在穿堂风中旋转跳跃，被抛弃的充气娃娃秃着头躺在小水沟里，白花花的大屁股蹲在小树林里拉屎。

这正是真正的乡下。不去抱有太多幻想，反倒发现处处都是趣味。本以为他者是俗人，到头来发现你我本质上哪有那么多差别，不过是俗得半斤八两。

很长时间以来，我都觉得车墩镇的"墩"字土里土气，直到有一位鸟友开始把这里昵称为"车墩墩"。两个"墩"字，憨厚可爱。

一开始，我去村里遛弯时穿得板板正正，衣服弄脏了也会洗。渐渐地，衣服不换了，蓬头垢面也不管了。为了方便在地上爬，几乎永远穿着一条耐磨的老牛仔裤。冬天的风吹得冷了，就用手背擦鼻涕。头发塞在帽子里，拧巴成好几绺，贴在脑门上。有人可能会觉得，噫——邋遢！我觉得，挺自由。

一开始，我只看鸟，不太看别的，更不想看见人。渐渐地，也顺便看鸟吃什么，看鸟住什么，看鸟干什么。从鸟开始，慢慢也看虫、看花、看天、看水、看火车、看船。时间一长，发现万物皆可观察。鸟不再是一部分被独立出来的观察对象，而是属于一个巨大整体中的小小一角。人作为其中不可或缺的一部分，不再被排除在外。于是我开始重新看人。

看人跟看鸟一样，遇到一些行为和现象，以前很容易想当然，觉得他们这样那样做，一定就是因为这样那样的理由。慢慢从观鸟学到了"大胆假设、小心求证"，继而发现人的事情可能也需要这样谨慎地去观察和对待。和野生动物的多样性一样，人的多样性也丰富得超乎想象。

时不时有朋友跟我聊起在大城市的归属感。我觉得归属感是可以后天获得的：去观察一片叶子、一只鸟，观察一座公园、一条街道，用眼睛去看，心里就会打开一扇窗。

本以为乡下生活有点隐居和与世隔绝的意思，回过头来才发现，反而是城市很"出世"，乡野才是真的"入世"。城市里的人不需要和任何人发生任何联系，回到各自的房间把门一关，大家都能活得好好的。而乡下生活没有那么便利，人和人之间会更多地产生一些交集，也必须产生一些交集。本来想像一条野狗一样活着，在田野里撒欢、乱吠，却发现"狗"起来了，才真正成为了一个"人"。

这本书里的乡下，或许灰头土脸，或许怪里怪气，但只要上海的乡村还在，它们就依然会是这座国际化大都市的一个真实侧面。欢迎每位打开这本书的读者，来到车墩墩的乡野世界。

车墩墩八大怪

荒地里面丢垃圾，到处是浴缸。

铁路边上搞养殖，有人养鸵鸟。

小树林里练乐器，属唢呐最响。

骑车能跨一条江，走松浦大桥。

枕木不去垫铁轨，小水沟上当野桥。

铁路旁边建墓园，祖宗八辈都嫌吵。

湖塘河海都要蹲，最服就是钓鱼佬。

说是闵行够不着，说是松江有点绕。

第一章

春

钻林子

我有一个没太跟人说起的秘密。

刚搬来车墩墩的时候，最先开始探索的是汇北支路一带的林地。密密麻麻的水杉林里，有一小片没长多高的水杉苗，大都不及腰，蜘蛛在树苗之间拉起了很多网。跨过这些树苗和蜘蛛网，往深处走，左手边豁然开朗，一小片开阔地里，突兀地冒出几丛鲜艳的红花。

这些花不是虞美人或者别的，而是罂粟，一共种了两片。有的已经结果了，一个个顶着青绿色的圆脑袋。那些果实干枯发黄以后，摇一摇，里面的种子就会沙沙响。在我的童年记忆里，有大人给过我这个东西，我把玩了好久。

这片罂粟正好种在小树林的中心，想必平时不会有人进来。我有一种不小心闯了禁区的感觉，赶紧默默退出去，生怕被罂粟的主人发现。后来托一位在市区的熟悉植物的朋友帮忙报了警，那片地方短时间内我也没再去过。

很长一段时间里，我去村里活动的时候都用帽子和魔术巾把自己裹得严严实实，生怕给充满好奇心、喜欢死盯着陌生人的村民留下什么印象和面貌特征。用望远镜远远地看到有人进来林间小路，我就会钻进林子躲起来，或者从另一头钻出去。这期间，见过来小树林拍打戏的剧组，见过来遛画眉并颇有诱捕鸟类之嫌疑的大叔，见过练习弹弓并号称只会打树的光头，见过抓喜鹊的青年，见过穿白色羽绒服的女子冲进树林使劲踢着地上的枯枝落叶，见过系着头巾的大妈挥舞着菜刀砍小树枝，见过许多人突然钻进小树林然后提着裤腰带出来。

　　谁知道每一个钻进小树林的人是要干什么呢？

豆荚爆弹

2月，小狮子从黄山出差回来，给我带了个小礼物。

我拿到手一看，是一段山上捡来的灰不溜秋的豆荚，表面毛茸茸的，硬得像石头一样，砸也砸不开，摔也摔不散。

问了问熟悉植物的朋友，说可能是紫藤。

我一边心想，好家伙，自然爱好者就这么好打发吗，我喜欢捡的是松塔！一边又觉得这条豆荚有点意思。我在两种心情之间不上不下的，就把豆荚搁在了厨房的角落。

这一搁就过去了将近三个月，我几乎要忘了它的存在。

一个宁静的午后，我正躺在沙发上小睡。突然，厨房里传来一声巨响，像是有人开了一枪。我很淡定地等睡够了之后才起来去查看，没想到是那个豆荚炸了开来，一片还在原来的厨房台面上，另一片夹带着一些种子飞了出去，躺在地上。

豆荚依然硬得像石头一样，但随着种子和时机的成熟，两片豆荚各自呈螺旋形扭曲了起来，因此沿着接缝处炸开，把豆子也弹射了出去。一、二、三、四、五，一共五颗种子，其中三颗完成了从厨房一角飞越到另一角的伟大旅行。

种子的旅行确实很神奇。

比如长着一对小"翅膀"的槭树种子，它是如此有趣，在公园和小区里随处可见。捡一个拿起来，举高，手一松，就能看到它们旋转着飘落。这种果实叫翅果。枫杨的翅果"翅膀"像一对兔子耳朵，在树上的时候一串一串地聚集在一起，落在地上能铺成一片松软的毯子。榆树的果实也是翅果，就是大家俗称的"榆钱"，"翅膀"是圆圆扁扁的一片。村里的榆树实在是很少，我在墓地旁边找到一棵，暗自欣赏了很久。喜树的翅果聚成一把，每一片都很像一根有点扁平的迷你小香蕉，拿"一串"在手心里，非常喜人。还有我喜欢的松塔，里面也藏着翅果，一颗种子带一片小"翅膀"，躲在那许多鳞片的缝隙里。它们还没准备好的时候，鳞片严丝合缝地紧闭着；等时机成熟了，种子们才会被放出来。一个已经离开松树、失去了生命的松塔，依然会随着湿度的改变，重复着合上和张开的机械运动。

除了"弹射"和"飞翔"，还有一些穿过村里荒草丛时常常在身上发现的喜欢"搭便车"的种子：窃衣的球形小果实上长满了密集的小钩刺；最喜欢钩在裤子和袜子上的鬼针草果实，顶上那几根芒刺经常会戳得人有点疼；还有童年记忆中可爱的苍耳，果实是个长满倒钩的小椭圆球，但它在上海却有点少见，这些年竟然只在农田边见过几株而已。

这条紫藤豆荚既然误打误撞"旅行"到了我家，我便拿了里面的一颗种子在花箱里种下，不知道来年会不会长出紫藤。

充气娃娃

在村里不同的地方散步的时候，至少碰到过四个废弃的充气娃娃。

它们大都躺在水渠边上，位于不怎么深的位置，可以想象它们的主人在夜深人静时匆匆来丢弃的样子。乡村中青年男性的性生活状态，由此也可以窥见冰山一角。

它们都是一副很骇人的样子。因为放了气，粉红色的塑料皮身子皱巴巴地堆叠在一起，粘着泥巴。还保留着形状的则是头和手，头部可以看出并不怎么精致的五官和散乱的"头发"（通常还能看出外边一层发丝的黏合线，以及内部光秃秃的头顶）。

一开始难免觉着这些人形的东西阴森森的，后来也就习惯了。一次次经过的时候，还可以观察它们因为风和雨逐渐改变形状的样子。

有那么一次，从两片松林之间穿过，偶遇一团松树下的充气娃娃。从它身边经过时，娃娃突然"哇"地叫了一声。我顿时吓得魂都飞了，盯着娃娃的侧脸，有半分钟都没敢再动弹一下。

好在我内心还是相信科学的。想来那时正是蛙类开始变得活跃的时节，水沟里肯定躲着不少。而充气娃娃的出现，正好给蛙提供了一个不错的藏身之处。刚才的声音，十有八九就是一声蛙鸣。

散落在小树林里的充气娃娃，很多年都没有变过位置。直到树林被整个掘掉，充气娃娃才随着土方车被运到别处去了。

直到现在，我也还没有见过光鲜亮丽的充气娃娃。

被丢弃在经济林水沟中的充气娃娃

自行车

那天我和小狮子在家里装灯，发现梯子脚上的橡胶套坏掉了，金属戳出来，在地上硌出了二十四个小坑。

我们把梯子翻过来仔细查看，来帮我们修水管的师傅也凑上来看，说，弄点自行车外胎，垫在下面就好了。

我说，好办，我去村里捡个自行车。

过了两天我就去村里捡车。穿过两片农田，很快看到一条沟里倒着一辆自行车。沟里长了草，半个车子都被盖住了。

我急切地冲过去想要扒轮胎，下手一捏，发现硬邦邦的。仔细一看，原来是一辆共享单车，红白配色，很久以前的样式，品牌名字也记不清了，都已经淹没在迭代的洪流里了。

共享单车都是实心胎，用不了。我空着手回去了。

城市的垃圾默默地躺在城市的角落和乡村里。

从金山铁路上海南站开往春申站的途中，会经过一片"单车坟场"。几道破围墙围起来的荒地，里面歪七扭八地躺着大片废弃的共享单车，黄的绿的蓝的红的，都有，很是壮观。我从车窗里看见这个景象的时候，总有点忍不住想拉住周围的人说，快看啊，这么多单车。但是我一扭头，只会看到大家低着头摆弄手机的样子。

坏的和好的共享单车，会出现在村里很多意想不到的地方：即将拆迁荒废的房子里，田间的水沟里，经济林的角落里……不知道把它们骑来的人，是在什么场景下出于什么原因把它们丢弃了。

还有一天，我想弄一辆共享单车来垫脚翻墙，就进到附近一片小树林里晃了晃。没花多大工夫就找到一辆，已经坏掉不能骑了。我把它从樟树林下面的杂草里拖了出来，半扛半拽地拉扯到我拿去垫脚的地方。摆正单车的时候，我才发现自行车杠上有个绿色的小胖家伙 —— 一只即将进入预蛹状态的樟青凤蝶幼虫。看来，单车在林下躺了太久，已经在某种程度上融入周围的环境了。

翻墙头

搬到乡下这些年，渐渐地离"文明"远了。

墙头有点高，我的个子不太矮。但试着翻了以后，才体会到什么是上肢力量不足。

从墙上的脚印来看，别人都是站在高出地面半个身子的井盖上，扒住墙，手一撑，脚再一蹬，就爬上去了。而我不能。

为了翻过那道墙，我吭哧吭哧搬来一辆废弃的共享单车，先踩着单车的车座，把一双白长了那么长的腿搭在墙上，整个身子再扒拉上去 —— 实在是不怎么优雅并且容易引起路人围观的画面。

钓鱼佬笑话我，说，你可以从这边走啊。

然后他示范了一下：沿着墙走到河边，墙在这里断掉了，只朝河水上方凸出来一小块。钓鱼佬把桶放在墙顶上，然后双手环抱着墙边，身子一闪就进去了。只见一双手从墙后面伸出来，把桶拿了去。

我研究了一番，发现墙上有一片黑乎乎的掌印，正是大家拥抱墙壁的时候留下的。我看了看桥下的水，还是转身走向了共享单车。

那辆共享单车，过了几年还放在那里，并且有过几次不同的人根据姿势习惯调整单车位置的痕迹，也许是因为它真的很好用。

在城里的时候，仿佛人的边界感和城市的秩序感都更强。这是我的地盘，那是你的地盘，你不可以侵犯我的地盘，我也不侵犯你的地盘；这里可以进，那里不可以进；这样做不可以，那样做不对。

在乡下，却常常可以看到人们无视和打破这种边界的样子。

要是有一堵墙，必定有人翻，并且还有人在方便的地方架上梯子；要是有铁丝网，必定有人剪坏和掀起一块，从中钻过去；要是有水沟，上面必定有用树桩、木板或是石板搭起的过路小桥。比起规定，在乡下走去哪里更看重的似乎是"意志"。

在城里的时候，我走规定好的路。来到乡下，我发现了许许多多"便道"的存在。我先站在"便道"外面观望，然后试探性地伸头探脑，总是确认好四下无人才钻一钻看看。

虽然走的也是前人的路，但后来熟络起来，稍微不那么遮掩地使用"便道"时，就会注意到，周围也有了别的人观望起来。

他们会不会想到，这是在做对或者不对的事情呢？

认识一位做野生动物保护工作的大哥，出于保护原因用铁丝网围起了小树林中的一片。然而铁丝网却屡屡遭到村里居民的破坏。这位大哥不得已跑到网上去发牢骚：求求村民们，不要再破坏铁丝网了！总是来修补太辛苦了！

一片新拦起来的铁丝网，会让我一声叹息，灰溜溜地扭头离开。但没想到过不了几天，网上就被剪开一个口子，路过的人左右看看，然后纷纷从口子里通过。但再过不了几天（最快的一次记录是一个小时后），铁丝网又会被重新缠绑和加固好。再等等，之后总会有别的什么人从别的什么地方开个口子。整个过程简直像是某种行为艺术。

为了优雅地翻墙头（这是理由之一），我开始认认真真地进行一些锻炼，肉乎乎的胳膊上开始练出黄瓜样的肱二头肌，后来练成了西葫芦样。路过村里的健身器材小广场，我还会停下来去双杠上撑一会儿。和好久不见的朋友出门玩耍，也能炫耀两下熟练翻过矮墙的技巧。

但是只有一开始的那堵高墙，之后依然让我摔过几下，蹭出过几次小伤。没了垫脚的自行车，我甚至都没办法自己一个人翻过去（自行车被人清走过一次，所以有了上文中我又从林子里捡来一辆的"事迹"）。那堵墙成了我心里的一个小坎儿，翻不过去的时候就会生出很多挫败感，仿佛墙的那一头就是自由一样。

古木神社

初春在汇桥村瞎溜达的时候，看到两棵枯树，被一小圈围栏围着，像一圈"结界"，表现出一种村里其他事物身上不常见的疏离感。

围栏开了一个小口，里面有十米不到的石子路，通到树底下，只见树下都有沧桑的石板，有些字迹已无法辨认：

上海市古树名□□□□

银杏树

松江区人民□府

上海市□□□□局

哦，是古银杏树！旁边还有块稍新点的铁牌子，说明了是上海绿化和市容管理局于1986年确认的树龄一百五十年的古银杏树。它们的名字，分别是0394号和0395号。

一百五十年，对一般的树来说算长，对古银杏树来说大概算短，不上不下，尴尴尬尬，像这个边缘地带的小镇一样。

这两棵树在村里实在过于低调，旁边的围栏仿佛为古木保全了最后一点面子。一辆灰扑扑的面包车停在围栏旁，司机的脚搭在中控台上，睡得正香。旁边一位住在村里的大姐正在打理自己的小菜地，并把许多菜叶子整齐地搭在古木的围栏上晾晒，空气中飘浮着一股淡淡的烂菜叶子味儿。

我抬头看看这两棵树，总之就是很枯槁，一脸死相。我问旁边的大姐，树还活着吗？大姐说，啊，这两棵树啊，活着呢，应该再过不久就会长叶子了吧。大姐又问，老是看到有人来看这两棵树，有什么名堂？我说，哦，牌子上说，是一百多年的古树。于是，大姐一边应着"哦"，一边把更多菜叶子搭在围栏上。

我脑子里突然联想到了许许多多信仰万物有灵的文化，暗想：不错！以后就叫这里"古木神社"！应该在这里开展一些封建迷信活动！搞点什么呢？我想了又想，似乎没有什么特别想许愿的东西。要不——就求个病毒退散吧，我默默想道。

银杏树不管人类世界发生了什么，一切如常地，在春天的尾巴冒出新绿，在夏天茂盛，在秋冬之交开始变黄，落了一地白果，又在冬天枯萎。灰扑扑的面包车总在树下，看来是把古树前的一小片空地当成了停车场。古树围栏的栏杆上晒过了菜叶子，还晒过了鞋子和萝卜干。不知道在古树的一百五十多年时间里，当下到底算是怎样的时光。

也许它们在风中低语着：

——啊，今天人类的世界也很热闹呢，0394号。

——是呀，0395号。

铁路

到车墩镇来，最方便的公共交通方式恐怕就是乘坐金山铁路的"小火车"——哎，先别走呀，坐火车其实没有那么可怕。

你看俞塘河桥那头新盖起来的房子，上面挂的大幅宣传语其实说得也不算错——半小时就到徐汇区上海南站了。而"小火车"并不是绿皮火车，有人管它们叫高铁，其实也不对，它们是动车组列车。

得知金山铁路线上运行的和谐号CRH2A型动车组引进自日本的新干线E2型以后，我很震惊。

金山铁路上的火车现在有三种型号，CRH2A是其中最老的一种，就是那种动车组刚开始运行时使用、如今大部分已经被淘汰的型号。里面有一等座车厢和不供餐的餐车，座位列数多，站立空间比较小，现在只用来跑金山铁路上一些非上下班高峰的车次。

还记得第一次坐动车组的时候，惊讶于从秦皇岛到沈阳只需要六个小时。那时候动车的座椅套，就是蓝、紫、黑和紫红色的织花布料。因为先入为主的印象，我还以为这就是经典的动车组形象。

直到坐了很多年金山铁路，才听说CRH2A上的座椅套着两层座椅套。我迫不及待地想探探真假。一天，上了车找到没有人的一排座位，装模作样地安静坐了一会儿，便探出身子，伸手去揭座椅侧面那个用魔术贴粘起来的口子。"刺啦——"一声，动静有点大，赶紧伸头看看有没有引起左邻右舍的注意，然后继续揭开座椅套的一角。

只见紫色花纹的座椅套里面，真的还有一层；置物网兜掀开来，下面也还有一个网兜！两层座椅套的花纹完全一样，只不过外层是织花布料，里层是绒面的。我马上想起了日本列车上很常见的各种花纹的绒面座椅。

只是，为什么要在原有的座椅套外面再套一层？以及，既然做了一层新座椅套，材质都不同了，为什么花纹还是一模一样？这些疑问，并没能被解开。

好奇心得到满足后，我把座椅套的边角扯平，魔术贴粘回去，按压好，坐正。

CRH2A后来又有了"小弟"：头形更短胖的"小海豚"CRH6A，整体风格更像地铁列车，座椅不可调节，没有小桌板，四列座位，站立空间更多，更适合高峰期通勤。

在松浦大桥下的德胜村，我曾经见过一对火车迷父子，一边趴在黄浦江的堤坝上拍CRH6A过江，一边激动地念叨着："这才是真正的城际铁路！"

2019年12月13日，最新的CRH6F型列车正式开始运营。6F和6A乍一看差不多，但6F的车门是对开门，车厢内不再有大件行李架，站立空间的扶手也有点变化。

金山铁路的春申站到上海南站是和国铁共用的线路，因此常常可以看到一些普速客车，比如枣红色的HXD1D电力机车牵引着从厦门还是别的地方过来的经典绿皮硬座和硬卧车。车窗里的乘客胳膊肘搭在窗沿上，撑着下巴，满眼疲惫。

我最初因为对这种方便快捷的火车通勤很有好感而搬来车墩，不知不觉每天坐火车已有好几年，也非常喜欢在车上看书或者看窗外的时光。

车窗外面有很多可以看的东西：喜欢蹲在排水渠旁边的白鹭和夜鹭，喜欢蹲电线的斑鸠和伯劳，长得很像一张怪脸的小屋，还有铁路上蓝色的信号灯和各种标志牌，比如"鸣""断""合"和"禁止双弓"。

认识了一位公交和火车双修的"车迷"后，我才终于明白"禁止双弓"的意思。原来，铁路上方的供电线并不是完整的一根，而是分了很多区段，区段和区段之间有过渡区段。列车行驶到过渡区段，如果车头和车尾的"辫子"（电弓）都保持升起状态，就很有可能不小心接通两个不同的供电区段，造成短路。所以，铁路旁的标志是在提醒司机，不要同时升起两个电弓。

2020年和这位车迷朋友一起组队参加南汇观鸟大赛时，我们就把队伍名字起成了"禁止双弓"。有其他鸟友看到后问，这个名字很有意思，是禁止用弹弓打鸟吗？

后来，我越来越多地开始看村里的火车。金山铁路在从上海南开往金山卫的方向，快要进入车墩站前，会经过一个非常奇怪的小墓园。这个墓园地块的形状和位置都很独特：它是三角形的，夹在金山铁路和闵吴支线货运铁路中间！

拉着集装箱的货运列车，经常临时停在车墩站里。我很喜欢看五颜六色的集装箱和上面的标志：白底蓝星的MAERSK（马士基），让我想到"大卫之星"（但马士基的星星有七个角）；绿色的EVERGREEN（长荣海运），简单粗暴的黑体大字；黄色的MSC（地中海航运），"M"下面有个调皮的小波浪；黄底蓝箭头的Hapag-Lloyd（赫伯罗特）；蓝色的COSCO SHIPPING（中国远洋海运）；红色的TRITON（海神）……

经过车墩镇的闵吴支线上的列车刚好要穿过汇桥村的一片林地，于是我喜欢在那边散步观鸟，等火车来了，就沿着穿过林子的小路狂奔至铁路边，看慢吞吞的内燃机车开过。

最常经过这里的机车有两种：绿皮蓝条、昵称"西瓜"的东风4B货运型内燃机车；红白相间的东风7G型调车内燃机车。在很难看到蒸汽机车的当下，我格外喜欢东风4B，这算是在内燃机车里面相当复古的一种，速度也相当慢。

铁路上的小石子叫"砟"，铺小石子的轨道叫"有砟轨道"。有一小段断头的、已经腐朽了的铺着枕木的轨道，枕木通过"Ω"形的道钉跟铁轨固定在一起。不过，还在跑车的那部分铁轨用的还是混凝土轨枕。铁路旁边有间小屋，上面写着"上建 闵行站 025"，可这里明明还是车墩，是松江。——我想到了，车墩站以前是叫闵行西站。地上扔着一块废弃了的金属牌子，蓝底白字写着"8DZ"，我纠结了好久要不要把它捡回家。

沿着铁路走，会经过汇北路上一处有人看守的道口。道口竖着黑白条纹的细柱子和"小心火车"的标志牌，我很喜欢这个牌子，因为标志上的图案用的还是蒸汽机车。再往前走，会经过申嘉湖高速的高架，再走过一条河（沿着铁轨走就可以过河），大概就进入闵行区马桥镇的地盘了。再往前走一点，就是闵行货运站。那里有很多条轨道，停着很多火车，有很多卸货的门式起重机，旁边有很多物流公司。上海东车辆段闵行列检所也在那里，是铁路工作人员工作的地方。机务段、车务段、工务段、客运段、车辆段、电务段、供电段和通信段，是铁路系统的"八大段"。

小狮子的父亲以前就在煤矿集团的铁运处工作。结婚第一年的春节我去他们家，发现铁路就从社区的街道穿过（可惜被围墙拦住了），围墙上写着"铁路文化一条街"，上面有很多有趣的介绍，包括配砟整形车、捣固车和清筛车这些铁路工程车辆，我看得津津有味。回到家里，小狮子翻出他小时候的照片给我看，他扒在一辆前进型蒸汽机车上，笑得眼睛都没了。我拿着照片翻来覆去地看了好久，又仔细用手机翻拍了照片，羡慕得不得了。

吃饭的时候，小狮子就跟他爸问起，哪里还能看蒸汽机车，他还有没有认识的人可以带我们去看看。可惜时值春节，全民放假，就算有人，哪里还找得到？我问了些问题，表现出对铁路的兴趣，公公就打开了话匣子，从标准轨1435和他当年带的徒弟，滔滔不绝地讲了起来。

春节假期有很多事要办，不过一有空，小狮子就带着我去找火车。我们到了传说中还藏着两辆蒸汽机车的车库门口，探头探脑了半天，最后保安走出来，让我们"通过正规渠道再来"。

不过我们还是去机务段看了内燃机车，那里停着三辆东风4DD，头顶时不时吞吐出来一些黑烟。有一辆空着走了，有一辆拉上货走了，还有一辆停着不动弹。目送开走的那辆驶远后，我在铁轨旁捡了些车上掉下来的小块煤炭，用纸巾包好，小心地收进包里。

我们一直走到那辆停着的机车旁边，才发现司机正趴在里面睡觉。这辆东风4DD的涂装和同型号的一般车辆不一样，浅蓝色和深蓝色相间，是煤矿集团自己的列车，自己的特色涂装。这种车正着开、倒着开都可以，因为司机室外面是有栏杆扶手的露天走廊，没有遮挡，方便司机瞭望。

春节过后，意味着我的生日很快就要到了。小狮子有点狡猾地说，给我准备了惊喜，让我去沙发底下找找。我掀开沙发布一看，是乐高盒子，顿时有点泄气，是他自己想玩乐高嘛！小狮子很是不服气，让我拿出来仔细瞧瞧。我再一看，是个火车，还配了两小盒铁轨！我顿时想到了小时候有多羡慕别人家的火车玩具。小狮子解释说，他在网上找了很久，找不到什么看起来比较精致的火车模型，最后才选了乐高。他很中意这款火车的红黑大轮子，和过去的蒸汽机车一个风格。可是，这款机车顶上有两个硕大的电弓，是电力机车呀！不过我把这些话留在心里没有说。

在家里待着的日子里，时不时能隐隐听到火车鸣笛的声音。每到这时我都会突然直起腰来，心想"是火车来了呀"，便朝铁路的方向（并不能直接看到）望去。

实际上，并不是只有火车会走这条货运铁路。

猫鬼鬼祟祟、小心谨慎地边走边观察。狗冲想上铁路的人叫着，自己却沿着铁轨直往后退。黄鼠狼鲜亮苗条的身影在轨枕的空隙之间忽隐忽现。喜鹊从铁路的左边飞到右边，右边飞到左边。獐子静静地趴在铁路边，直到有人不小心接近才惊得弹射起来，消失在枫香林里，但在雨天时的泥地上留下深深的脚印。

人也会从这里走。比如来铁路边墓园的人们，呼啦啦地从车上下来，穿着白衣，系着黑布，耷拉着脑袋，迈着缓缓的步子，从铁路上跨过去。开荒种地的人，包着头巾，带着工具，匆匆走过，然后一头扎进土地里。还有穿着红色毛呢大衣的女人，穿着军大衣、拎着菜刀的老头，有说有笑的中年夫妇，一前一后的好兄弟……

火车来的时候，道口远远地传来"当当当当当，火车来了，注意安全"的警报声，值班小屋里的人会出来，往道口两边的铁路上张望。火车来了，来得很慢，燃烧不充分的柴油偶尔喷出一股黑烟，开到铁路旁写着"鸣"的标志时或线路附近有人时，司机就会"鸣——"地鸣笛。

火车来的时候，铁路上只有火车，大家都不知道跑到哪里去了。火车走了以后，也不知道大家什么时候又会来。

驶过金山铁路车墩站附近的东风4B内燃机车

汇桥村的平交铁路道口

松浦大桥

　　说起跨黄浦江的大桥，太多了，谁会特别记着松浦大桥呢？如果只在市区和市区周边活动，甚至有可能永远不会经过这里。

　　但是，松浦大桥其实是上海第一座跨黄浦江的大桥，也是第一座可以骑自行车或步行通过的跨江大桥。

　　尽管黄浦江上的天空经常灰蒙蒙的，也挡不住我上桥时那股兴奋劲儿。

　　桥分两层，上层是机动车道，下层可以供行人步行和非机动车通行。从镇上沿着车亭公路（"车亭"的意思是从车墩镇到亭林镇）可以走到上层，穿过桥下得胜村的小路可以进入下层。

　　我很喜欢骑自行车上去，吹吹江风，看着桥下的货船"噗噗噗"地通过，看着旁边铁路桥上的金山铁路小火车飞驰而过，白鹭和夜鹭在江面上跟在货船屁股后面飞来飞去，八哥占领了高大的岸边水杉枝头，红隼从栖木上起飞，跨江去叶榭镇的小树林觅食。

下层的非机动车桥封闭改造了一段时间。改造前桥上只是普通的道路，改造完成后，桥两侧有了行人步行的栈道和休息的长椅，一路上挂起了复古风格的小路灯，显得很新很漂亮。重新开放后，总有人把电瓶车或自行车停下来，静静地在长椅上坐着，或者用各种五花八门的姿势躺下来睡觉。桥上的江风很凉爽，如果不是因为公路和铁路上一阵阵的轰鸣声，在这里睡一觉一定很不错。

然而，我见证到的只是这座大桥历史的最新一小段。它曾经叫黄浦江大桥，还曾经叫过车亭大桥。现在非机动车通行的下层，才是最初的铁路桥（金山铁路现在通行的专用铁路桥是后来另行建造的），是方便金山石化往外运货用的。一直到2015年，桥上都还有守桥兵看守。他们曾经的哨所就在桥下，我散步时见过那些处于半废弃状态的房子，疑似哨所用来养家禽的棚架，两棵有人种下的榕树紧紧地盘绞住了岸边的水杉，雨水在老旧的倒锥壳水塔表面留下了一条条斑驳的痕迹，一处不起眼的小门旁"军事禁区，闲人免进"的字迹早就褪色，得胜村的村民们就在不远处的路旁摆摊卖菜。

站在松浦大桥的下层，可以近距离地看隔壁铁路桥上的客运和货运列车。想想脚下已经被拆除的铁路，惊讶于它没有留下一点痕迹。但是看看人行道这边和火车那边长得颇有几分相似的钢桁架，又会觉得，它们就是兄弟吧！

曾经的哨所不知道什么时候挂了块新牌子，上面写着"上海滨江1号铁路公园筹备工作组"。关键词"铁路公园"引起了我的兴趣，我开始每隔一段时间就去看看进展。经过大半年的时间，桥下的荒地被修整了一番，江边开拓出行人小道，翻过的地铺上了草皮，种上了绣球花之类的观赏植物，不知为什么草坪上还搭起了一个天幕。

从旁边插着的项目公示牌来看，松浦大桥的铁路历史将通过这种方式继续传承。项目计划得很详细，除了科普教育的长廊和广场，似乎还会建酒店、火车餐厅及集市、火车模型商店和文创集市等。我跟车迷朋友聊起这里，认为村里要有一块有特色的滨江绿地了，很是畅想了一番。朋友分析，火车模型商店太小众，一定会倒闭，不过希望公园里至少能弄来个蒸汽火车头。蒸汽火车头——我眼巴巴地盼望着，要是能有，那就好极了。

刚铺上的草皮青一块黄一块的，做工的人一大清早就捏着软管喷水养护。我在江边堤坝上坐着看，想象这个安静的角落以后会变成什么样。

又过了一两个月，不必再想象了——这块地已经迅速完成建设并开始对外营业。那天，我从江边码头前的小路慢悠悠地骑过去，老远就望见桥下有片白花花的东西，走近一看，竟然是一排排挂着小灯的帐篷和天幕。接着发现，老板把这块地周围的路拦起来，设了保安亭和道闸。我从道闸旁边钻进去，目瞪口呆地看着里面：之前整备好的草坪变成了"野奢露营""花式露营"的地盘。原来的守桥兵哨所门前，划出了几排停车位。车子开进来停好，穿瑜伽裤的姐姐妹妹和兄弟们纷纷下车来。站在松浦大桥上，可以看见下面营地里的人站成四角形，互相抛接着飞盘，午饭时间还能闻到户外烧烤的香味。大桥正下方暂时还荒着的小地块，竟养了好几头羊。

在小木棚、天幕和圆木桩组成的包围圈里，原来那块项目公示牌还立着，说着"传承铁路历史"的故事。

獐

骑着自行车穿过金山铁路车墩站旁的桥洞，沿着汇北支路再穿过汇桥村、联庄村和得胜村，就可以骑过松浦大桥，进入叶榭镇。站在桥上，看到桥下的团结村有一片郁郁葱葱的林地，便骑进去看。这就是我"发现"了獐极小种群恢复与野放基地的缘起。

这片林地有好几块都被铁丝网围着，但有一条小路穿过树林，电动大铁门都敞开着，我看到有车和电瓶车进去，于是也跟了进去。

那些车都是从这里抄近路。这条林间路非常漂亮，我一下子就喜欢上了。树种比城市绿化杂，长得比城市绿化野。后来我拖着小狮子骑过松浦大桥的大坡道，非要他来看看。他说，是挺有味道。

林子被分成了三片，只有选育片区是完全封闭的。然而，我在选育区外看到了獐子的脚印，并且刚好撞上了一头正在出逃的獐。从它的来路望去，我发现铁丝网边缘被扒拉开一条小缝。

我找到树林里的一块旧牌子，从上面的内容来看，这片涵养林的造林时间是2004年，快要二十年了，而且以前似乎还做过绿化植物害虫检测和防治技术推广的实验。

断断续续地，我在这片林地里有了很多惬意的回忆。春天的时候，在水杉树下面发现了一大片野芝麻，开着白色的唇形小花。红尾歌鸲躲在灌木丛里，不见踪影，只把叫声留在外面。秋天的时候可以在路边捡一小把娜塔栎的橡子，比较它们头顶的"小帽子"。

最可爱的还是獐，它们的毛色和体形都很像大狗。但在树林里奔跑跳跃时，那优雅活泼的气质，又让人感叹"果然是鹿"。

后来突然有一天，项目进行到了新的阶段，獐子们被从选育区放进了更大的区域。从那以后，基地的电动大铁门就合上了。我偶尔还会去看看，扒在大铁门边上，稍微站一会儿，还是经常可以见到獐子们在里面快活地跑来跑去。

再之后差不多一年，偶然看到上海林业局发出了獐基地开放小规模参观和科普讲解的消息，就报了名。我一早骑着自行车过了桥，揣着无比怀念的心情，在树林前等着大铁门缓缓打开。那天，我看到了好几只獐。

真正的野放还没有实现，但偷偷出逃的獐已经开始在附近出没了。叶榭镇有农民抱怨獐啃坏了地里的苗。

　　在约莫十公里开外的车墩镇汇桥村的林地里，我也发现了一串獐的脚印，就在村里人刚翻出来的一块菜地里。我一边想着"这难道是……不可能吧"，一边来来回回顺着脚印走，弯着腰、瞪着眼睛、搓着下巴，还认真拍了很多照片。当我认定这块地已经观察得差不多了的时候，就猛地直起了腰。这时，就在我身旁差不多五米远的地方，一只原本和落叶堆完全融为一体的獐，被吓得突然蹦了起来，只见它一个急转身和一连串跳跃，还没等我反应过来，就唰啦啦地踩着枫香落叶消失在了树林里。我愣了好一会儿。

　　从叶榭到车墩，有大片大片的农田和林地，如果说它们是沿着这些地方一路跑来，倒是可以想象。但是，这之间还隔着一条黄浦江呢！抱怨獐破坏农作物的村民很好地解开了这个谜题：它们会游泳，"跳进江里逃走了"！

獐的脚印

在林中休息的獐

大老龟

　　高桥村的生态涵养林下，尽管禁止种菜，还是挡不住阿姨爷叔们的务农热情。

　　被围墙围住的地方，搭两把梯子就能进去。拎一把菜刀，噼里啪啦地砍点树枝，就能造出一道篱笆来。粗树枝或者小树干一捆扎，塑料棚一盖，就是一个完美的工具棚，仿佛划分着每位耕作者的领地。为了方便从水沟里打水，就在水边挖出阶梯的形状来；要堆肥，就找块空地挖一个四四方方的坑。

　　每个来种菜的人都专注地弯着腰，一门心思扑到脚下的黄土地上。野兔在他们身后悄悄走过，黄鼠狼从菜地和水沟旁穿过，迁徙路过的鸟儿就在他们头顶的枝头鸣唱。但是种菜的人，他们的眼睛只看着地里的宝贝……只有蛇，蛇是不会被他们放过的。

　　春天的时候这些小菜地里最热闹，仿佛一夜之间变成黄的、白的、粉的一片片——油菜、萝卜、蚕豆。

尽管这些菜地不能属于任何人，也不合规，甚至可能会随着郊野的开发随时消失，但菜地的开垦者们还是严正捍卫着自己的"财产"。每一个"擅闯"菜地的人（比如我），都要迎接他们突然直起腰来，直勾勾上下打量的待遇。

不过，一部分偷菜人的执念，似乎和种菜人的执念不相上下。有人拔了菜，还录了短视频，发到网上，乐呵呵地说"纯天然绿色蔬菜，不要钱"。针锋相对的两拨人拉开了一场无声的战争。

为了震慑偷菜的人，阿姨爷叔们自制了很多警示牌。口气轻的，就写菜都打了药、有毒；口气重的，就说会毒死人全家。

还有钉在松树上、文采比较飞扬的：凡偷盗者，不知其人姓名，辛丑年庚子月，愿灶君令偷盗者，头撞、烧、额烂、颊腐，此依神取之法。

有一块牌子让我印象深刻：是一块不知道从什么纸箱上撕下来的瓦楞纸板做成的，上面用黑色记号笔写着"偷菜者大老龟"，字下方用简笔画潦草地画了一只圆滚滚的龟，比起威慑和辱骂，倒是有几分可爱。

直到现在，我也没能弄清楚"大老龟"到底是哪个地区骂人的话。

种菜的人没能拦住偷菜的人，"禁止开荒"的牌子也没能拦住种菜的人。林下开垦的菜地从零零星星发展到连成了大片。小树林下的地不够用了，于是菜地的扩张就连靠着马路的一块小土丘都没有放过。

小树林里发现捕鸟网后不久，林边小路的小土丘上插了一块崭新的牌子，写道：

张网捕鸟

属违法行为

车墩镇人民政府

此时正值春天，小土丘上种的油菜花已经蹿得比牌子还高。宣传牌被挤兑在一边，显得很可怜。

再过一阵子我去看，牌子已经被油菜团团包围了。

再过一阵子，大概是种地的人觉得碍事，把牌子撅倒了。

后来，后来那块牌子就不见了。

种菜人自制警示牌一例

造访菜地的桑黄星天牛

高尔夫球场

在捡到一个高尔夫球之前，我几乎忘了这里是一个废弃多年的高尔夫球场。于是惊觉"这是一个真的高尔夫球"，以及"这里是一个真的高尔夫球场"。

我主要来球场这里观鸟。春天的时候中华攀雀在柳树枝间穿梭，夏天的时候黄鹂藏在杨树的树冠里鸣叫，秋天的时候枯树枝头上落满了斑鸫，冬天有零星的骨顶鸡在水塘里越冬。还有乌梢蛇昂着头从水面上嗖嗖地游过，华南兔躲在草丛里不断地抽动着鼻头。春天的杂草丛里有十几种野花，其中也有当时还是国家二级保护植物的绶草。

这里基本上没有什么别的人，除了几家钉子户和钓鱼佬。在保安锲而不舍地把溜进来的人（包括我）赶出去的时候，只有钓鱼佬还执拗地坚守着阵地。而钉子户养了七八条狗，称这个杂草丛生的地方为"人间天堂"。

在废弃高尔夫球场的水塘边，有些人不分春夏秋冬、晴天雨天地来钓鱼，也有人在塘里下笼捕鱼虾。有人为了架鱼竿和绑笼子方便，在水边插了根分权的小树枝。时间久了，树枝周围的泥土上出现了一片白色的小斑点。

这根树枝旁边有座小桥。过了桥，坐在桥对面的大柳树树根上，静静得等一会儿，一只翠鸟就飞来，落在树枝上。

那些白色的小点就是翠鸟站在枝上，撅起短短的尾羽，从泄殖腔里呈抛物线状喷射而出的粪便。

后来发现小树枝下方的土岸上，在不显眼的位置藏着一个小洞。翠鸟夫妇有时会一起飞过来，一个停在小树枝上，一个停在桥底的石头上，观望一会儿，然后轮流飞进洞里去。可以看到洞里掉出些土来，有次甚至掉出来一团似乎是雏鸟的东西。那东西扑通一声落在水里，然后就静得像什么都没发生过一样。

球场范围内可以很容易、很方便地观察到翠鸟的身影，它们停在水边的夹竹桃上，停在生锈的桥栏杆上，停在废弃的高尔夫别墅的露天泳池边。土岸边它们的巢洞，后来也发现了不止一个。

这座废弃的高尔夫球场计划在几年内改建为一个小公园。得知消息以后，我通过市民热线去询问，希望公园施工的时候，土岸可以不被硬化。咨询很快得到了反馈，承建公园的公司方面回复说，还没有开始施工设计，之后会留意市民反映的问题。对方挂断电话前还不忘询问，我是从哪里得知公园承建方的。只是，日子一天天过去，公园迟迟没有开始动工，但周围村里的几乎每一条河道都被硬化了。

后来在球场里面，我又捡到过只剩了一半的高尔夫球。我把那只完整的球带回家留作纪念。

高尔夫球场在2016年的时候被废弃，俱乐部接待处的门口还贴着告知各位会员退款的通知。只花了两年时间，这里就变成了野生动物的乐园，它们在之后五年多的时间里，见证了废弃球场一波又一波的变迁。

先是越来越多的人溜进来玩，垃圾扔得越来越多。然后围墙被修补好，大部分人都被墙拦在了外面。之后每年都会有人来水塘里捞草，割岸边的杂草（当然，绶草也会被割掉）。后来球场边要修一条小路，开始了施工。再后来球场的一部分被划拉出去，盖起了几幢十一层高的公寓楼。渐渐地，球场里面的鸟少了，我去看得也少了。

一个春季刚过、5月下旬的尾巴，我久违地来到了球场的水塘边。

两个多月没有人打扰的水边草地，长得十分可爱。这里一片半边莲，像是统一被谁碰掉了半边花瓣似的；那边一片珠芽景天，肥肥嫩嫩的绿叶中间开着嫩黄的小花；羊蹄张牙舞爪地在岸边朝天伸着；绿丛里老熟的窃衣果实，点缀了小片小片的红色；往年零星的绥草，也仿佛仗了大家的长势，一下子多了起来。

夕阳照得蚊群像钻石星尘。我一会儿发呆，一会儿随便看点野花和昆虫。熟悉的金属质感的鸣声响起，循声去找翠鸟，果然看到一只落在夹竹桃上。心不在焉地看了一会儿，突然见着它们身后的枝叶一阵摇晃，飞出了一只大鸟——是蓝翡翠！

在我一个喜欢钓鱼的表哥口中，它们是"紫色的翠鸟"，"现在少了"。蓝翡翠的个头肉眼可见地比普通翠鸟大很多，又粗又长的红嘴和背上蓝紫色的羽毛鲜艳得都有点不自然。

匆忙之中，我没有看清楚那只蓝翡翠落到哪棵树里去了。天不久就黑了。

随着城市和郊区都渐渐恢复往日的步调，园林公司的人马上出动，来了一支穿着整齐制服的队伍，人手一台割草机，嗡嗡嗡地向小树林里进发——倒是割掉了不少入侵植物加拿大一枝黄花，但那些可爱的本地小野花也不见了。

后来我又去水塘边找了好几次蓝翡翠。岸边的草地都被割秃了，蓝翡翠的身影我再也没见到。当年晚些时候的中国观鸟年报"中国鸟类名录"中提到，蓝翡翠的濒危等级由LC（Least Concern，无危）上升到了VU（Vulnerable，易危）。我想，创造一点蓝翡翠可以生活的环境，也许和毁掉那些环境一样简单。

如今，球场大门口曾经的"违建"小楼房里，开起了一家园林景观烧烤店。店主在院子里装点些柏树盆景，弄些小秋千小帐篷的座位，晚上会有"网络歌手"给食客们唱歌助兴，不久还搭起了唱歌用的小舞台。因为地方偏僻，店里的生意似乎主要靠口口相传。店家自称"网红餐厅"，站在店门口举着手机，给黑色长头发的小姐姐摆拍走进店内的视频。

就这样，来吃饭的人和不吃饭的人渐渐地又都可以自由进出了。大家把车开到草地上，孩子们从车上下来尖叫和玩耍，野餐的人们留下了食品包装。

最新的规划是，还会有一条路将要从现在球场剩余的部分里拦腰穿过。那些阳光下的杂草丛和可爱的鸟儿，恐怕就都只能留在记忆里了吧。

停在巢洞附近的普通翠鸟

废弃高尔夫球场一角和远处正在建设的高层公寓

废弃高尔夫球场里众多小野花中的绶草和半边莲

师傅

招呼地铁口扒活儿队伍的第一位师傅一声"师傅，走吗？"，师傅就走。

车墩？不爱跑车墩。这个距离，说短不短，说长不长，挣不了什么钱。过去了拉不到人，还得空跑回来。

出租车？吃完晚饭了，没事情做，出来跑跑，挣点烟钱。

烟味儿？就说了让那个人不要抽，他非要抽，抽了下一个乘客又要说。我嘛，我也抽，人生总得有点乐趣，况且我又不喝酒，又不赌博，没什么不良爱好。

地？当然有了。以前忙得很，那时候哪有什么娱乐，天天在地里忙活，偶尔有空的时候，去看看电影。当年松浦大桥建成的时候，大家都跑去看。知道吧？造桥总得死那么几个人的，只不过大家都不说。

现在？现在地包给别人了。种水稻。以前都是水稻和小麦轮作的，现在不高兴干了，只种水稻。没多少可以卖的，我们家七口人，刚好够吃。想买？买不到的，松江的大米都是走专门的渠道的，你去市场上看，找不到的。

塘子也有。种红菱！红菱没吃过？嘿！就是菱角。下筏子进去，拎起来看看 —— 有，就采了；没有，再放回去。这活儿累！累腰！

10月份你就看不到我在外面了。凌晨三点起，挖笋，五点拿去卖。挖早了人家要嫌不新鲜了。我老婆在菜市场有个摊位。我们卖得比别人贵，但是你不知道，味道可好了。有的有的，上海也有笋的，少。

逃单的人？他妈的可恨！

拐晚了？哎哟，不好意思，光顾着聊天了！

过了不能出门的三个月，又见着地铁口扒活儿队伍的第一位还是那个师傅，靠在车门上抽烟。招呼一声"师傅，走吗？"，师傅就灭了烟，坐进驾驶座。

去哪里？

—— 去车墩。

师傅听后猛地回过头来，瞪着两只眼珠子。我两眼一眯，师傅认出来了，也两眼一眯。

我问，家里都还好不？

师傅说，还好，还好。又问了问我。

我说，我们也还好，还好。

几个月不见的人仿佛一下子都成了朋友，油门一踩，嘘寒问暖一番，就闲聊了起来。

吃的？呵呵，我们吃的不缺的，我女儿从网上买。就是太闲了，夜里睡不着觉，太难过了，能睡着吗？白天没事情做，老是想吃零食，呵呵呵。

我们在松江，我老父亲还在乡下，九十多岁了，一个人。还是担心嘛。我给他打电话，他说没事的，没吃的了就每天挖点笋来吃。我说我去看病，弄了个医院的预约单出去了。自己想办法！我就这么回乡下去找我老父亲了。

上周六吓得我，拿了些衣服放在车里。回家的时候就在门口问，有查出来的吗？没有我再进去。

乡下不一样，总有小路的。城里人不敢的。乡下人反正要干活，什么工具没有？那个围墙，敲一敲，把杜子敲下来。

关在家里，笋都被人偷了。乡下人买不到东西，才不管你呢，都当自己家地了。我们小区还好，5月就出来了。我就去挖笋，我女儿在小区里卖。对对对，团购，就是那个。

我们家笋好吃，天天有人找我们要，没办法呀，我要是有我肯定卖给你呀，我也拿不出来了呀！

算一算，和往年挣的也差不多。人家卖多少钱，我也要卖多少钱喽，现在就是这个价。韭菜，都要十块八毛。

我们小区不大，四十六个楼栋，两个超市，开在门口，但是跟居委会商量好了，可以把东西拿进来，贵几毛钱，都不算贵。烟贵个几块钱。水果买不到，熬一熬。

西瓜他妈的一百块一个。我跟你说，这种我是不会买的，西瓜是吃着玩的。如果你跟我说大米一百块钱一斤，那我只能买。要是打仗了，就算明天被炸了，一百块一斤的大米我也要买，最后一顿我也要吃饱。

油价？不止九块多了，今天凌晨就要超过十块了。你看他们都排队加油的。

出租车费？不会涨的，我们有国家补贴。一天三百公里的油钱，跑多了是这些，跑少了也是这些。网约车就不行了，他们哪有什么公司，现在就是打击网约车。

你看我记性多好，三个月了我还记得路。

又过了两个月，师傅乐呵呵地宣布，这个月做完自己就要退休了。

为什么？挣不到钱了啊！换点退休金拿拿，一个月三千多。我老婆给介绍了一个别的事情做，你猜猜是什么？

猜不着？看见旁边那种河没有？就去这里面捞草。

捞草！一个星期干一次，一次八小时，一个月四千八百块钱。

挺划算吧？主要是想顺便干点别的，呵呵，去电点儿鱼，捞草的时候顺便。

水不干净？你不知道吧，以前养猪什么的，病死的，就扔在河里。别的东西也见过。

不安全？不会的，人又不碰那个水。反正去试试，好干就干，不好干就算了，总归是要挣点钱。

那个码？要扫的。其实一上来就要扫的。熟人了，我没好意思说。

发票有的。

再见，再见。

后来，再也没见过这位老师傅。出租车司机就像一个巨大的八卦网，我又从别的师傅那里听说了各种各样的故事，但还是会时不时想起这位老师傅，以及有点介意自己没能劝住他不要去电鱼。

不记得又过了多久，突然收到老师傅发来的消息：小周啊小周，你下班了没有？

　　我大吃一惊，寒暄了几句。师傅很久才回，说刚才车上有生意做，在忙。哦 —— 虽然不知道师傅新尝试的工作怎么样，但从结果来看，他还是回来继续开车了。

新农村

差不多两年前，车墩镇开始了新农村建设。违章乱建被拆除，墙被粉刷一新，家家户户的院子被小矮篱笆围了起来。

按照新农村的"惯例"，白墙上果然是要刷些画。其中有些略乏味，不过是树、蝴蝶、花鸟。但有些很有趣，比如墙上画个花窗，窗里探出一只狸花猫，跟真的似的，十分可爱。还有些匪夷所思的，比如有家人的墙上用颇有些错觉画的风格，画着一个豪华的佘山世茂深坑酒店（这里离佘山还很远！）。还有些紧贴主题，画着大鹅在水里游；妇女撑着船从桥下过；戴草帽的人拿着镰刀收割和捆扎稻谷，热水瓶和大碗放在田边上；戴着毛线帽的老汉坐在门槛上看《松江报》……后面这些墙绘风格统一，每张都在角落里刷上了画家的名字，颇有几分名堂。稍一查，不得了，原来是融合了丝网版画风格的墙绘，丝网版画竟还是车墩镇的非物质文化遗产。我猜，无论是镇上的居民还是村里这些房子里的居民，大概都不知道也不会特别关心这一点。

在刷白墙之前，村里的老房子本来也是有装饰的。比如曾经备受宠爱的马赛克砖：简单的就是白底黑点、绿点或者砖红色点；复杂的则有马赛克拼成的图案，一对儿飞燕、抱着竹子的熊猫或金鸡独立的丹顶鹤就是最经典的样式，有的燕子图案的屋檐下，还真有相映成趣的燕巢。还有一种疑似用绿色玻璃碴和白色碎石碴做成的马赛克，绿碴和白碴的比例不同，墙上就可以呈现出五十度绿，远看是种颇有复古感的青苔色。这种马赛克的图案也很讲究：部分重叠的一对菱形、菱形组成的花，还有长方体、立方体、多个立方体堆叠等颇有3D立体风格的图案。村里的房子，基本上家家户户都有室外独立的小厕屋，院子里还有一口小井，里面都有水。

2020年，联庄村的林地清出来一块，路边堆了好几根大粗管子，施工开始了。我停下来看施工公示牌，发现是村里的下水管道铺设工程，暗暗地吃了一惊：原来村里还没有铺下水道。

从那之后我才开始留意附近村里的厕屋。

厕屋基本上都是只能容纳一人的一个小间，厕所地面要比周围地面高出一点，屋子要围起来（有些人会用砖在顶部砌出镂空样式，又能做装饰又通风），屋子要有顶，还要装一扇小门——这些都是农村户厕改造的统一标准。厕屋下面是三格式的化粪池，经过三重无害化处理出来的再利用水，可以用来浇地。所以，很多人家的厕屋就设在自己的菜地旁。（或者，大家是在厕屋周围开垦了菜地？）

　　汇桥村、联庄村和高桥村用的都是这样的厕屋。我路过的时候和汇桥村一队的一位陈大伯聊了聊，得知它们都是2013年统一改造的，上头出一部分钱，村民再贴一点（大概两三百元）。掐指一算，这种厕屋还算得上是新鲜东西。

　　每逢拆迁的时候，我都会去看看那些空出来的房子，看看里面的厕屋。每户的情况都不太一样：有的厕屋是水泥地，有的铺着干干净净的瓷砖；大部分装的是蹲便器，配着冲水用的水箱，少部分装了坐便器；有的厕屋只有一间，有的大房子配置的联排厕屋多达三间。

　　不是所有的上海乡村厕屋都是这样，在金山和青浦的一些村子里，很多人家的厕所都是设在室内的了。

　　至于水井，我还稍微熟悉一些。小时候奶奶家的院子里有个压水泵，小孩子们最喜欢争抢着压水玩，压上来的水也不接起来或者做什么用，只弄得院子里满地淌水。那时候的很多事情已记忆模糊，只记得压上来的地下水很凉，冰手。

　　在上海城区，老弄堂里的水井已经挺少见了。但是在车墩镇的村子里，水井还多得是。去每个搬空残破的院子里看，几乎总是能找到一口小井，有的是外圈六边形、内圈圆形的，有的整个都是圆形。松南郊野公园的树林里，也会冷不丁冒出来这样一口井，让来玩的人惊叹个不停，想必也是曾经在这里住过的人家留下的。

上海乡村的水井大多没有泵，都是不太深的渗水井。可是但凡有一家装了泵，周围的一小片邻居就仿佛跟风似地也装泵。有次我去汇桥村一队的陈大伯家，穿过他们家堂屋，到后院一看，左邻右舍都有井，而且都还在用。

陈大伯家的井盖着水泥板盖子，一根绳子绑牢在盖子上，下面吊着一个桶。水泥板盖子算讲究的，别家盖木板、盖锅盖，盖什么趁手东西的都有。陈大伯把绳子放下去，从井里提了一桶水上来，我鞠了一捧，挺凉，但不冰。我问，夏天的时候，是不是要把西瓜吊进去？陈大伯听了笑着直点头，说，你懂的你懂的！

村里是有自来水的，所以井水基本上不吃了，主要用来洗洗衣服。要吃的话，放点漂白粉。

村里的路边墙上，有时突然会冒出打井人刷的小广告来："打井抽不干"，缀着电话一串。不过现在，就算是有院子的人家（比如别墅区），也不允许随便打井了，说是井水不卫生，以及会引起地面沉降。

近年陆陆续续的新农村建设过后，每个村都多了一套新东西：村口立着村姓大名的牌坊或者石刻，入口设保安岗亭（联建村的保安岗亭还挂着"家暴处理点"的牌子），统一样式的机动车用自动升降杆，行人、非机动车用的闸门（常年打开着，成了摆设），小停车场，少则配有健身器材、多则配有运动步道和篮球场的健身广场，做成屏风样式、开着圆洞门的"美丽乡村公厕"。

只是，新东西建起来似乎还没有过去多久，有些房屋墙画颜色还新鲜着，就又开始重建了。

新农村墙画一例——佘山世茂深坑酒店，现在早已被晒褪色，没有图中这么鲜亮了

即将拆迁的村落里，不少老房子上都可以找到传统的马赛克装饰图案

写给金眶鸻的信

村里头搞建设这事儿仿佛从来就没有停过。每个村子都还在，但似乎每个村子的规模都在悄声无息地缩小着。

先是房子里的人们突然带着家当和狗搬走了，房子空了，留下一地的碎片和垃圾：门口一地碎玻璃，屋内满地拖鞋、塑料筐、麻袋、旧衣服、破沙发和砖头，还有被丢弃的玩偶和获奖证书；有些人家门口挂着避邪用的镜子和镰刀；还有人家的门被拔掉了门框，边上钉着的枣红色牌子却还在，上面写着"整洁户"，和一地狼藉对比鲜明。然后会有挖掘机来扒倒房子的每一面墙，随着稀里哗啦一阵响和一团尘土飞扬而起，房前的麻雀群吓得呼啦一下全飞出去，过一会儿却又飞回来。再然后是被搁置的废墟堆上会有大人或小孩来拾荒，大人拿着编织袋。最后渣土都被清运走，土地会被重新翻整好。

春天来临之前，汇桥村的一个队拆迁了。我看着有人骑着三轮车来收走一摞一摞的废品，有人把床垫塞进依维柯。我问，这里拆了是要盖什么呀？结果人家说，什么也不盖，要还田。

等春天到了，那些消失的房子果然都变成了翻好的田地。当初那些人家门前的树和树上的麻雀竟然还在，叽叽喳喳的；人们为了下到河边修的小楼梯还在，旁边的菜地、厕屋和两层小楼都不见了；燕子回来了，虽然屋檐没有了，但它们还会在那几条电线上歇脚；尽管还不到插秧的时候，空地的边边角角已被人先种上了一小片油菜，开出了黄灿灿的花田。

我站在旁边，用望远镜前前后后地扫过那一片片泥土块，发现地里有一对金眶鸻站着不动。这些年在车墩镇观察到的鸟类中，这些喜欢在滩涂湿地上活动的鸻鹬类家伙实在不多，只有会出没在小河或小水塘边的白腰草鹬、矶鹬和会出现在林下的丘鹬。难不成，它们是看中刚翻好的大片泥地了吗？

于是我给这对金眶鸻夫妇写了一封信（虽然它们并不会收到）：

金眶鸻夫妇，

你们好！远道而来，辛苦了！欢迎来到这个地方。

在你们来之前不久，这里还是一小片村庄。村庄刚搬迁，这片土地要回归基本农田。挖掘机把土地翻新，土方车把碎渣运走，现在这块地已经被翻好了。看起来还不错吧？

你们或许想在这里繁育后代。不过，听我说一句，再过一阵子，这里可能就要开始插秧种稻了。原来的村民曾在这里私自种下油菜，虽然黄灿灿一片，但它们本就不属于这里。

当然，我是欢迎你们留在这里的，只是希望你们可以繁殖顺利。

打扰了，请你们继续忙吧！祝你们在这里待得愉快。

后来，当然了，这对金眶鸻夫妇待了几天就离开了。再后来，这些泥地都变成了绿油油的稻田。

搬迁前的村庄

原来的村庄变成了稻田，黄色的小桥和限重5吨的交通标识牌是曾经村庄的痕迹

华阳老街

我们去看废弃水塔的时候，走过一条老街。

不是那种又卖草莓又卖油墩子又卖臭豆腐的老街，是一条空荡荡的街道，房子都半拆掉了，通着顶，破布条挂在断墙上随着风甩啊甩。宣传栏旁边拉着横幅、挂着牌子，上面写着"痛快搬迁开心回迁　莫等依法强制执行""危旧房屋岌岌可危　安心动迁时时平安""权衡动迁利弊　认清政策归心　积极配合政府　加快搬迁进度"之类的标语。从街上的情况来看，大部分人都配合了，只有那么一两家门头还开着小商店。走进巷子里去，还会看到有的老旧房屋里突然走出手里端着盆的老阿姨来，才发现那凄清的房子还是有人住的。问，补偿没谈好？答，对。

有的房子太破了，于是居民搬走以后，被高高的铁板围了起来，防止房子坍塌砸伤路人。有的房子屋顶的瓦片全没了，只剩下一根主梁立着，一根根次梁耷拉在上面，像什么恐龙的骨架。有的房屋结构还完整，只有门面被拆掉了，门内的空间就被当成了停车位，远远望去，一辆辆不同颜色和型号的车锃亮，缩在老房子的满地灰尘里。

街道挨着河边，往前走走，遇见一座看上去有些年头的石桥横着。

你看这座桥！我招呼小狮子来。然后我们踏上石阶走过桥去，又走回来。

"古松江十里长街，东到华阳桥，西到跨塘桥。"这十里长街的起点就在华阳桥。华阳老街附近可以看到两座铭牌上均写着"华阳桥"的桥，一座是沿着华阳老街跨北泖泾的小型桥，一座是沿车香路跨盐铁塘的中型桥，都是后来建设的。真正的古华阳桥，连桥本身带着修建和毁坏的年份都迷失在时间里了。

不过老街上还有五条古石桥，我们走的这条，是建于明代的"三里桥"。沿着老街往西走，二十多分钟的路程里，还可以见到很多条古桥，都是样式差不多的单拱石桥。桥边上有老民居、新住宅楼，有荒地、网吧、工地，让古桥多少有点格格不入。

在华阳老街新近的"历史"里，它曾经非常热闹。因为旁边的进出口加工区内有著名的达丰电子厂，工人们来来去去，每个新到的人都要买一套生活用品——脸盆、被褥、拖把、水壶。老街上的小商店，大都是卖这些。老车墩人说起那些小商店一天能赚许多钱；说起甚至连跑黑车拉人去达丰的司机都赚了大钱，买了三套房；说起司机后来做起了人才市场生意，分店都开到六家；说起后来人才市场不好做了，又转行去做别的……从中可以窥见华阳老街的兴衰。

而已经拆迁的老街上，还在坚持的一两家店，依然在卖那些廉价的零碎生活用品。有一家店里堆满了一团一团的被褥，我真怕店面一个撑不住，就呜啦一下把那些团块吐出来。我们去的那天，街上莫名飘着一股烤鸭香，但我们转了里三圈外三圈也找不到任何烤鸭店的迹象，就好像这味道、这景象，是从过去的时空穿越来的一样。

现在，在进出口加工区外、挨着南乐路的达丰生活区，依然可以看到厂哥厂妹进进出出的大部队。南乐路是一条潮汐车道，我观察这样的车道是怎样变换行车方向的时候，也看着那些明明穿着不同衣服的人，如何一个个沿着栅栏走进生活区，走出了一种令人惊讶的整齐划一感。据说这些离开家人出来打工的人们，到了周末会和并不是家人的男人女人一起度过。

达丰电子厂还在，车墩的进出口加工区也还在，但工厂终究还是越来越少，听说附近的比亚迪工厂早晚也要迁走，为新的集中住宅区腾出位置来。

华阳老街的人走了，去了墙刷得白亮的崭新集体住宅。

华阳桥还在。不知道谁丢弃的狗也还在，在桥边和街上来来回回打转。

华阳老街上的临水老房子

小青龙

2021年11月26日，在办公室楼下捡到一条"小青龙"。这是白带螯蛱蝶的幼虫，翠绿色的身子，仔细看还有一些精致的黄白色小点，头上支棱着四只"角"，样子非常可爱。

捡到的时候它还很瘦，不知道从哪里掉在硬邦邦的路面上，没什么精神。我猜是被鸟之类的袭击了，从树上落了下来。冬天要到了，我觉着它可能要幼虫越冬，就拿走养了起来。

小青龙跟着我一路颠簸回到了家，被我装进一个昆虫观察盒里。

它的寄主是上海随处可见的樟。可能是因为冬天的小区和街道绿化暂时没有打药，还可能是因为我专逮着车站旁的断头小路上看似无人维护的一棵树薅，也可能是因为每次采来的叶子都仔细洗过，总之，小青龙吃着外面采来的叶子平安过了冬。

一开始它没什么精神，后来仿佛是习惯了这个环境，一整个冬天都在大吃特吃。蝶蛾幼虫啃叶子时，会发出一种非常治愈的声音，抱着盒子可以听见那种细小的"嗒嗒嗒"声。

　　叶子每次薅上六七片连在一起的一把，用湿透的纸巾包起断面，可以供小青龙吃上一个星期。小区里的樟树剪枝的时候，我过去挑了顶上最嫩的几把，处理好放在冰箱里冷藏，可以保存很久。

　　次年3月，瘦弱的小青龙已经吃得很胖，身子鼓胀，皮撑得紧紧的。因为它本来就是以末龄幼虫的形态越冬，所以并不需要再蜕皮长大。准备好后，就该化蛹了。

　　化蛹前是接连几天"排宿便"的过程，小青龙一直排到身子都透明了，放在光下看像绿宝石一样。这样看来，排宿便确实是可以让人（虫）变美的。然后，它吐了些丝，倒吊着把身体末端固定好，头抱了上去，卷成圆胖的一团 —— 这就是预蛹了。

　　就这样又过了两晚，我起床一看，它已经变成了一个大致是圆筒形的蛹。这天已经是3月18日。

　　之后又过去了将近一个月，发生了很多事。我因为它迟迟没有羽化问过朋友，得到的回答是"湿度问题"。4月12日，上海下起了这年春天的第一场大暴雨。小青龙像是和天气约好了似的，在4月14日的凌晨悄悄羽化了。

养虫过程中最有乐趣的变态发育观察阶段结束了，是时候放它出去繁衍后代了。雨停了，等风也没有那么大了，我把小青龙羽化的蛱蝶拿到阳台上。它马上感觉到了外面的空气，从盒子盖上跳下来，扑棱了几下翅膀，露出翅膀正面漂亮的橘色部分，然后一闪身，飞了出去。

我目送着它，还没来得及感慨过去小半年的时光，不到两秒钟，旁边的树里闪电般地冲出一只白头鹎，把刚起飞的蝶叼去了。

我大张着嘴，说不出话来。过了一会儿，我回到房间里，接下来的一整天都觉得心里空落落的，简直就像自己也度过了忙忙碌碌却毫无意义的一生。

那天晚些时候，我整理了小青龙的"遗物"：淡褐色半透明的蛹壳，化蛹时蜕下来皱巴巴的皮和支棱着四个角的头壳，还有它沿着盒子壁吐的一层丝。

小青龙的这一生，都是为了最重要的繁殖任务，花了许多时间和过程去成长，好不容易启程去寻找配偶了，却在起跑线上戛然而止。然而，对于正在育雏季的白头鹎来说，一只肥美的昆虫是不可多得的食物，也许被叼去助力了哪个新生命的成长。

那么，生命就像是硬币的两面：一面是，自然界里充满无意义的死亡；另一面是，每一个个体的死亡都有意义。

刚羽化的白带螯蛱蝶，翅膀在阳光下闪闪发光

文字游戏

朋友圈有人卖猪。说是家里的小猪崽生多了，养不过来，看看有没有别人愿意养，强调说养到秋天的时候能变成一百来斤的大母猪。看完我陷入了久久的沉思，满脑子都是在地里辛勤耕种的场景：春天种下一粒小猪籽，秋天收获一头大母猪。

出行受限的间隙，我上街去。一辆三轮车，车屁股后面蓝漆白字，"榭天地车行"。看来，这车百分之一百亿来自隔壁叶榭镇。还能跨镇出门，"榭"天"榭"地。

打铁桥村小学旁边，有一家广告公司，招牌高高地挂在楼顶上，写着"噢页广告设计"，我猜，这家公司的名字也许读作"Oh Yeah"。

从车墩镇通往松江老城的路边上，有一家酒店，写作"蓝波万精品酒店"，我从第一次见到它起就在怀疑，这也许是"Number One"的谐音。

镇上开了一家很小的盒马邻里门店，招牌上画着一个竖起大拇指的手，手里面有"NB"两个字母，说是"Neighbor Business"的意思。但谁管这些企业经营的什么行话什么项目什么事业，反正不论谁看了这个点赞手和字母，都会跟着说一句，牛×。

最客气的要属这一则。联庄村道路施工，拦了一小段路，施工告知牌上写着：贵公司在此施工，给您带来不便，敬请谅解。

果蔬店

2022年4月和5月，车墩镇冒出来一家此前从没听说过的保供单位，叫"某某果蔬"。

跟某某果蔬可以订购蔬菜包，一份的量相当大。官方宣传留下的订购方式都是电话，但显然有需求的人太多，很快，老板就给各个小区建起了群，开起了接龙。每个群里都安排了一名客服，但老板本人也在群里，非常活跃地参与大家的讨论。原来，这家果蔬企业本是许多大生鲜电商、酒店和烘焙店的供应商，这时刚开始做针对个体消费者们的生意。他自豪地拍摄了厂房冷柜里丰富的库存，全副武装的工作人员打包着菜品。原本给电商平台供货用的厢式货车，现在用来给各个小区拉货。买的人越来越多，每次送来的大包小包都铺满了小区大门口出车的一整条车道，于是邻居们亲切地改唤"某某大道"。

电商平台上的东西要抢，要分时段抢，要讲技巧抢，太复杂了，我什么也弄不到。倒是这家果蔬店，不管怎样，什么时候去买，总能买到些东西。

果蔬店的商品种类，也从蔬菜开始增多，渐渐的，水果、预制菜、豆制品，甚至是肉，都有了。老板做了一些调查问卷，仔细了解大家买什么东西比较多，期望上什么货，还说他们的技术人员正在加紧赶工。不久之后，果蔬店上线了自己的生鲜小程序，告别了群接龙。小程序的页面和大家熟悉的大生鲜电商差不多，还可以选择上午或下午预约配送，但比大电商容易抢得多。

随着生活秩序逐渐恢复，小程序上的蔬果终于改成了小分量的，预约配送的时间段从简单的上下午，变成了按小时划分。老板在群里依然非常活跃，和顾客们互动反馈，聊聊天，吹吹牛。顾客们调侃老板是不是能干翻某些大电商了，老板赶紧谦虚地说，不敢不敢，都是客户，至少先做好车墩镇再说别的。

当然，也有人骂老板。可想而知，必然有人觉得，凭什么这家就能拿到保供资格，也会有人遇到送货慢了而不满意。

一切终于如常后，老板宣布，今后果蔬店的商品将由某某骑手专门配送，能进小区的就送货上门，不能进小区的就放在门口打电话。这个时候，果蔬店小程序里的商品也从一开始的没什么可选，增加到不知道该挑哪个，连零食、饮料、面包、冰激凌、调味品和米面蛋奶都有了。页面最下方还保留着可以填写和提交"我希望能上架以下品种"的输入框。

老板经常发布厂里工人们对生鲜进行分拣、消毒和包装的工作照片和视频，还说，他打算开放给家长们带着小朋友来厂里参观。

商店街上，一家新的生鲜店悄悄开始装修了，橱窗里摆着"放心买，安心吃"的易拉宝，等招牌挂起来，一看，正是"某某买菜"。

门店巴掌大，但开张的时候红红火火，花篮和红毯都不能少。老板经常出现在店头，甚至亲自结账。一有客人进门，他就马上打招呼欢迎，声音洪亮，精神头十足，热情地推荐今天的优惠菜品或者好吃的东西，预告明天会有什么新鲜产品。我特意去瞅了瞅，原来老板很年轻。问起生意怎么样，老板只是说，店毕竟还是太小了。

居民们的生活回到了以前的节奏，买东西也渐渐回归了以便宜和方便快捷为主要判断标准。一家"能量养生"店再也没开过；小朋友学舞蹈的艺术教室楼下新开了棋牌室；倒闭的炸鸡店招牌都没换，就贴上"快递门店"四个字，摇身一变成了快递仓；两个月前刚开业的小超市，没想到也靠社群生意存活下来；冷饮批发店此时人头攒动；钓具店在没能开放营业的日子里，也总有三三两两的钓鱼佬隔着门缝买东西……小区门口的商店街，无声地迎来一场大换血。

都是生意罢了，他们说。

商店街的时间一旦流动起来，变化就会悄然而迅速地发生。新的大超市、咖啡店、餐厅，甚至街上第一家奶茶店，渐渐开了起来。五花八门的老招牌被拆掉，换成了没统一字体和颜色，但似乎统一了字号和规格的新招牌，一到晚上就各自秀气地闪耀着。新来车墩的朋友开始觉得，这条街道也挺繁华，和城里差别没那么大。在一派热闹景象里，"某某买菜"的牌子不知什么时候被摘掉了，小小的店面空了，门上贴着招租电话。

种番茄

我在植物方面，的确没什么天赋。

开始认真种点东西的契机，是某次参与了自然导赏的培训班，课后得到一棵番茄幼苗作为作业。

第一次准备认认真真地种东西，难免有点兴奋和期待，买了花箱、土和肥料，撕开久等了的育苗袋，把那几乎是一整团的根须埋进土里去，开始每天浇水，每天记录番茄苗的成长状态。

因为是新手，所以并没能下得去手修剪枝条，而是任由幼苗在阳台强烈的阳光下自由生长。差不多两个月的时间，番茄苗长得张牙舞爪，颇为吓人。支架也上得晚了，我只能勉强拉住每根枝条，把它们就近搭在旁边的横杆上。

得知别的同学家的番茄苗陆续开花后，我有点着急，以为自己种出来个哑巴。直到终于看到自己的番茄苗也开出了黄色的小花，才松了一口气，美滋滋地数了一圈——八九朵！可真多！

花一开起来，势头就猛得不得了，之前不知道藏在哪里的花苞，仿佛一夜之间冒出来似的。后来，花的数量达到两位数，又到了三位数，最后实在是数不清了。

结果时的场面更是失控。因为枝条又乱又长，结果以后太沉，支架撑不住，很多枝条干脆折断了。我不得不从外面捡来一些木棍木片之类的，用绳子把枝条绑在上面，额外做了许多撑在花箱外面的支架。

至于番茄，我到头来没吃到几个。那些熟透了的，总是先被白头鹎发现并啄了去。那段时间小狮子的乐趣之一，就是透过客厅的窗户看着白头鹎飞上阁楼的阳台，然后跟我打报告，看我气急败坏地抄起（手边任意一个）家伙冲过去。

白头鹎吃得很浪费，每颗果子啄不到一半就放下，任其血肉模糊地挂在枝上。我摘下那些被啄过的番茄，很心疼地不舍得扔，把它们堆成一小堆放着，徒劳地期待白头鹎能来把剩饭吃干净。其间，我也捡过漏，摘了些半红不绿的给自己吃。酸，酸得人龇牙咧嘴，酸劲儿过了，就恶狠狠地骂几句白头鹎。

后来有一夜大风大雨，第二天早上我去清理那一片狼藉，拾起一截断枝，发现断面上趴着一只东方星花金龟。它一动不动，我还以为是死了，就拿到眼跟前看，结果把它惊飞了。我闻了闻气味还挺刺激的番茄枝断面，感慨这只花金龟口味真独特，嗅觉也真灵敏，不知道它是从多远的地方"闻"讯而来。

这株番茄的种植过程，从头到尾就是这么迷迷糊糊。对了，最迷糊的是，我一直以为自己种的是大番茄，直到结果时才意识到，这是小番茄！

烟

几年前家里因为屋顶防水的问题，来了几个师傅修补，那时我妈刚好在上海。回家以后，我妈说，师傅让她去给他们买烟。我妈显然不是很愿意，师傅们便说不买烟就不给我们好好修，以后还会坏的。烟的事情我一点都不懂。琢磨来琢磨去，只觉得是被欺负了，气得咬牙切齿。但还是觉得很奇怪，为什么是要烟呢？

几年以后，小狮子父母双双住院，他回到老家处理家事。和他视频通话的时候，问，院子里地上那些黑色的一坨坨东西是什么？小狮子这才发现，那是储藏间屋顶上随着气温升高而融化并流淌下来的沥青。不久之后，他找来几个师傅，清理地面，同时重新给屋顶做一遍防水。活儿干到一半，师傅们问，有没有烟。

后来我们知道了，烟在许多人那里，是小费甚至是社交工具一般的存在。我们都不抽烟，于是迟迟没有理解到这个世界的规则。

　　小狮子想去有人看管的水塘里划船。我说，想什么呢，会被赶出去的。实际上我之前也有几次在观鸟的时候被赶出去。小狮子说，给他们两包烟。我认真琢磨了一下，嘴上说着"算了"，心里却觉得，大概就是这么一回事。

　　奇怪的是，我从未见过那个水塘旁边的钓鱼佬被赶。后来和一位常去那儿的钓鱼佬聊了聊，他除了告诉我那里这两年不行了、都是小毛鱼、钓鱼这事儿主要是太晒、没有什么技巧主要是选地方、不是为了那两口肉主要是为了玩以外，还跟我说，以前那里的保安是个外地小哥，每次给他一包烟就能进去，花费也就二十多块钱，但小哥每次别提多高兴了。只是最近保安换了，换成了个本地大爷，不抽烟。于是他就在门口按喇叭，使劲按，理直气壮地按，让保安觉得他是里面的人，就主动给他开了门。他得意地强调了一下，那个保安是主动来给他开的门。

　　我和小狮子转述了这些，并且说，我们一看就不像是"里面的人"，面相太老实，皮肤也不够黑。小狮子补充说，主要是我们也没有金链子，并马上对我刚买的一件老鹰图案的花衬衫表现出了极大的兴趣。他依然热切地希望，我们可以去到那些想去的地方。

斑鸠爱情

很多人以为来自布谷鸟的"咕咕"声，在上海主要是珠颈斑鸠发出的。

开始居家办公以后，"咕咕"声的存在感骤然高了起来，从早响到晚，热闹的繁殖季开幕了。

我们小区的斑鸠喜欢站在屋顶鸣唱。雄鸟们一见雌鸟现身，就加倍殷勤起来，鼓起脖颈，一边叫一边跟雌鸟"鞠躬"。我见到的大部分是求偶失败案例，所有雌鸟都加快小碎步从雄鸟身边逃开。有那么好几次，心急的雄鸟直接跳到雌鸟背上准备交配，被雌鸟甩掉，又重新开始"点头哈腰"。

曾经听到一棵樟树的树冠里持续响了一阵凌乱的扑翅声，起身拿望远镜去看发生了什么事，却见只不过是两只普通的珠颈斑鸠。其中一只执拗地要跳到另一只背上，歪着身子想要摩擦它们同时用来排泄和繁殖的泄殖腔，另一只却剧烈反抗，翻身逃开。这个过程反复持续了很久，发出的声音让人以为是在进行什么激烈的打斗。最后它们果然还是不欢而散了，其中一只离开这棵树，飞得远远的。

小区的屋顶上有一排排装饰用的假烟囱，求偶的鸟儿们喜欢在上面跳来跳去，互相追逐、迂回和躲闪。这里还是珠颈斑鸠最喜欢的展示台，它们站在一根"烟囱"上，突然直上起飞，发出动静很大的鼓翅声，扑啦啦的。然后，它们在高空中完全展开翅膀和尾羽，就这样盘旋下降。这是珠颈斑鸠的炫耀飞行。后半段的滑翔，从远处看起来，经常会令刚开始观鸟的朋友们将它们当成是猛禽，空欢喜一场。

小区的居民们足不出户时，所有鸟儿都肉眼可见地更活跃了起来。斑鸠们在小区的道路上大摇大摆地走着，试探性地落进别人家的院子或阳台，后来越来越放肆。有时候我上阳台给我那些歪歪扭扭的小花草浇水的时候，斑鸠就落在隔壁人家的阳台上，我就算直起腰来看着它，彼此也能够相安无事。正因如此，我也在非常近的距离看到了它们交配和交配后互相理羽、啄喙的画面。不知道是不是因为带入了人类的视角，总觉得珠颈斑鸠夫妇非常亲密。

一对儿珠颈斑鸠在阳台旁边的天沟上完成了交配，雄鸟踩在雌鸟背上，站不太稳扑腾了一下，在这一眨眼的过程中，双方的泄殖腔不易察觉地蹭了一蹭，交配就结束了。接着雄鸟跳下来，落在雌鸟身边，两只鸟开始各自整理羽毛。

雌鸟缩起了脖子，眼睛微微眯着，毛一蓬，然后马上又顺下来，一幅宁静温馨和谐的场面。

接下来它们做出一些非常亲昵的举动：走近两步靠在一起，突然啄起对方的喙来，啄完又啄起脖子上的羽毛。两只脑袋凑在一起扭来扭去，有时还闭起眼睛，就像是接吻一样，直看得人实在有些不好意思。

渐渐地，我发现落在屋顶上的斑鸠夫妇经常这样腻歪在一起。有时候，一只会帮另一只整理后颈和后背的羽毛，后者就缩起来，安逸地趴卧在屋顶上。这种理羽就像一套全身按摩，从头到尾，真的连尾羽也不会放过。我见过它们一根一根帮伴侣捋顺尾羽的场面。

傍晚的阳光下，鸟儿都不活跃的时候，珠颈斑鸠夫妇在屋顶上闲着，亲昵一会儿，累了就分开，各自理羽，或者呆呆地站一会儿，过一阵子又凑到一起交头接耳起来。

鸟儿并没有人类这样的意识和情感，但是看到珠颈斑鸠亲昵的样子，还是让人忍不住进行一些多余的想象。

4月接近末尾，我开始注意到屋顶上有些灰色的小球趴着不动。一看，是斑鸠的幼鸟已经出巢了，灰不溜秋的颜色和屋顶融为一体，脖子上的"珠颈"也还没长出来。两个小球挨在一起，缩在屋顶的一角，偶尔伸伸脖子张望，愣头愣脑的，试探性地在屋顶表面啄一啄，不知道是不是能啄到什么可以吃的东西。偶尔亲鸟来了，小毛球们就躁动起来，扑扇着翅膀，争先恐后地去啄亲鸟的喙。亲鸟一走，它们就又回复"隐身"。

这个春天，很多朋友都开始在自家窗前和阳台观鸟了。陆陆续续地看到大家拍到和转发的视频，有白腹蓝鹟飞进家的，有普通夜鹰停上阳台栏杆的，有院子的菜园里棕头鸦雀筑巢并产下蓝色小蛋的。

因为人类的一场灾难，城市被短暂地还给了自然。

一对正在亲昵的珠颈斑鸠

从怕虫到爱虫

我小时候很怕虫。如果哪本书里有毛毛虫的图片，那么我连那一页都不敢翻开，如果不小心碰到了，指尖就像触了电一样，之后会感觉麻麻的，仿佛被图片上的虫子蛰了一下。

小时候，家附近的坡道两旁放着两排盆栽的一串红，小朋友们都喜欢去摘花，吸里面甜甜的花蜜，我也不例外。有一次摘了一朵花，摸着不对劲，感觉软软的，再一看，是一条绿色的虫子趴在上面。我当即受到了极大的冲击，站在原地愣了一会儿，然后飞速跑回家，一遍一遍地洗手，但还是感觉手上怪怪的。

对广义的虫子开始有点改观，还是要到观鸟以后。看鸟要去野外，野外到处都是虫子。望远镜里看到的山雀，有时它们嘴里叼着的绿色大豆虫清晰可见。望远镜里看到的乌鸫，嘴里也会同时叼着好几条蚯蚓。这种时候我会在心里疯狂念叨：你们可叼紧了啊，千万千万不要飞来掉在我身上！

去村里钻林子，有时不可避免会被没提前看清的蜘蛛网糊一脸，蜘蛛也会因此爬到身上。一开始我嫌弃得龇牙咧嘴，后来因为实在喜欢观鸟，渐渐开始接受虫子们就在那里的客观事实，只要不和它们有太多直接接触就可以。

一次买来炒蛋的青椒，清洗的时候掰开里面，发现一条圆胖的绿虫子。当下就想把这个青椒扔掉，但又对这条虫子有点好奇，只是不敢触碰。于是隔着青椒皮，打算轻轻地捏它一下。可是青椒皮很厚，导致我手感不准，没拿捏好轻重。虫子很猛烈地吐了，一股汁液喷了我一脸。我缓缓放下虫子，拿了张纸巾擦了擦被汁液模糊的眼镜片。看看纸巾上面，是绿色的。

可能是因为它绿得很清新，让我一下子觉得虫子不恶心了。

第一次摸虫，则是在一次夜观活动里摸了一只天蛾幼虫。看来无论对于人与人来说，还是对于人虫之间来说，直接的皮肤接触都是让关系快速升温的方式。但因为怕对虫子造成过多打扰，我只迅速摸了一下。

这次的触电感和小时候完全不一样：它很软，皮肤干燥柔滑。我心里产生了一些毛茸茸、软绵绵的情绪，仿佛我刚才摸过的是一只小猫咪。

后来经常夜观夜巡的一位老师问我，要不要养养看。此前我从没动过养虫子的念头，但其实又怕又好奇，于是老师给我的几只虫就都没有拒绝。

进了家门，也就意味着关系发生了质变。近距离地朝夕相处，让我开始发现鳞翅目幼虫身上的颜色、条纹、斑点等充满了无限趣味，我开始幻想身着尺蠖条纹T恤和弄蝶幼虫风格的全套日常搭配的模样，觉得虫子真应该成为时尚灵感来源的宝藏。它们爬起来的样子确实还是有点瘆人，但是，看得越多，就越觉得可爱起来。

尤其从毛毛虫到蝴蝶的神奇变态发育过程，会让人感叹，它们身上藏着宇宙起源的秘密也不奇怪！

蜈蚣

一个雨天，在大张泾河畔，我撑着伞兜兜转转了一上午，在马路边进行自然观察。街上人不多，有一个阿姨路过，站在我背后，直勾勾地看了我一阵子才离开，这让我感到奇怪，但没管。我想，也许她觉得我是个怪人。我一直观察到觉得肚子饿了，就准备回家吃饭。

回程刚起步，惊觉长袖外套里面的胳膊上有东西在爬，脑子"噌"地一下转了起来。

选择一：是怎么回事呢？

A. 错觉。

B. 衣服里面有东西。

这个感觉和汗水或雨水流动、衣服纤维摩擦、蚊虫叮咬明显不一样，这个东西好像有很多脚，是某种节肢动物。选B！

选择二：要拍死吗？

A. 拍死吧。

B. 不要拍。

感觉会很恶心，所以选B！我想起大半个上午自己都在贴着马路边的每一棵柳树仔细观察，雨天的树干上有包括烟管螺在内的几种不同的蜗牛、蛞蝓，树皮缝里的蛾茧，挂满小水珠的漂亮的蜘蛛网，还有田园酸马陆、粗直行马陆和爱国者腹马陆这三种马陆。我还用指尖轻轻戳了戳其中一两条。也许是在我没留意的时候，马陆爬到身上来了。

接下来我小心但麻利地拉开外套拉链，把只穿着短袖T恤的胳膊慢慢从袖管里抽了出来。在这个过程中我感觉袖子里的生物离开了我的胳膊。然后我把这只袖管一点一点翻过来，翻到一半时我看到了——是一只蜈蚣，大概三分之二个手掌那么长，一根手指那么粗。

选择三：要拍照吗？

A. 现在就拍。

B. 稍后再拍。

这个问题让我犹豫了肉眼可见的一瞬间，接着马上行动起来。毕竟蜈蚣有毒，所以没有刚才"八成是马陆"那会儿那般淡定了，选B！我拎住有蜈蚣的那只袖管，把另一只袖子也脱下来，一边嘴里蹦出一些不便描述的词汇，一边准备用手指掸掉衣服上的蜈蚣。其间，河边的钓鱼佬听到不便描述的词汇，缓缓地扭过头来看了一眼，见我正像个小丑一样在和自己的外套战斗，又缓缓地把头扭了回去。一、二、三——我弹！蜈蚣落在了湿乎乎的草地上。

选择四：要拍照吗？

A. 现在就拍。

B. 稍后再拍。

不要大意了，仍然选B！于是我把另一只袖子和外套的里里外外翻了一遍，又摸了摸脖子和后颈，看了看腿上。好的，没有别的蜈蚣了。

选择五：要拍照吗？

A. 赶紧去拍。

B. 算了不拍了。

是时候选A了！我蹲下来寻找，伸着头，脸都快凑到地上了，可是刚才那条被我掸落的蜈蚣已经不见了。隐约记得它是绿褐色的身子，黄色的脚，头藏在衣服的褶皱里没看清，大概是少棘蜈蚣吧！可惜了，那么大一条的可不容易见到。

选择六：突然觉得胳膊有点麻，是怎么回事？

A. 幻觉。

B. 被蜈蚣咬了。

这个问题几乎只是一闪而过，选A！很明显那条蜈蚣并没有咬我。谢谢您！

冷静下来以后给小狮子发了一条消息："袖子里进了一条蜈蚣。"小狮子马上打来电话，问："还活着吗？"我描述了一下刚才的经过，最后小狮子得出结论：以后出门还是得老老实实穿上户外服，扎紧袖口。因为今天只是在马路边走走，所以我穿得比较随便，只套了一件宽松的连帽运动衫。雨天撑着伞，以为绝对不会有虫掉在身上。回想起来，突然明白蜈蚣是怎么来的了：本来夜观的时候，我就会去树干上找蜈蚣，今天雨天，白昼更阴湿，可想而知蜈蚣也会更活跃。我在观察树干的时候，也想过"会不会白天碰到蜈蚣呢"。一定是我贴在树干上，伞肆无忌惮地蹭来蹭去时，导致某一只蜈蚣顺着树干爬到我的伞上了。我想起那位路过盯着我看的阿姨，她不会是看到我的伞上有东西了吧？我在准备回家时，把伞收起来，抖了抖上面的水，并顺手做了一个并没有意义的动作 —— 把伞朝天举起又放下来。一定是在那个时候，趴在伞上的蜈蚣顺着收起的伞钻进了我的袖管。

我看了看河边的钓鱼佬，他们一定对这种事情见怪不怪了，毕竟，他们可是些连蛇爬进裤管都能继续淡定钓鱼的家伙！

猛禽过街

一天午后，正在拉屎。

忽然听见窗外一群白头鹎和一只乌鸫发出一阵阵嘈杂的警告叫声，白头鹎是粗哑的"咯啦啦啦啦"，乌鸫是尖锐的"叽，叽"。

我想，是不是有猛禽来啦？很想去看，但又不能放下屎不管。于是坐定在马桶上开始想象——

更有可能是一只猫！它正在蹑手蹑脚地接近白头鹎家的树，眼睛直勾勾地朝前瞄准了，身子伏地，屁股拱起来轻微扭动着。

小白头鹎已经出巢了，飞不好，在树枝上一个没站稳，落到了低处，此时并没有能力独立逃跑。危险！它的爸爸妈妈在树上大声骂骂咧咧，同一棵树上的乌鸫也注意到了情况。高声警告一浪接一浪，空气似乎也变得越来越紧张起来。突然！所有声音一齐消失了。仿佛整个世界都被按下了静音键。

午后恢复了宁静。不知道是猫得手了，还是离开了，还是天上的猛禽已经消失不见了。在鸟儿的世界里，猛禽过街，正可谓"人人喊打"。

村里因为一组高压线塔的存在，得了一大块空旷地方。塔上是喜鹊们喜欢筑巢的地方，周围大大小小的电线杆是红隼在清晨喜欢蹲着盯梢的地方。

从电线杆上起飞后，红隼会表演它的空中悬停特技，有两种方式：一种是翅膀不住地拍打，头却垂着，紧盯着地上，看得出来那颗脑袋稳定在一个位置，只是身子微微有些摇晃；另一种是乘上了哪股风，翅膀平展开，不用拍打了，但还在小幅度地左右倾斜调整着平衡。悬停观察一会儿，红隼就又回到电线杆顶上蹲着。

不久喜鹊也出来活动，三三两两地落在电线上。和红隼离得近的，就开始偷偷打量：沿着电线朝红隼暗中几个滑步，可红隼身子一动，喜鹊又马上装作在看风景的样子。就这样来来回回，让一旁看的人都开始着急了。喜鹊试探一番，才向红隼占据的制高点发起了一下小小的进攻，可红隼并不怎么威风地马上让位撤退了。

其实很多时候，猛禽都是不大威风的。

喜鹊和喜鹊的鸦科亲戚们个个堪称"鸟中流氓"，遇到猛禽自然不会逃跑。在高原地区，翼展能过三米的高山兀鹫，也会被乌鸦群追着打。

弱小点的猛禽就更不用说了，我曾见过被许多人叫作"战五渣"的普通鵟，被灰椋鸟群追着打。这种时候，我倾向于不再说喜欢集群的灰椋鸟聒噪，而是说这叫"鸟多力量大"。

一天傍晚，高压线塔地盘里的喜鹊们突然毫无征兆地"炸炸炸"叫了起来，空气中充满了不安的气氛。朝塔顶看去，原来是一只红隼正在周围盘旋。

喜鹊们一个比一个叫得响，但谁都没有出动，眼看红隼越盘越高。仔细一看，红隼旁边竟是一只不起眼的小家伙在追逐——是戴胜！它飞得不快，但红隼还是被追得慢慢远离了高压线塔周围的区域，向远处一片树林降下去了。这时，周围的喜鹊才停止了警告。

猛禽要吃上一口饭，实在是不怎么容易啊。

小鸟胸针

春天和夏天是走在路上就有可能捡到鸟的季节。

一个普通的春末傍晚，天快要黑得看不见了，我沿着墙根走，半个脑子正在神游。

我一边想着"棕头鸦雀的叫声好近好响"，一边下意识地朝墙根贴过去。这时，脚下差点踩到一个鸡蛋那么大的灰不溜秋的小东西。小东西"啾"了一嗓子，跑了两步就起飞了，飞行高度还不到我的膝盖。然后，它马上落进了从墙根伸出来的几棵加拿大一枝黄花里。

棕头鸦雀体形本来就很小，还不会飞、只会贴着墙根扑腾的幼鸟更是小得可怜。我马上起了"歹心"：就算明白无特殊情况不该干涉，却还是忍不住在它旁边蹲下。通常情况下，因为各种原因和意外掉出巢外的幼鸟，属于被自然淘汰的个体。我听见围墙另一侧的荒地里传出一串气急败坏的警告叫声，应该就是这个小家伙的父母了。

我看了看周围，是光秃秃的大马路。天下着雨，勉强算得上遮挡的只有墙缝和悬铃木下冒出的一点加拿大一枝黄花。周围没有什么行人，只有一个路过的大叔，问了问我是干什么的，警告我别想着翻墙到里面去。天色已暗，很快上街游荡的猫，就可以轻松把这只幼鸟抓了去。我吞了吞口水，决定动手抓鸟。

　　天黑得实在是看不清了，我抓起它放在墙头上的时候，感觉它可能还没有鸡蛋那么大。墙边是支棱出来的构树树枝，树下是小鸟父母所在的灌丛。小鸟起飞了，但是没能飞到围墙里面去。我感到一阵疾风扑脸，从墙头飞下来的小鸟落在了我肩膀下面靠近心脏的位置，爪子勾着我的衬衫，"啾"了一声，然后不再乱动。

　　我低头看着自己胸前，有只小鸟趴在上面，很难不觉得这是一个可爱的大号胸针。我慌忙把目光移开，大喘两口气，然后又忍不住去看。不知道过了几秒，小鸟似乎没有要走的意思，我很紧张地慢慢伸出手，小心地靠近胸口，一把握住小鸟，把它揪了下来，再次放到墙头上。这次它飞进了墙头内侧。不知道这样它的父母是不是就能找到它了。和小动物的近距离接触让人紧张又激动，我慌乱地大喘着气回家去了。

　　后来我想，可以用羊毛毡之类的材料，扎一只很小很小的小鸟胸针，也许不错。

燕子

经过几年不够严谨准确的观察，我发现家燕每年在3月8日妇女节前后回到车墩镇，于是知道，是春天了。

城里适合燕子筑巢的屋檐比较少，以往的印象是燕子在村里筑巢比较多。想看燕子巢，就得装作漫不经心的样子，从村里人家门口走过，趁看门狗还没开始龇牙咧嘴，迅速偷偷看上一两眼。如果被人逮住问"看什么看"，就赶紧实话实说，再送上一些"好吉利哦"之类的祝福。

车墩镇的联庄村有户人家，屋檐下年年有金腰燕繁殖。金腰燕巢的数量比家燕巢少很多，形状也和碗形的家燕巢不一样，像半个贴在墙顶上的壶，只露一个小口可供进出。小燕子从巢口露出头顶，探头探脑。

一次我骑车路过这里，扶着自行车纠结了很久，决定突破一下自我，上前搭话。一个大妈坐在门厅里，刚打完电话，看我走近，就站了起来。

我说，您好，我看到您家有个燕子窝，我能不能在这儿看一会儿燕子？

大妈的表情一下子放松下来，笑着说，哦，随便看随便看！说着她也走出来看了看燕子巢，指着墙角的杂物堆说，看，这里有燕子屎。然后马上意识到了什么，不好意思地说，哎呀，这下面太乱了。

我把自行车停好，一会儿坐在后座上，一会儿起身四处观望，等待着亲鸟来进行下一波喂食。村里好几位阿姨和大姐都去光顾村头卖鸡蛋的面包车了，然后捧着一板或两板鸡蛋从我身边走过。隔壁人家的黄狗原本在夕阳下懒洋洋地躺着，这会儿也起来跟在人旁边，看看每人拿了些什么。

这个燕巢有很多年了，不知道是不是同一对金腰燕夫妇在用。巢上可以看到前两年建设新农村重新刷墙时不小心刷在巢上的两笔白漆痕迹。

蹲守了几波亲鸟育雏之后，我准备离开，跟大妈打了个招呼，再次表示感谢。大妈让我慢点走，又突然想起了什么，指了指门口的一筐黄瓜，说是自己种的，让我带几根。我推脱了一下，但马上担心她误以为我嫌弃她的蔬菜，便改口说要不买几个；又觉得花钱买似乎也很做作，便决定少拿点尝尝。最后经过一番热闹的推辞，我包里装着三大根黄瓜，走了。

镇上可以看家燕。虽然没有带屋檐的自建房，但得益于松江区英伦风格的整体规划，再加上车墩镇近年开始走"影视小镇"的路线，一排沿街商铺建筑保留了几个结构略复杂的门廊，外侧有遮挡，内侧有空间，很受燕子青睐，春末和夏季总能看见它们在里面进进出出。

在燕子刚开始筑巢的时候，可以看到墙上零星沾着一些小泥块，地上也掉落一小堆。往年的旧巢装修装修也可以再用，新旧混搭的巢有着干泥和湿泥两种颜色。不同的燕子夫妇会争抢它们都中意的巢，一对已经趴进去了，另一对还会反复来骚扰，一阵阵往里冲。被赶开了，就停在旁边的墙壁上，用尾巴支撑着身体，嘴里时不时叽里咕噜两声。

站在门廊底下，看不见巢里有没有小燕子。但这很好判断：有了小燕子，巢下方的地面就会开始出现粪便。起初只有零星一点，然后就以惊人的速度增多。小燕子们在巢里没什么事情，静静地趴着。等亲鸟带来了食物，就瞬间化身成一张张颜色鲜艳的大嘴，叫唤着，像装了弹簧似的突然从巢里射出来。有吃饱了的，就你推我搡地在巢里掉个个儿，把屁股往外撅，稍一酝酿，挤出一粒粪来，啪地落在地上。

没有人的商铺门廊下面，燕子粪能堆成厚厚的、油画质感的一小堆，被苍蝇们围着嗡嗡地飞。有人的商铺，燕子粪就有点招人烦了。有人用铁丝绑了块薄板，接在巢下面。有人倒挂了一把伞。有人放了个纸盒接着。当然也有人试图清除燕子巢。

不过，只要稍微给它们二十多天的时间，小燕子就能出巢，很快可以找地方蹲着练飞了：一段挂着的铁丝上、电线上、桥上、栏杆上、建筑的装饰边檐上，都有可能是它们落脚的地方。一处好地方经常会落着一串年轻的小燕子，非常热闹。

有一次，邻居捡到了一只从巢里掉出来的雏燕，在楼栋群里问我能不能养活。

我一问，果然是在商店街捡的。旁边是附近几个小区的居民跳广场舞的地方，人来人往，邻居怕小燕子被孩子们玩死，就拿回了家。

我收拾出来一个快递纸箱，去邻居家接来了小燕子。它已经挺大了，羽毛都长得有模有样的，就是羽轴根部还有点秃，只能扑腾，还飞不起来。

接下来怎么办呢？首选自然是把小燕子放回巢里去。商店街的门廊很高，恨不得有四米多，燕巢就在最顶上，任何常规的小梯子都够不到。

其次的选择是把它放在巢附近的高处。用什么方式、什么东西装着燕子，吊在墙上的什么地方，成了一大难题。我在脑子里迅速搜索了一下可能见过的类似案例，但装燕子的平台或盒子到底是什么材质和形状，记忆却相当模糊了。最后我决定，总之先动起手来，用家里有的东西试试看。

家里没有铁丝或电线，但是有捆扎废纸时买的塑料绳，于是在小纸箱旁边开了两个口，把绳子系在两头。这样就可以挂了！

提着小燕子来到燕巢所在的门廊，四下看看：墙壁光溜溜的，上面有凸出螺丝的水管位于狭窄的缝隙里，一面高高的窗户从外面打不开，剩下的就只有排风口的百叶了，或许绳子可以从那里穿过去，系在一片百叶上。

接下来需要一把梯子。我选择就近问旁边的商户借一把。

第一家果蔬店的老板很热心，我等他给店里的顾客结完账，说明了情况。但他们没有梯子。

第二家超市的老板娘听说以后，冲老板喊："梯子能借吗？"正在拖地的老板抬了一下头，说："不借！"他们的小儿子摇着妈妈的大腿，尖叫着重复我刚才说的话："放小鸟！放小鸟！放小鸟！"我走远了依然能听到。

第三家钓具店的老板、老板娘正在柜台后面玩手机。老板是个皮肤黝黑的瘦高个儿，看了一眼纸箱里的小鸟，就爽快地把梯子借给我了。

我扛着梯子回到门廊，爬上去，在百叶那里穿线穿了半天，终于摸出了线头，准备打结，又意识到应该把箱子敞开一面，尽量让亲鸟看见。可是我的美工刀放在了地上，于是只能拉着好不容易穿出来的绳子，冲着街上的路人喊话，最后有位妈妈过来帮我递了美工刀。

被吊起来的小燕子扑腾了两下。我看了看旁边的鸟巢，它的兄弟姐妹们正整整齐齐地卧在巢里，因为身体大了，头或者尾巴都露在外面。

这时，还在加班的小狮子得知了消息，来问我，燕子还在家里不？

我说，不在了，已经拿出去绑好了。

绑？小狮子大吃一惊。你怎么绑的？

我解释说，因为巢太高了，送不上去，就只能绑在旁边的高处了。

小狮子急了，你怎么能把小燕子绑起来呢？

不知道他脑中想象了怎样一副把小燕子绑起来吊在高处的场景。

天已经很黑了，跳广场舞的人也已经散去。我看了看高高挂起的纸箱，心想，小兄弟，只能送你到这里了，剩下的看你造化吧！

等天气渐渐凉爽了，小小的泥巴巢都空了或是被人摘掉了，空中叽里咕噜的小声音变少了，秋天也就来了。

商店街屋檐下的家燕巢

美容店门口用来接燕子粪便的纸盒

影视小镇

对于对车墩墩一点了解都没有的人来说，唯一有可能听说过这里的就是"上海影视乐园"了。我曾经以为，住在影视乐园附近，说不定有很多机会跑跑龙套，但实际上，影视乐园很低调地夹在周围新老小区里。

2018年有一阵子，不知道是什么拍摄，需要用到两匹马，那马平时就拴在附近的荒地里，一匹白的，一匹棕的。还有早些年记不清什么时候，有人在镇上的小商店里拍了段戏，房产中介争相过去拍照，然后发在朋友圈里，当作手上房源的宣传。这两年在拍《繁花》，我对影视不是那么关心，只是有次在街上散步的时候，不小心走到了用一张A4纸张贴着"《繁花》摄制组通道"的地方。

不记得从哪里听说，影视乐园的门票要八十元一位，因此我就从来也没进去过。我大致知道里面有个蒸汽火车头，有老式的有轨电车，有假的外白渡桥、马勒别墅、天主教堂，等等。

说起来有趣，虽然我们住在乡下，但小狮子时不时会想进城，看看那些老建筑。计划拍婚纱照的时候，他想要一点上海建筑的场景。因为时间和距离受限，我问他最想拍什么，他说武康大楼。后来，我们的婚纱照主要在车墩墩拍摄，取景都是我认为的车墩特色——稻田、铁路、黄浦江，哪怕远一点的取景地也没出松江，武康大楼自然也就没有了。但是，镇上的上海影视乐园二期扩建工程正在如火如荼地进行，临街一排建筑的外立面终于弄好了，拆掉了脚手架。一看，是个假的武康大楼。

我说，你看，你要的武康大楼来村里找你了。

刚搬到车墩镇的时候，车墩火车站的广告牌上写的是褪色发黄的"工业重镇"，不知从什么时候起，没有人再提"工业"的事情了。火车站新建的广场、车亭公路的高速出口、一些人多的路口，渐渐都立起了红砖墙底、金字"影视特色小镇"的标志，还有胶片、放映机等元素的雕塑装饰。在影视路和影维路的交叉口，"影视路文化风情街"的牌子跟前，有一个20世纪影业公司logo风格的雕塑，只不过上面的字换成了"21th Chedun"。我曾经站在跟前哈哈大笑了很久，况且，应该是"21st Chedun"才对。

夜晚的风情街在附近一带还算热闹的。人行步道的砖块间夹杂着放映机图案的金属板，走起来嗒嗒响。有点脏兮兮的白毛流浪猫趴在小超市前"口味王槟榔"的红毯上，一看见人就张大嘴叫个不停。短短的一条街上竟有两家精酿小酒馆，都有三两个人坐在吧台上。最多和最热闹的果然还是烧烤店，店内云雾缭绕，店门口寂寥的黑暗角落里，几个代驾小哥趴在电瓶车上玩着手机。靠近河边的一处街角小空地，竟然做成了国际象棋的样子，几个巨大的棋子雕塑静静地立在昏暗的灯光里。再往进走，是城中村改造的大型停车场，车子总是停得满满当当。

过了一年多，我发现风情街入口处的牌子悄然改换，原来的"th"被拿掉了，换成了"st"，字体和新旧程度明显与其他几个字母不太一样，我又站在跟前哈哈大笑了一阵。

又过了半年多，还是路过这个牌子，我一眼瞥到一个"h"默默地立在牌子背后，迟疑了片刻，走近，发现另一个"t"躺在旁边。原来，它们并没有被拿走处理掉。我又出声大笑，路人用奇怪的眼神看着我。

音乐之声

我是高度近视加散光，眼神不算好，看不清，就听鸟。

春天的背景音，是雉鸡求偶的叫声。两声"咯 —— 咯"，第一声拖长，第二声戛然而止。鸡叫很容易听到，鸡影子却很难看到。有时候你并没有发现它，它自己却突然从你近旁什么地方惊飞起来，扑啦啦的动静很大，吓人一跳。据说雉鸡飞起来不会转弯，如果碰到障碍物，有可能一头撞上去，直接撞死。

偶尔有四声杜鹃经过，躲在林子深处叫着"光棍好苦"，或是仿佛带点试探性地叫声"光棍"。

画眉嗓门很大，那叫声隔着一块田都能听到，鸣唱的调子里，有一段听起来非常像"我是画眉鸟，我是画眉鸟"。以前觉得那个声音很噪，不太接受得了，不理解为什么老头们喜欢养。现在，画眉已经升级为国家二级保护野生动物，那些抓住养在笼子里的行为，也终于成了名正言顺的"违法"。然而，不知道这是不是人到中年的标志之一，我最近竟然开始觉得画眉叫声挺好听了。

路过林间菜地的淡脚柳莺，鸣唱像弱化了的纺织娘的鸣声，让人误以为夏天早早就来了。

从春天一直贯穿整个夏天的，是白胸苦恶鸟的"苦恶苦恶苦恶"，或者听起来更像"阔阔阔"。我曾经试图停下来听听它一口气到底能叫多久，结果是我放弃了准备回家去了，它还在叫个不停。看来，它连着叫上个把小时并不是问题。有时候，它连续不停的叫声会突然沙哑一下，穿插清嗓子般的声音，变成"苦恶苦恶苦恶咳咳苦恶苦恶苦恶"。

还有黑枕黄鹂的叫声。要是哪年没有黄鹂美妙的歌声（真的很美妙），就感觉夏天不是真的夏天。它们藏得很深，如果不是飞出来，就只能听叫声，看不到那亮黄色的身影。

水边常见的黑水鸡和小䴘䴘，常被不熟悉的人统称为"野鸭"，可惜它们都不是鸭子。黑水鸡会发出短促的叫声，听起来倒是有点像橡皮鸭子发出来的。小䴘䴘的叫声是"咯溜溜溜溜"的一长串。

大杨树上，喜鹊叫"炸炸炸"，灰喜鹊叫"怂怂怂"。

家燕像嘴碎的人，边飞边叽里咕噜个不停，中间夹杂着一阵上了发条般的拖长音："免——"

越大的鸟往往叫得越难听。优雅的白鹭叫起来像嗓子眼儿里含了一口痰："噢——"傍晚和夜晚，如果在街上走（甚至在家里的时候），总可以听到夜鹭一边"哇，哇"地叫着，一边飞过去。

秋天的标志则是天空中响起三声一组的"哔哔哔"。那是斑鸫又来越冬了，大部队到位以后，它们可以在村里的经济林里汇合成几百只的大群。

走进冬天的林间小道，能听到不少白腹鸫受惊逃跑时发出的一串冒泡般的叫声。它们的胆子很小。还有其他相对来说比较安静的声音，比如鸫类轻柔的"啧"，北红尾鸲破自行车般的"唧"。最常见的灰头鸫和黄喉鹀叫声不一样，前者的"啧"坚定清晰，后者的更柔软且带点颤音，仿佛"啧溜溜"。

黑领椋鸟一年四季都叫得很欢，它们能发出一种很独特的金属质感的电音。

鸟叫的音色、音量和旋律都很丰富，还有些鸟能发出非常奇怪甚至诡异的声音，比如像怪兽嘶吼（黑翅鸢）、像敲钉子般的金属声（骨顶鸡）和像羊叫（凤头䴙䴘）等。

不管有没有听众，小树林里都在上演一场"音乐之声"。如果多留心，你就能获得一张一年四季都可以随时欣赏的演出门票。

春花盛开的原野

最早的一波春花，从冬天的尾巴就开始开放了。

白花的荠菜，蓝花的阿拉伯婆婆纳，紫花的宝盖草，给早春染上了第一片活泼的颜色。乡下是寻找野花的好地方，荒草丛里、经济林林下、小河边、田埂上、菜地旁，春天一到，处处都是五颜六色的小野花。如果看腻了人工种植的黄灿灿的油菜花田，就到野地里去吧，总能找到些有趣的发现：比如喜欢成片成片攀附在树干上的扛板归，叶子是近三角形的，茎上都是小刺，开花的时候悄声无息，突然就结了果子，像一串一串粉的、蓝的、紫的袖珍小葡萄，总会让第一次见的人觉得是什么奇幻世界的神奇果一样；再比如会被人当成"三叶草"的南苜蓿，绿叶和黄花虽说其貌不扬，但果实却是边缘长满刺的螺旋形，仿佛蜗牛和刺猬的结合体。上海人爱吃的"草头"，吃的就是南苜蓿的叶子，我也挺爱吃，不过从来没有在村里采过——那叶片一沾水，就贴得满手指都是，洗起来太麻烦。还有角果像条小黄瓜似的广州菜，可爱但有微毒的"小草莓"蛇莓，花紫色、叶子可以用来做青团的泥胡菜……它们都挺多，也挺常见，只是不像园艺植物的花那样大、那样显眼，需要你弯下腰或者蹲下身，把鼻子尖凑过去，才能进入这个小世界。

汇北支路旁的一片经济林林下，曾经就有这样一片"花海"。我蹲在里面找来找去，偶尔有路人见了，会停下了问我"找什么""能不能吃"，我就指指脚边的泽漆和蛇床，说"不能吃，有毒"。

有一年春天正是百花齐放的时候，村里经济林的林下突然打了一波除草剂。效果立竿见影，野花野草们立刻就死去了，那个春天到处都变得一片枯黄，而且效果非常持久，枯黄了几乎一整年，和冬天的荒芜无缝衔接。这里的昆虫也随着野花野草的消失一度少见了很多。

距离打除草剂的地块两三公里的不远处，就是上海市饮用水水源一级保护区的范围和位于其中的松江东部自来水公司，不禁让人有点担心周边的自来水水质会不会受到什么影响（至少地下水肯定会受到影响）。

新农村建设的时候，人们把小河道的河岸也都整了一遍，打上一排仿木桩，铺上草皮，种点观赏性的水生植

物 —— 那些植物开花的时候，倒是漂亮又显眼，只不过少了好几分趣味。

除杂草的时候，也斩断了不少恶性入侵植物（比如加拿大一枝黄花），不过，这并不意味着它们被根除。"恶性"有"恶性"的道理，它们回过头迅速地占领清出来的荒地，让动作没那么麻利的本土野生植物失去了生长的空间，结果还是让土地变得更荒芜了，不是吗？

在大多数人眼里，杂草丛和荒地不是什么好东西，它们给人的印象多多少少和脏、乱、差联系在一起，因此在大众观念里，清理应该算是一种"正义"。可是，如果越来越多的人能知道荒草丛里有那么多有趣的小东西，"整齐划一"的园林审美是不是就能多少有所改观呢？

上自然导赏培训班的时候，有位同学本职工作是搞园林设计，便试着把学来的东西融入到工作中去。据说他在某个项目中精心设计了在一片地里种植五种不同的本土野草，然而真到了施工的时候，设计者不亲自到场盯活儿的话，工人根本不会管那么多，随便拿两种种子撒撒就完事了。

小区里头也是见不得野草和虫，要定期除草、修建、喷药。这些工作还没来得及被安排起来的空档，就是野花、小虫们抓紧时间生长的机会。谁动作最快，谁就是赢家。抓紧把种子撒下吧，抓紧长出翅膀飞走吧 —— 等剪枝的人来了，毛毛虫们就会被一起剪下，丢在垃圾桶旁边了；等喷药的人来了，能吃的叶片就很少了，吃错叶子的虫子就会浑身发黑地死去。

从更广的时间维度来看，乡下春花盛开的原野也只不过是正值城市发展的一个空档，而在这个时候正在长大的小孩子们，或许可以趁这个机会多去田野里，抓紧亲近泥土吧，抓紧奔跑。

第 二 章

夏

路杀

当被车碾过的蟾蜍尸体铺满村里的水泥路时，我就知道，又是一年夏天到了。

每当看到这种景象，我都会想起上海的传统小吃"熏拉丝"，原料就是蟾蜍。在上海金山石化地区的街道上，以前经常可以看到熏拉丝的招牌。现在有一阵子没见到过了，倒是每每和人说起不要食用野生动物这个话题，都会拎出熏拉丝的例子聊一聊。

人类的交通时常会让动物们猝不及防。许多流浪狗会很聪明地观察，甚至让人怀疑它们完全懂得看红绿灯和走斑马线，而流浪猫、黄鼠狼、刺猬、野鸟（尤其是斑鸠）、蛇和（偶尔有些）大型昆虫就没有这么幸运了。

天一亮，当阳光洒在路面上，头天夜里事故的惨状就会显现出来。

有一团曾经是猫的橘黄色的小东西卧在路上，显然已经不行了，但好歹是留了个全尸。然而紧接着一辆大巴车飞驰而过，轮胎不偏不倚地从那上面轧过去，顿时一些粉白色的东西喷射了出来。

高速公路和高架道路通常要么架在半空中，要么设有铁丝网、围墙和隔音板，小动物们没那么容易闯进来。但是在上下的匝道，或者周围是绿化隔离带的地方，就会反复发生撞猫的事故。一条不到五百米的匝道上，我最多时先后见过五只死亡的猫躺在路边。有一起三车追尾事故，头车前面倒着一只猫，已经不再动了。显然，头车司机的急刹车也没能改变事情的后果。

有的动物尸体被反复碾压过，晒干后只剩扁扁的一层，认不出原来的模样。它们的肉会被其他生物吃掉，渐渐只剩毛和骨头。

有一只疑布甲，好不容易发育为成虫了，鞘翅闪耀着金属绿的光泽，头胸部从不同角度可以看到或绿或黄或红的颜色，大鳄威风凛凛地支棱着——只不过都被车轮碾得支离破碎了。因为腹部大部分还完好，它的六条腿就迎着风，一蹭一蹭的。

有一只停在路面上的蛾子，我正观察着它漂亮的羽状触角呢，一辆电瓶车冲过来并在我面前刹住了车，骑行人下车，走进路边的门里。蛾子刚刚好被碾在轮下，翅膀上的漂亮鳞片揉碎开来，腹部冒出黄色的汁水。

夏季在南汇东滩大堤旁的小片槐树林观鸟，经常可以见到大堤上被路杀的动物尸体。很多是蟹，有一些是鸟，还有很多是短尾蝮，其中不少明显还很年幼。上海是有几种蛇的，而且应该不算稀少，但见到死蛇的频率要远远高于见到活的。（看到这里请不用担心，你极大概率不会在公园的草坪上遇到蛇。）

在废弃的高尔夫球场，也许是夜钓的人夜里驾车开到草地上来，一只躲避不及的刺猬惨死轮下。我发现它的时候，还能清晰地辨认出它的头部、爪和浑身的刺（被压成了圆圆的一片）。它的颜色已经发黄发棕了。不知道是不是因为溅上了刺猬的体液，尸体周围的一小圈草也枯黄了。

一条马路，对于人来说是这么近的距离，对于有些动物来说，却有一辈子那么远。

鉴于人（的车）和动物之间如此频繁地发生交通事故，提醒驾驶员注意动物出没也就出现在了交通标志牌上。在芬兰，公路上会有驯鹿和驼鹿出没，因此有些路段的路边设有相应的标志牌，黄色底，上面是黑色的鹿剪影。"小心驯鹿"和"小心驼鹿"的标志牌也不一样，从中也可以看出一些这两种动物基本特征的差异——但实际上，如果你见到一只驼鹿，就会知道它们很好区分，毕竟驼鹿的体形是那么巨大和可怖。为了表示敬畏，我跟小狮子认为它是名字不可言说的"穆先生"（Moose）。

和大型动物发生车祸会给车辆甚至驾驶员带来很大伤害，所以确实有必要提醒大家注意。不过，也有标志牌会提醒驾驶员注意一些撞了也"无伤大雅"的小动物，这是出于对这些动物的保护。

澳大利亚有"小心袋鼠"的标志牌，委内瑞拉有"小心水豚"的标志牌，日本冲绳有"小心冲绳秧鸡"（日本冲绳一种特有的鸟类）的标志牌，波兰有"小心刺猬"的标志牌，但还有更"离谱"的——捷克竟然有"小心蜗牛"的标志牌。如果不是特别讲究，标志牌上一般就用牛的图案代表小心家畜出没，用鹿的图案代表小心野生动物出没。不少国家也有提醒驾驶员小心爬行动物（比如蛇）和蛙类的路牌，一时间有些感慨，想到夏天村里水泥路上那些干瘪的中华蟾蜍们，说不定有一天也是会有人来关心的。

离我们最近的可以在公路上撞见野生动物的地方，恐怕就是大丰麋鹿保护区了。不久前我们去过那里一趟，我瞪着眼，眼皮子都不眨一下地盯着路旁的树林，很快就在期待之中把一只过马路的棕黄色狗错认成了小鹿。小狮子则期待路边能有画着鹿的标志牌，标志牌倒是看到了，可惜是纯文字的牌子，没有图案。小狮子说，谁能看清啊！

后来我们真的遇到了好几群麋鹿。它们就在林下觅食、休息，嘴巴里嚼个不停，有人开着车远远地看着，它们也不惊慌（只是，请不要走下公路去惊扰它们）。健壮的雄鹿角上挂着一团团、一串串枯草，看起来邋里邋遢的，但在雌鹿眼里可不一样。这种行为叫"挂草"，是求偶用的。这么看来，麋鹿的"口味"是挺野的。

　　在这里，有人，有动物，且有人关心动物。

被路杀的动物们

萤火虫

第一次发现小区里有萤火虫的时候，像是发现了什么宝贝，藏起来不想给别人看。

蹲在草丛边看萤火虫时，要是有遛狗的人经过，我就会站起身来，假装对路灯杆产生了极大的兴趣。

在萤火虫的繁殖高峰期，小区东北角最黑暗的那个角落，很小的一片竹丛里，会有一个个黄绿色的小光点升起来，忽闪忽闪的，交错飞舞，让人忍不住低声说"哇"。

那个角落后来被曾经抱怨小区灯光太暗的邻居评价说，正经人谁去那里，除了小偷。

萤火虫持续看了四年，它们大部分都躲在小区里没装路灯的角落，偶尔潜伏在居民常走的道路旁。一盏昏暗的灯光下，一团路边的草丛里，竟然连续两年都有萤火虫在闪烁。饭后遛狗和遛弯的人不断从旁边经过，似乎谁都没发现这些小绿点。还有几次，晚上下楼扔垃圾，在小区绿化带的灌木丛底下，也发现有萤火虫荧荧地闪着光。

作为生活在同一个小区里的"邻居"，它们低调得过分了。

每到春末夏初，我都会美滋滋地琢磨着"该有了吧"，然后夜里在小区里转一转。找着了，就在心里惊呼"有了有了"，像见着来赴约的老朋友一样。

有几次，我自己找着萤火虫以后，就冲回家去，告诉家人或者来玩的朋友，说"你（们）快来快来"，他们会问"真的吗真的吗"，然后下了楼，一起感叹"哦哦哦"。

安安静静地看到第四年，小区的业委会在宣传栏里贴出了照明改善计划和支出明细，紧接着，所有幽暗的黄色灯都被换成了刺眼的白灯，各处绿化带里还加装了高度不及腰的矮灯。小区的夜晚开始变得更亮敞，新一年萤火虫的繁殖期也到了。

我开始担心起来，脑袋里面冒出很多想法。其中之一是，拆些纸板箱做成矮灯的"帽子"，晚上下班回来悄悄地套在矮路灯上，把灯光罩住，早上去上班的时候再把它们摘掉。不过看了看遍布小区的摄像头，这个想法最后并没有实施。

黑暗的角落还在持续被照亮。也许是出于安保需求，小区的几个摄像头底下都装了强光LED灯，能不能把人脸拍清楚我不知道，我只见到每个路过的人都被照得眯起了眼。

"有了有了"变成了"少了少了"，有些角落继而变成了"没了没了"。

后来，我提出要在5月至9月期间关闭那些居民并不涉足的角落里的路灯。只是大家对萤火虫的兴趣止步于几句惊叹，转而更关心小区的房价是不是涨了，隔壁小区是不是涨得比这里多，某块荒地会不会建什么带动房价的东西，等等。我试着说，朝"生态小区"这个方向宣传，说不定也可以带动房价。

几番拉扯和在小区热心人的帮助下，一天晚上我下班回来，惊喜地发现角落里的灯关掉了，热切地重燃"有了有了"的希望。

不过，也许是因为这件事太小且并不重要，它很快就又被遗忘了。没两个月，矮路灯又亮了起来，以至于我在社区组织小区萤火虫和夜间生物观察活动时，明明最近几天踩点时都灭着的矮灯，这天却又亮了起来。我感慨了一句"怎么又打开了"，这时一位默默跟在队伍末尾的爸爸，脱下活动招募时嘱咐大家一定要穿的长袖外套（防止蚊虫叮咬），罩在矮路灯上。顿时，灯光暗了，萤火虫很快亮了起来。孩子们说："有了有了！"

渐渐地，我开始接受小区的萤火虫迟早要消失的事实，但也不是任由它们默默消失。在社区里组织活动，就是为了给它们的存在留下一点痕迹和思考。虽然人数相当有限，但有那么一些孩子，在看腻了活动刚开始看的那些蝉和甲虫以后，从叽叽喳喳地追问"什么时候开始看萤火虫呀""真的有萤火虫吗""不可能有萤火虫吧"，变成"妈妈你看，萤火虫"！

当时给每个参与活动的小朋友打印了一张表格，里面有颇为不精确的往年萤火虫数量和留下的空白栏，让小朋友去到每一个地点，自己数了萤火虫以后填进去。两栏数据能差出一位数来。数据后面还有一栏空白，是让小朋友们观察周围的环境，猜猜看，导致萤火虫减少的可能因素。大家都很快注意到，是从哪个方向照过来的哪盏灯的灯光。

也许这些孩子长大以后，在生活的某一个瞬间，能突然想起来这么一件事：小时候，在一个什么小区里面，看见过萤火虫。后来，它们没有了。

打坐

凌晨五点的小树林里，暂时还没有什么人。

凌晨五点半，观鸟的人进来走动了，窸窸窣窣的。两位穿着白绸子衣服的老夫妇找了一块空地，开始打起了太极拳。小树林里还是很安静。

一位女士来了，她带着一个垫子，铺在地上，然后坐下来，静静地开始打坐。打太极的老人不紧不慢。观鸟的人偷偷用望远镜观察了一下，确认女士没有睁着眼。

观鸟的人走走停停，逛了一圈，有时候蹲在草丛里，屏住呼吸拍一些胆子大的活跃鸟儿。打太极的老人袖口生风。打坐的女士似乎一动都没有动，她头顶的一排大杨树上传来四声杜鹃悠远的鸣叫，顿时就给这个清晨增加了几分禅意。

清晨，太阳升起来了，小树林旁边的大马路上，早起干活的集卡车开始沙沙地驶过。打太极的老人挥挥衣袖走了。观鸟的人收起了相机。打坐的女士似乎还是一动不动。

七点多，鸟儿们不那么热闹了，人类热闹的时间就要到来。在林下开荒种地的爷叔阿姨们应该已经出发，带着塑料袋和锄头。钓鱼的人应该也在路上了，电瓶车上载着钓竿和水桶。

　　女士动了动，站起身来伸展了一下，然后收起垫子，消失在小树林里。

　　小树林里一个人也没有。

　　小树林里一个人也没有。

　　小树林里一个人也没有。

野兔

　　我相信旁边村子的林地和荒地里一定有不少野兔，但这么些年只见过屈指可数的几次。

　　第一次发现野兔是站在黄泥潮桥上，隔着小河望着废弃高尔夫球场里的一片车轴草地。草里有点动静，接着一只华南兔就从草地中间的水坑边冒了出来。因为隔着一段距离，兔子没有受到惊吓，按照自己的节奏蹦跶了几下，又钻回草丛里去了。我因此拍到了好几张照片。

　　还有一次是在高桥村的林地观鸟，没有想特别去哪里找鸟，就在水沟边找了个地方蹲着，随便看看有什么鸟儿落在树上或是越过水沟从一片林子飞进另一片林子。就这么一动不动地蹲了好久，突然听到身旁有动静，扭头一看，兔子已经来到我身旁五米的范围内了。可就是这么一扭头，让兔子一愣，然后它马上转身逃跑了。

　　后来几次见到野兔，都是匆匆一瞥，可能是在小路上骑自行车的时候遇见，可能是钻林子的时候狭路相逢。总之，林子里有轻微的沙沙声响时，如果不是黄鼠狼，就十有八九是野兔。

距离野兔最近的一次是在清晨的高尔夫球场内，一片枯草丛里，我和兔子相安无事地待了好几分钟，我能看到它一直抽动的鼻头和毛上沾着的露水。那一片地后来盖起了楼，我还担心过野兔的情况。后来，在球场暂且还没有施工的部分，水边的芦苇丛里闪过一只野兔的身影，我往里跟了几步，发现脚下的烂泥下陷，赶紧退了回来。看来，再往前就是小动物们的地盘了。

哺乳动物没法像鸟类那样能更长时间、更频繁地被观察，它们更多在夜里活动，而且很怕人。这些年看到野兔的这几次，并没有什么不得了的发现，但每次遇见依然觉得很惊喜。

有了野兔的乡村，就真的有乡村的味道了。

种草坪

车墩镇和隔壁的叶榭镇都种了不少草皮。

公园、小区、校园、球场等地方的草坪，都是种植户和草坪公司种出来、收割和卖出去的。草种有狗牙根和黑麦草之类的，远看绿油油的一大片，让人误以为是农田，凑近了才发现是草坪。

如果客户订的是泥坪草皮块，就给他们割下来一个个边长三十厘米的正方形块，一层草带着一层泥，摞起来捆扎好，拉走去铺。你能在城市草坪里看到这种草皮块的痕迹，刚铺上的时候，草还没长旺盛，草坪看起来就还是一格一格的。

要是用在高尔夫球场之类的大块地方，要求就高了，订的可能是草皮卷。收割机轰隆隆忙活大半天，一大片绿地瞬间就秃了，留下平坦、紧实的土壤，上面有一条条平行线的痕迹。如果接下来是晴天，土壤就会板结、开裂。但是只要下上几天雨，蚯蚓成群结队地冒出来，一眨眼就能把土翻弄上一遍，留下密密麻麻的小堆粪便。积水的地方，鸟儿们会来洗澡，白鹡鸰会摇着尾巴，走走停停地追逐飞虫。

城市建设牺牲了很多绿色，要把它们补回来，于是有了绿化植物的种植。看着草坪公司和园林公司的地，感觉像是在看制造城市零部件的工厂。

草坪地很绿，很喜人，不过却也是生态荒漠的一种。自然爱好者们总在呼吁，比起千篇一律的草坪，在公园和各种绿化区域种植丰富多样的本土草本植物会更好。

我们在金山区廊下镇也曾路过一大片种草坪的地。承包这块地的老板正把割草机开进地里，准备割草。

我和小狮子站在一边看，念叨着想去试试开那个割草机。

一个路过的大哥停下来，问这里种的是什么。老板为了回答路人的问题，把声音巨大的发动机关停。这时，一位老阿姨开始在路边招呼老板，她手里提着一个塑料油桶，说要借油，现在就要用。老板便下车，带着老阿姨去家里打油。这期间小狮子过去搭了几句话，问老板能不能让他开开割草机，老板爽快地答应了，让我们等等，给阿姨打完油就过来教我们。

等待的空隙，我们围着割草机打量它：这是一个拖拉机般的小车头，加上一个收集割下来的草茬的小拖车。车头下面有两个圆盘，里面旋转刀片割下来的草，从车屁股后面的一个洞里喷出来，扬到小拖车里。蓝色金属皮的小拖车像是自己做的。后来回家一查，发现这个割草机后面应该是连接着一个草袋，这样草茬就不会扬得到处都是，但我猜测是草袋容量有限，才被老板"改装"成了现在的小拖车模式。

割草机的开动方法很简单，把好方向盘，一个踏板前进，一个踏板后退。割草机速度有两档，由一个拉杆控制，一头标记着乌龟图案，另一头是兔子。每一片草地从最外圈开始割，一圈一圈向内旋转，逐渐割到中间，割过的部分留下一条条纵带。

小狮子操作得竟然很不错，在他割草的时候，我和老板聊了一会儿。他这里种的是百慕大，也就是狗牙根。比稻子好种一点，割掉草皮后只要根还在，草就能重新长出来。就是刚开始种的时候麻烦点，像韭菜似地一根一根插。卖的时候，种得好的都是整卷卖，只有那些种得不好、一铲就碎的地方（老板指了指草地上露出土色的几个秃点），才会做成小块卖。夏天草长得很快，差不多十一天就要割一次。老板是安徽人，承包了几片地，清了原有的经济林，就住在旁边的村里，已经种草十七年。

我问老板，他（小狮子）割得还可以吧？不会害得你一会儿还要返工吧？要不让他跟着你打工吧？老板听了直笑。

最后，小狮子割完了一整块地，满脖子、满胳膊草茬地下来了。老板接回割草机，只返工了一个地方，就是贴着草地中央灌溉水管的地方，小狮子为了避让水管割得不够精确，老板补了两下，就轰隆隆地开到下一块地去了。

我们因此收获了一些在地里玩耍的时间，附近人很少。偶尔有人停下来围观割草；还有几个人下地遛狗，让狗子自由地奔跑一会儿；还有几个孩子拿着巨大的抄网，在田边水渠瞪着眼弯着腰。吃完饭以后，我们切开不久前在路边买的一个西瓜，很甜，小狮子掰了一块，穿过草地，拿去给老板吃，我远远地看着老板啃了起来。

部分收割过的草坪地

老板自行改装的割草机

钓鱼佬

这个世界上，有一群叫人佩服的人，他们就是钓鱼佬。

钓鱼佬们一点都不"狗"，他们很安静，但是战斗力极强。

无论晴天雨天台风天，无论白天黑夜，无论河边海边任何水体边，你都可以看到钓鱼佬。没有人的地方，他们成了第一人，没有路的地方，他们制造出路来，"禁止垂钓"的地方，唯独禁不住钓鱼佬。一天一户只能一人出门的时候，钓鱼佬在外面；全域封闭的时候，钓鱼佬依然想方设法去得了外面。我敢说哪怕天塌了，钓鱼佬也还在钓鱼。时间和空间的界限对他们来说仿佛不存在，他们俨然就是自由本身。

相较之下，观鸟人显得弱了，钓鱼佬什么没见过！河边坐上它一天一夜，跟河岸融为一体，看什么蓝翡翠从眼前飞过，草鹭落在头顶的树枝上，刺猬身前过，野兔身后跳，小灵猫从脚下蹿过，蛇爬到裤腿上来。甭管钓鱼佬们说的这些是吹牛还是真的，总之是要先从精神气质上把握住这个世界。

你问他们都有什么鱼啊，没钓到的人就说没什么鱼，钓到的人就自豪地给你看他们的桶。

还有黄浦江边玩路亚（用假饵吸引捕食性鱼类的钓鱼方法）练习甩竿的人们，"嗖"一声把竿子甩出去，再"咯啦啦"地飞快转动轮子，把吊线拉回来，上面的金属假饵在阳光下一闪，接着要夸张地把钓竿和整个身体往后仰，铆足了劲，然后又"嗖"的一声甩出去。十好几个人就这样站在堤坝上一字排开，依次重复着以上过程（我不知道他们如何避免甩到江上来来往往的船），像什么奇怪的仪式，也像一个个西西弗斯。偶见有渔获，一条大鲢鱼能比一条大臂还要长。

甩竿的声音有时候听起来像狗低吼。我有一次沿着岸边芦苇丛走，冷不丁听到这么一个声音传来，以为是野狗要扑来咬人了，吓得拔腿就跑，跑出去十几米，觉得不对劲，慢慢摸回去，才发现芦苇丛里藏着个钓鱼佬。

他们藏过的地方，会留下一些痕迹。水边的植物会被他们扒开，留下一个个钓鱼"坑位"，那些被他们久久坐过或站过的地方，就被踏出一个个小平台来。

有一个有趣的现象：如果同一块地里同时有钓鱼佬和

种菜的人在活动，那么要是你问钓鱼佬这附近有没有什么动物，比如刺猬、野兔和蛇，他们能跟你吹上一大堆有的没的；但如果你问种菜的人，他们会说"啊？哪有××啊，没见过"，哪怕黄鼠狼就在他们地里窸窸窣窣地穿过，哪怕野兔就在他们身后悄悄跳过。种菜的人弯着腰，两眼盯着土地，挥洒了很多汗水，收获了很多东西，恐怕也失去了很多。

至于会在回家路上计较"他妈的没钓到几条"的人，境界上还只是钓鱼人，不是钓鱼佬。我觉得，对于钓鱼佬来说，钓没钓到几条不是什么大事，钓的行为本身就已经是一场胜利。钓的也不一定非得是鱼，也可以是万物。从这个角度来说，钓鱼也许是一种真正的"运动"，钓鱼精神也是一种真正的朋克精神。

花裙子大姐

一个花裙子大姐，身边停着自行车，包扔在地上，人蹲在路边。

如果是在城里，很难说谁会多看谁一眼，哪怕大街上躺着一个死人。毕竟这就是城市的节奏和分工。但是，此时从花裙子大姐身边走过的我，看了她一眼。

四目相对的瞬间，我发现，原来是她的裙摆卷进自行车后轮了。她试图把裙摆解出来，但因为扭着身子，姿势窘迫，使不上力气。于是我问："需要帮忙吗？"花裙子大姐肯定地说："需要。"

裙摆卷得并不深。我先把她的包从马路上拿到路边，然后一手转动车轮，一手慢慢把裙摆扯出来。弄好以后，大姐仔细地检查了一下裙摆。我伸头看了看："挺好嘛！裙子没有破，沾上点油，回去洗洗就行了！"大姐立刻有点骄傲地说："是吧！这条裙子质量可好了！"

接下来，花裙子大姐很小心地把裙摆拢好，重新骑上了自行车。出发之前，大姐笑容灿烂地冲我摆了摆手。

我顿时觉得，无论年龄多大，只要穿着自己心爱的裙子出门，她就是街上最美的女孩。

捞鱼

村里的小河沟小池塘里有很多小野生鱼。如果去看，第一眼看到的大多会是入侵物种食蚊鱼，它们长相朴素，肚子圆滚滚的，在水体上层活动。

不过再多看一会儿，可能会发现水里有非常漂亮的别的小鱼——高体鳑鲏，长相气质就像袖珍版的鲤鱼。它们的雄鱼在繁殖期里，背鳍和臀鳍泛着醒目的红色，在阳光好的日子里看得很清楚。它们从身体中部到尾鳍的中线上还"画"着一条鲜亮的蓝线。一群高体鳑鲏在照得进阳光的水底游来游去，就像很多小红灯笼在闪烁。

高体鳑鲏需要在河蚌里产卵。雌鱼会伸出长长的产卵管，探进河蚌里，让孩子们傍着河蚌的硬壳长大。

村里真是有数不清的河蚌。水体清淤和捞草的时候，河蚌经常被当成附属物一起捞上来，丢在岸边。有很多能长到巴掌那么大，还有很多像指甲盖那么小。我觉得很可惜，因此每次看到还有活的（并不多），就会把它们扔回水里去。路过的狗对河蚌的气味很有兴趣，会凑上去挨个嗅闻。

上自然导赏班那年，讲授原生鱼课程的季老师让我们捞鱼进行观察、描述和记录（之后放生）。当时我拿着抄网，迷茫地蹲在小区里的小河沟旁边。小狮子也很有兴趣，跟了过来。我们俩在大太阳底下忙活了半天，满头大汗，把水搅得一片浑，心情一片沮丧，最后也只有我捞到了一条并不属于原生鱼的食蚊鱼。

一切小心缓慢的动作、入水的角度和食物的陷阱，似乎都没有用。明明抄网就在眼前，鱼群却总是会一个优雅地摆尾，集体避开了抄网。

最后，我和同组的伙伴们去了大宁公园。那里的保安在水里下了个虾笼，把捞上来的杂鱼养在一个缸里，打算用来喂他养的红耳龟。我们征得他的同意后，慢慢地观察了一番缸里的鱼，有鳑鲏、虾虎和麦穗鱼。

一年多后我回想起来，意识到还有光的折射这回事。哦——那时鱼的实际位置，应该在比视觉位置更近的地方。

占领了各个大小水沟、水塘的入侵物种食蚊鱼

鳑鲏生活的水体旁，被打捞出来堆放在一起的河蚌

车墩大神

"夜班二百元，夜班二百元，一天一结，一天一结……"

在车墩镇上的老社区里，有一整条街的职介所。里面介绍的工作，大都是日结的临时工。

"三和大神"这个词来源于深圳的三和劳务市场。那里有一群靠日结临时工生活的人，他们干一天，休三天。先挣点小钱，然后再把钱花光。他们吃的是馒头、泡面、面条，睡的是网吧、公园，甚至桥洞。

在车墩镇开始宣传"影视特色小镇"之前，这里是"工业重镇"，有很多工厂，也需要很多临时工，正是适合"大神"们盘踞的地方。所以，这里也有一群"车墩大神"。

他们说，钱，反正是挣不够的；媳妇，反正也是娶不到的。

只要有身份证，甚至没有身份证也可以，就能干一些没有特殊要求的临时工。有的"以人为本"的中介，会提供休息的座位、免费充电座和热水。有的中介还会开"年会"，拿着大喇叭在门口一喊，人群围起来，就可以搞抽奖。

有的日结工招工消息像一首诗：

酱油活儿飞虎队

点对点二百

点对点二百

连班四百

连班四百

免费包吃包住

短期工人走账清

白班夜班两班倒

在岗就行，不用干活

跟政府吃一样的餐

纯酱油活儿

爽得不要不要

必须有手机

自带充电器

带好行李和被子

身高没要求

能干活就行！

"酱油活儿"就是指糊弄糊弄、打打酱油就能轻松做完的活儿，非常适合"打工是不可能打工"的中青年。不过，这两年行情不好，活儿不一定酱油，钱反倒不一定能拿多少。我跟做过几年日结的人打听，结果人家最近已经不做了，改开网约车，笑称网约车也是日结，干一天拿一天的钱，直劝我有班上的话还是上上班，现在做什么生意都不好，日结也很苦的，还做不到二百五十元一天，完了又不忘让我去试试也行，要是看到有二百五十一天的就喊喊他。

于是我去街上的职介所一家一家地溜达，职介所的门头就跟房产中介一样，把好揽生意的活儿打印在A4纸上贴满整面玻璃，门口铺了满地的瓜子皮。有的要女工，有的要男工，有要站着干的，有可以坐着的，有不穿无尘服也能做的，有的要求懂二十六个英文字母，有的要求有健康证，有做保安的，有做中式点心的，有在快递点分拣、打包、扫描，有给方向盘缝皮的，有生产汽车涡轮增压和小配件的……我还看到一个包装公司的酱油活儿：给化妆品折盒子、贴标签，日结的话一天一百五十元，长期做的话还能再多一点。看下来，日结的好活儿并不多。

不少工作地点并不在这附近，厂子提供车接车送，并谢绝自行到达。早上大巴车把人接走，晚上送回来，停在职介所门口。车上干了一天活儿的人们纷纷下来，可是结钱的人还没到，于是一大车人就站在路边等着，聊天、吐痰、嗑瓜子（这解释了每个职介所门前的一大片瓜子壳是怎么来的），摇一摇大门紧闭的职介所门上的铁链子，或者寻觅寻觅玻璃上贴的其他活儿。我也跟着等了一小会儿，没见到结钱的人出现。

显然，"大神"的日子也不是那么好过的。如果你在一些能遮风挡雨的地方忽然遇见一床被子，不要奇怪，也不要把它扔掉，那有可能是某位"大神"的床铺被褥呢。

象棋

门口商店街上有个象棋局。街上也有棋牌室，但那可不一样。

天一开始黑，就冒出来好多人和小凳子，围着棋盘桌坐成一圈。这一圈外面还有一圈，是站着的人，他们一弯腰，就把棋盘的上空也笼罩住了。

下红棋的是位有点年轻的中年男子，技术似乎不太好，已经陷入苦战，拉下口罩直喘气，左右乱看，眼神飘忽，急切地搜索着周围人的建议。下黑棋的是位穿跨栏背心的老头，每一步棋都下得铿锵有力，尤其吃掉红棋的时候，一定要拍得棋盘"啪"一声巨响，充分凸显这一步的分量。

大概是游刃有余，执黑棋的老头还关心起了红棋的下法：红棋男子刚走一步，黑棋老头就"哎"的一声大喝，忙不迭地把红棋推回去，说"不能这样走"。接着就有四五只手伸到棋盘上来，一阵各自指点。红棋男子听晕了，还是坚持了原来的走法。

四周顿时响起一片惋惜的叹气声。唉，一步废棋！

眼看黑棋不慌不忙地用自己的一个炮换得了红棋一个车，卒一个个往前拱，马飞到了红棋腹地，红棋慌不迭地上士。大家对红棋男子说，你要输啦！

红棋男子抓挠着下巴，说知道自己要输了，但就是不知道接下来这棋该怎么下。棋局陷入干巴巴的沉默。红棋男子一摆手，说，随便下吧，让你走、让你走。

乱走的棋不好看，围观的群众们很快又帮红棋出谋划策起来，让那最后的挣扎也体面一点。

结局当然还是黑棋赢了，随着那决定性的一声"啪"，黑棋得意地用一个卒将了红棋的军。

围观的人有几个直起腰来，散掉几个，又聚上几个。黑棋老头让出了座位，拉了拉别人，说，你来！

晚上热闹一阵过后，到了白天，那棵樟树下面就只剩下一个空荡荡的棋盘和两张塑料小凳子，还有黑蚱蝉在树上猛烈地叫。

掏内脏

几年前，一位前辈离开上海，搬去了安徽的乡下。一天，她家里飞进来一只独角仙，前辈出去买水果准备喂它，就这一会儿的工夫，它就躺在地上不动了。

前辈问我要不要这个尸体，我摩拳擦掌一口答应了，期待着能拥有一只自己做的独角仙标本。几天后，我收到精心包装的快递，一只漂亮的雄性独角仙就像躺在天鹅绒棺材里。

尸体到手的第一步是还软，这样它的关节才可以活动，好调整做成标本的姿态。我烧了壶开水，稍微放了放凉，把水倒在一个小容器里，再把独角仙丢进去。可能水还是太烫了，我觉得它有那么一点熟了。

独角仙肚子大，内脏多，做成标本之前，要把内脏清理出来，否则日后会腐烂发臭。于是，我把独角仙掰成了头、胸、腹三段，开始用镊子之类的小工具把里面的肉掏出来。

这个过程让我想起夏天里抓"节令龟"（黑蚱蝉的若虫）吃的人们。烹饪方法通常是油炸。有些人相当喜欢这一口，我也吃过一点，但整体上觉得这类食物非常奇怪。"节令龟"胸部的口感更好，因为那里充满了肌肉，有种熟悉的"吃肉感"。至于腹部，因为里面都是一些你不甚清楚的东西，味道也有点重，吃起来让人心里没底。

独角仙肚子里掏出来的粉色小肉丝们，和炸过的"节令龟"有几分相似。

掏内脏的过程一开始可能会让人觉得有点恶心，但过一会儿就只剩下重复劳动的枯燥和艰辛。整个过程持续了将近两个小时。弄完以后，我大口大口地叹着气，眼睛、颈椎和腰椎都酸胀着发出了抗议。

肚子掏完之后，往里面塞上一点太空绵，让它重新鼓胀起来。我不小心塞了太多，导致后来用胶把头、胸、腹粘起来的时候，腹部有点不听使唤。现在只要把我那只标本翻过来，就可以看到胸腹部的连接处被撑开了一个口子，有一点太空绵露了出来。

从此以后，我一想到做甲虫类标本要掏内脏就觉得头疼。从家中角落收集起来的一套五只鳃金龟，本想做成标本，但它们体形有点小，要掏内脏的话会费眼睛，不掏吧，肉又有点多，会腐烂，最后纠结着迟迟没有动手。现在它们躺在自封袋里，暗暗地散发出一点臭气。还是蝴蝶好，肚子小肉少，不需要特别处理，直接做标本就行。

后来和其他一些做过标本的朋友交流，大家的感受都大差不差。但也曾问到过一位狠角色，自称从来不掏内脏，连独角仙和锹甲这类大型昆虫也不例外。

就是有点儿臭，他说。

不过我觉得，闻到这些臭气的时候，能强烈地体会到生命逝去的感觉。

正在进行整姿的独角仙，所用的工具除了昆虫针以外，都是由废弃包装纸、包装箱和包装板DIY而来

死了两次的天牛

一直很想做一只天牛的标本。可是平时在外面见到的天牛大都是活的，不太能捡到自然死亡的尸体。

6月的一个中午，和同事在园区的小花园里散步，眼尖的同事看到花园角落的小路上躺着一只天牛尸体。我捡起来一看，是一只皱胸粒肩天牛，整个身子呈古铜色，胸部像起皱一样有很多横纹，而鞘翅上方的"肩部"有很多凸起的小点——所以才叫这个名字。尸体非常漂亮和完整，不过似乎已经放了几天，完全干燥发硬了。我想，先拿回去，软化一下就好了。回到办公室以后，我找了个塑料袋，把天牛尸体放进去，并故意在袋内留下很多空气，把袋子系紧成一个大"气球"，作为防挤压的临时措施。下班后我小心翼翼地把它带了回去。因为暂时没有时间做标本，我也没把天牛拿出来，而是先把袋子放在了鞋柜上，想等周末再处理。

那个周末，小狮子破天荒说他哪里也不去，就在家里做做家务。我大喜，于是听听音乐、写写东西、做做翻译，而小狮子自己在厨房鼓捣了两个味道不错的新菜。我把上周洗好晾干的衣服叠了起来，又把这周洗好的衣服晾起来，清理掉了房间角落的一些灰，又拿着拖把，把地拖了一遍。最后，小狮子随便把各种家具的台面收拾了一下。我起身准备夸他做得真好，小狮子很得意，顺便向我展示了他正在收起来的一个废弃塑料袋：他把塑料袋团了一团，挤出一个气泡，"啵"的一声捏爆了气泡，然后把塑料袋扔进了垃圾桶。

夸完小狮子后，我继续坐在桌前干活。突然想起了什么，觉得十分紧张，赶紧站起来去看了看鞋柜上面——是空的。我弱弱地问小狮子，有没有收拾过鞋柜上面，有一个塑料袋，大概放在这个地方。小狮子显然记不清具体是哪个塑料袋了。我描述了一番那个塑料袋，四下找了找，都没有，便脸色铁青地翻起了垃圾桶。

一下子就找到了那个被捏爆揉扁的小塑料袋，并且马上看到了我的天牛：六条腿全断了，漂亮的长触角也断了，成了好几小截，只剩下一个光溜溜的身子。我两眼一黑，"哇"的一声干嚎起来。

小狮子缩在一边，一下子就蔫了，一边说对不起，一边说今天的活儿都白干了。从这件事我吸取了教训——以后我那些不知道是干什么的玩意儿不能乱放了。

翠鸟

我曾经在上班路上的高架桥下面，捡到过一只翠鸟的尸体。

姿态已经僵直的鸟儿倒在车保险杠前，周围都是热闹的街道，很难想象它怎么会撞死在这个地方。

当时是夏天，在问了一圈是否有人需要它做标本以后，我去把它捡了回来。

简单地驱赶了一下尸体上的苍蝇和蚂蚁，隔着密封袋握起它的瞬间，感觉就像手被电了一下：它好小，比望远镜里看到的还要小很多，算上长长的嘴，也能横躺在中号自封袋的底部，样子很可怜；此外，它还有一点软软的，仿佛在提醒，这个小东西不久之前还活着。

和想要一副翠鸟骨架的小浪老师约好晚上交接鸟儿。

我不好意思把尸体放在同事们会放午饭的冰箱里，于是把它装进小纸箱，搁在座位底下。天气很热，不一会小纸箱里就飘出阵阵臭气。我先是把纸箱拿远了些，之后又拿去了通往天台的走廊上。时间变成了嗅觉可以捕捉的东西。

晚上，我们隔着地铁站的闸机完成了臭烘烘的交接仪式。我没什么保存经验，加上天又很热，尸体果然还是腐坏得有点快。我觉得有点抱歉。

小浪老师很忙，回到家以后，先把翠鸟尸体泡进福尔马林保存。他跟我说，泡下来好多蛆！我回想起那些趴在尸体上的苍蝇，觉得那也难怪。

后来这事过去几年，我想起来问了问翠鸟的情况——嘿，还在福尔马林里面泡着呢。小浪老师说，他在忙儿子的事。

儿子的胎盘也留下来了，以后做成标本，他说。

养老院

因为工作原因，去远郊的一家养老院拜访一位姓高的老师。

这是我第一次来到养老院，来之前我也不知道高老师已经八十多岁、满头白发了。我在门卫室登记好自己的信息和拜访房间，穿过长长的口字形走廊，寻找着要去的房间号。一些在走廊活动的老人好奇地紧盯着我，想看看是谁的房间来了位年轻的客人。

高老师的房间是个四四方方的小间，房间里一张床、一张桌子、一个柜子、一个卫生间，一扇窗户正对着外面的小花园，一只斑衣蜡蝉正趴在窗玻璃上。

高老师让我以后不要带水果来，他一个人吃不了。

正事没几句话就说完了，高老师就聊起了以前的事。说起他做的研究，成果一直没能落地应用，因为商业化方面遇到了问题；说起儿女和亲戚都对自己研究的东西没有太大兴趣，没人继承；说起当年的工作和人事关系的无奈；说起妻子还在的时候瘫痪在床，自己照顾多年，因此不能走远……

高老师有一台小巧的塑封机器，他用它来塑封鸟儿的羽毛。他从桌子底下拖出一只行李箱，里面都是和名称标签一起塑封好的、有些甚至装了框的鸟羽毛。他要把行李箱拿到走廊里的大桌子上打开来看，我要帮他，他不肯。

我们一张一张地看，我有时候感慨，有时候提问。路过的另一位老人好奇地凑了过来，只是她神志似乎不那么清醒了，似乎没有弄明白我们在看什么。又有一位护理人员凑过来，高老师说，他之前给大家送过自己塑封的羽毛贺卡，他还有很多，以前出去做科普活动的时候还会送给小朋友。护理人员得到了一张这样的贺卡，我也拿到了两张，一张是给我的，另一张，高老师说，给你们领导。护理人员管高老师一口一个"爷爷"的叫。

我有一张长长的清单，上面写着那些我想要拿走的羽毛。高老师没有全给我，让我先拿一部分回去看看。他说，难得交个年轻朋友，你下次再来。

后来我又去了，没有带水果，什么也没有带。正事依然聊不了几句，又开始说起别的。

高老师又说着他的研究，打开电脑想给我看他以前出去做科普讲座的课件。他看不太清电脑，喊我过去帮他操作。

他说，鸟的羽毛有很多用途，甚至可以用来做灭火材料。和消防部门谈过，成本有点高，没谈成。

高老师问我，知不知道为什么他保存的羽毛过了这么久颜色还这么鲜艳？然后又介绍说，他是用了特殊的处理方法，曾经想教给一些人，但是，要签保密协议，没有和人谈好。高老师说，要不是他年纪大了，没法出门了，他本来想去云南，那边好养那些颜色艳丽的鸟儿，掉下来的羽毛可以用他的方法做成工艺品，可以作为当地的扶贫项目。

我想，我倒是可以跑，便产生了兴趣；但又觉得不敢，没有知识怕不懂，没有资源怕不成事。心里翻来覆去想了好一阵子，最终也还是没开口。

拜访的时间过得很快，高老师说，他要去练钢琴了，跟着伴唱的"粉丝团"，已经在音乐室里等着他了。

海市蜃楼

刚开始观鸟的时候，不少次自己一个人去南汇，坐公交车到南汇嘴观海公园，向北沿着世纪塘路的海边大堤一直走，走到观鸟人们口中的"魔术林"区域。那是鸟儿们在大堤上种下的几小片刺槐林，非常秀珍，但每年的迁徙季都有很多稀罕的鸟儿在里面歇脚。

夏天里太阳晒得大堤上的马路烫脚，从一、二号林遥望四号林，总能看到个奇怪的景象：停在小树林旁的汽车在强烈的扰流中抖动着，车下的大片地面却像是洒了水一样倒映着车的影子、反着光。我曾经真的以为路上洒了很多水（至少在视觉上能给人一丝凉意），但走近了看，才发现路面非常干燥。夏天的世纪塘路总是能见到这种景象，但过了很久很久以后，我才知道这就是海市蜃楼。

马路虽然不是沙漠，但吸热也很厉害，造成紧贴着马路的空气和上方的空气有密度差，路上车辆向地面反射的光经过空气层的折射向上进入人眼，看起来就像地面倒映着车辆的影子一样。

炎炎夏日里公路上的海市蜃楼现象

饰纹姬蛙

一年夏天的傍晚，忘记具体是出于什么原因，我和小狮子决定去一片荒地里看看。

天黑以后，我们翻过墙头，打开了头灯和手电。马路的车流声和灯光被围墙挡住以后，里面仿佛是另一个世界，天上的星星也清晰了起来。

这里曾经是一片荒草丛，现在是挖掘机刚翻整好的一块地。横七竖八的挖掘机履带印记，加上连日的阴雨，积成了一条条小水坑。此刻，这里到处都是热闹的饰纹姬蛙鸣叫。

以前荒草丛还在的时候，白天我在这里观察过蝌蚪。饰纹姬蛙的蝌蚪很漂亮，是半透明的，漂在水面上；泽陆蛙的蝌蚪安静地沉在水底；中华蟾蜍的蝌蚪大团大团地扭在一起，形成水里一片片涌动的黑影。

这会儿，我们"哎哟哎哟"地找能下脚的地方，走进烂泥地里，寻找脚边那些叫得很响但也藏得很好的小蛙。偶尔找出一两只，只见它们都躲在阴影里，把声囊吹得有肚皮那么大。我们还发现了漂在小水坑上的几片卵。

赶紧孵化，赶紧长大吧！在时间和空间的夹缝里，抓紧每一个机会！

某次夜观活动中抓到的饰纹姬蛙，观察过后已放生

蚁狮

很久以前看《姆明一族》的动画，有一集里小精灵姆明和好朋友们在沙地上玩耍，突然大事不好，科妮掉进了蚁狮洞，朋友们忙赶去营救。动画里的场景是这样的：沙地上有个漏斗形的大凹坑，科妮滑了下去，正在斜坡上挣扎，那个叫"蚁狮"的生物从坑底冒出来，面相凶恶，浑身黑毛，长得就像一只狮子。姆明的故事有点神神秘秘的气息，于是蚁狮也给我留下了一种很大、很奇幻的印象。后来才知道，蚁狮是一种真实存在的生物。

第一次真正见到蚁狮洞，是在一处寺庙悬空的木质走廊下方，走廊的屋檐为下方的一块沙土地遮风挡雨，让它能保持干燥。支撑走廊的木柱子周围，可以说是密密麻麻地分布着一片小坑洞。可能会让人误认为是水滴溅出来的凹坑，但太干燥了；也可能会以为是被什么其他生物衔去了泥沙的痕迹，但未免太光滑精致了。洞底零星可见的残骸指明洞主人是一位小虫杀手，我甚至还在一个坑底找到了小半片蝴蝶翅膀。

再见到蚁狮洞，是在常去的一片荒地，里面有一间废屋，屋里一股尿骚味儿，地上的东西乱七八糟，还有一块木板，一双破鞋，似乎有人在这里临时睡过。

夏天这里有水塘和大片杂草，我便叫了几个朋友，夜里一起寻找昆虫。找到了几只蝶角蛉后，来到这间废屋门前，一位朋友惊喜地从自己的裤子上捉起一只蚁蛉。这是种在上海不那么常见的昆虫，大家还挺高兴，给它拍了不少照之后，就放它走了。

后来有一天，我在白天再次来到废屋仔细查看，发现不知道什么时候，地上的木板上被人倾倒了一片浅浅的沙子。弯腰仔细看，能看到沙子上有一个个漏斗形的小坑。我恍然大悟。

蚁蛉的幼虫——也就是蚁狮——就生活在浅浅的地表之下，藏在"漏斗"底部，这"漏斗"是它的陷阱。每当有别的昆虫落进坑里，蚁狮就会挥舞着一对夸张的大颚，马上冲出来捕食。那一个个小坑其实就只有手心那么大，坑也很浅。要说这样的小坑能让什么生物深陷其中，恐怕也只有蚂蚁了吧。捉小精灵肯定是不行的。

令人吃惊的是，就是这么一小片不知道什么工程留下来的废弃沙料，在这么一个完全不自然的废屋里，提供了一个足够蚁狮发育为成虫的环境。

尽管如此，城市里的蚁蛉还是很少，果然是因为适合蚁狮挖坑设陷阱的干燥土地太少了吧。

蚁狮成虫 —— 蚁蛉

发现蚁狮洞的废屋二层

时隔一年多又去拍摄的蚁狮陷阱，从周围的鸟脚印来看，第二年的蚁
狮并不一定能顺利活下来

小区儿童观察

楼下邻居家的女儿上小学三年级。一天，我偶然提到家里有不少书，邻居表示很感兴趣，因为他们家女儿很爱看书，说改天让她上来挑挑。正好这会儿要下楼，我想了想，拿上了一本《我的妈妈是精灵》。下楼的时候正好邻居也出来，门开着，小姑娘的爸爸在穿鞋。

我把书往他手里一递，说，给。

第一本书借出去才过了一天，小姑娘就来还书了，站在门口，戴着口罩。我顿时觉得自己没戴口罩是不是不太妥当。

我问，要进来挑挑别的吗？小姑娘说，不用，你给我随便拿一本吧。

我预感到这么快被归还的书，可能没有受到太多喜爱（事后我观察书被翻过的痕迹，感觉她没有读完），那么就换本轻松点的吧。我在屋里喊，你看过杨红樱的书吗？小姑娘说，谁？没有。

第二本借出的书是《女生日记》。不出所料，这本书三天后才被还了回来。小姑娘的妈妈发来消息说，孩子看得不肯睡觉。

果然这个年龄的孩子就是喜欢杨红樱。我有点不服气，要能欣赏《我的妈妈是精灵》，果然还是得年龄大一点。从一个普通孩子的正常反应来看，是不是也解释了这两本书的销量差距呢？

第三本书我夹带了点私心。我拿着《奇妙的鸟类世界》，问小姑娘对鸟有没有兴趣。小姑娘说，小鸟啊，呃，还行吧。我心想，不是的，还有很多奇怪的大鸟。尽管小姑娘一脸不情愿，我还是把鸟类科普绘本塞给了她，说，看看吧，很有意思的！

我们的对话一直都很简短，交接书的时间也是。

几天之后，鸟类绘本被归还，我多问了一句，觉得怎么样？小姑娘说，呃，还行。我一看，那算了，还是继续看杨红樱吧！接下来是《男生日记》，再接下来是《五三班的坏小子》《假小子戴安》，等等。

小姑娘的妈妈发消息说，孩子看得入迷了，看着看着还会突然爆发出一阵大笑。有的家长高兴孩子这样，也有不高兴的。关于杨红樱的书到底好不好，市场给了足够多的反响，网络上也有足够多的争论。但神奇的事实是，一代又一代的许多孩子的确喜欢这些故事。

我心想，唉，行吧。然后默默把一些"推荐不出去"的书收了起来。

小区里的孩子们开始上网课以后，学习和生活的大部分场所都收缩至小区内。不学习的时候，他们成群结队地玩假枪，滑轮滑，绕着小区一圈一圈地疯跑，大声唱着《孤勇者》，对着小区门口的警示柱练拳击（由此发现警示柱是软的），把路锥（又被称作将军帽、雪糕筒）外面套着的红白相间、带反光条的那层纸揪下来套在自己头上。

夏天里下了一场特大暴雨。雨停后，由于小区排水系统跟不上，整个小区都积了水，进出的人只能脱下鞋子，光脚或者换上拖鞋蹚到水里去。水最深的地方，已经没过成年人的小腿中部。

这引发了孩子们的一场狂欢。每个孩子都拿出自己家里玩水的东西，其中最多的是喷水枪。有喷水枪的就地取水，喷向空中、绿化带和可能出现的"敌人"。有自行车的就在水里转着圈骑，水花飞溅，涟漪荡漾。什么都没有的就在水里走。不，不会什么都没有的，还有手。

我本想去小区门口拿个菜，匆忙下来，发现到处都是水。沿着小区绿化带高出来的路缘稍微探索了点路线，还是困在了小区中心的绿化带里。望了望周围，没望见出路，只能原路回家去，换了鞋，想了想，又摸上了自行车钥匙。

我骑着自行车从最深的那片水经过，车轮的辐条在积水里发出愉快的声响。哦，感觉真的不错！拿完菜以后，我也忍不住绕着小区多骑了两圈才回家做饭。而孩子们一直在玩水，直到水慢慢变浅，又慢慢不见了，才零零散散地回家去。这水给了孩子们整整一个上午的欢乐时光。

还有一次，楼下小姑娘的妈妈说，她女儿喊我去一起打羽毛球。

我拿上球拍和羽毛球，下去以后发现一共有三个孩子在，是平时总在楼下玩"老狼来了"的那三位，姑且称他们为胖男孩、瘦女孩和长辫子女孩。

我们一共四个人，不到十几分钟的时间里，打球的组合方式就迅速从一对三变成两人两组，一组五个球轮换着来。无论谁和我一组都会显得有点不公平，并且会引发一连串的争论。而且，我发现孩子们集中在一件事上的时间的确相当短。很快，他们就放下球拍，提议"玩点别的吧"。

于是，我，一个三十二岁的成年女性，和一帮平均年龄不到十岁的孩子们，玩了一小时左右的抓人游戏。应该可以练到一点腿和核心肌群，我是这么想的。

这个游戏显然很吸引人。路过的"散客"孩子陆陆续续加入进来，壮大成了七人队伍，很多孩子互相认识，但叫不上名字，空气中充满了指代不明的"你""你""他""她"。在大约三分之一的时间里，大家都在大喊大叫着确认到底谁是"鬼"。

我发现每个孩子的性格都显得很不一样。

胖男孩屡次把游戏规则朝对自己有利的方向解读，声称"我们平时就是这么玩的"，并屡次遭到其他小伙伴的抗议。

瘦男孩喜欢站在整个游戏的最高点——滑梯筒的上方（就是那种小区里常见的五颜六色的塑料组合滑梯）。在其他人绕着滑梯尖叫疯跑、享受速度与激情的时候，他在唱歌。我听到了"我走过你走过的路"，还听到一些类似说唱的歌曲。他还会跳舞——稳稳地站在圆筒上面（我不知道他是如何做到的），打开双腿，左右扭胯，还是性感风格的舞蹈。要是"鬼"爬上滑梯，他就会伸长手臂，炽热地说，来呀，来抓我呀！

黑衣男孩有很强的攻击性，而且显然对游戏投入了100%以上的认真。他似乎很享受当"鬼"，并且为了实现这个目的而故意在别的"鬼"面前晃荡和挑衅。他当"鬼"的时候擅长用"战术"，是唯一一个不疯跑而是利用滑梯的地形观察其他人的孩子。他喜欢突然折返、埋伏和潜伏，喜欢突然从滑梯下面钻出来，用特意压低到沙哑的嗓音张开双臂大喊"哈（三声）喽（二声）"，专心扮演一个反派。

长辫子女孩喜欢和胖男孩过不去，时不时捉弄他一下。

瘦女孩从头到尾都在疯跑，跑累了就问别人"你不渴吗"，但自己依然不会回家喝水，而是脸蛋红扑扑地继续玩。

至于我——孩子们说"你羽毛球打得不错"，我想这只是因为我力气比他们大一些；孩子们说"你跑得可真快"，我想这只是因为我个子高步子大；孩子们说"谁最大谁来抓人"，我说"好"，然后准备开始刺激一下自己的心肺；孩子们叫我"那个阿姨"，我尽量对此没有表现出任何情绪波动，不过这个称呼后来还是变成了"大姐姐"。

一个小时后，我宣布"我要走了"，然后喘着粗气，浑身黏糊糊地回家洗澡去了。而孩子们的吵嚷，还会一直持续到傍晚。

流浪猫

我穿得好好的鞋子，脚跟部分的鞋底突然掉了。我扯着小狮子的胳膊，拖沓着一只脚回家，路过小区门口，又看到经常在这附近活动的那只玳瑁猫。

它的肚子有点鼓，我说，你不会又怀孕了吧？你不是吧？

这是一只很瘦小的猫，它自己说不定还是个孩子。不过，单就我们见过它的次数来推断，这已经是这只母猫今年怀的第四胎了。它的肚子大起来、小下去，又大起来。曾经有一次我和它在楼梯上狭路相逢，只见它嘴里叼着自己的一只小猫崽，站定犹豫了片刻，没有选择逃跑，而是从我脚边一绕继续前进了。我还听见尖细的喵喵叫，走到楼梯下面一看，发现还有一只等待搬运的小猫崽。

这只玳瑁很亲人，猫对人类的信任显然主要来自食物。在它常出没的草丛旁，我有几次看到有人撒下的小堆猫粮——家里不方便养猫或者家里养不下那么多猫的人，总是通过这种方式关心还在外面流浪的毛孩子。感觉几乎每一个小区、每一个公园里，都能见到这样的猫粮堆。在我当时上班的园区里，保安也像这样喂养了很多猫，还给怀孕的母猫准备了小被子。很快，园区里的猫就多了起来，并且渐渐地不再害怕人，开始出入温度舒适的办公大楼，跳上在园区长椅上休息的人的白裤子，在上面按下几个黑乎乎的脏脚印。

其实没有人的话，猫过得也还可以。猫是猎手，会自己找吃的，而且很会抓鸟。猫在外面的很多不安全，说起来还是跟人类有关：人类让猫扩散到本没有猫的地方，让猫越来越多，让它们有了争斗；人类产生量大得惊人的垃圾，给了猫一个可以轻松获得食物但有可能吃坏身子的地方；人类修了马路，让猫走得好好的就挨了撞。嘿，人类，大坏蛋！

我看着小区门口的玳瑁，感慨说，这才半年多，已经四胎了，那么一整年下来，一只猫可以再生多少只小猫崽，太能生了，我跟你说，照这样下去，地球很快就会被猫占领了。

小狮子说，可是我感觉并没有见到那么多猫啊。

我说，那可不，猫又不是那种喜欢在大街上晃荡的生物，人家都是躲起来的，钻来钻去的。

小狮子说，可是那只玳瑁就总是喜欢在小区门口趴着。

那不一样，我说，她是出来乞讨的。或者说，是出来打工的。反正和你们打工人一样，主要是为了讨几口饭吃。

小狮子纠正道，不是"你们"，是"咱们"。

我想到在小区里曾经见过一只漂亮的英短蓝猫，我觉得是谁家的猫跑丢了，想先把它抓了去，但它却很警惕。在我回家准备寻找点更趁手的抓猫工具和纸箱的时候，它没影儿了。过了几日，我见着它大喇喇地在小区大门口中间横着，身下压着只三花猫，猫腰颤动个不停。再过了一阵子，我看见它舒舒服服躺在别人家的院子里晒太阳，我问起丢猫的事情，主人说，没丢，就是散养的。

我接着跟小狮子说，我们应该去弄一个大网兜，改天来把这只玳瑁猫网了，送到医院去，把她的子宫噶了。我边说边用手掌猛地一比画。

我说，我见过那种大网兜，做TNR（捕捉、绝育、放归）的人就用那种，看好时机把猫一下子罩住，猫在网兜里就变得跟一个弹簧似的，噌噌直往上蹦跶，然后找个包把猫装了，唰地送到医院去，把手术做了，住几天院休息好了，再装起来，送回原来的地方，打开包，猫就跟一支离弦的箭一样，嗖——就跑没影了。

在这段描述里，所有拟声词的部分我都激烈地手舞足蹈比画着。说到猫跑走的时候，我身子一歪，失去平衡，差点就倒进路旁的灌木丛里，小狮子一把拉住了我。

好，现在你知道我的鞋是怎么坏的了吧？

在经济林中活动的流浪猫

被人嫌弃的虫虫邻居

　　房间的角落里出现了蜘蛛网，小狮子想清扫掉，被我拦住了。我说，那是我"养的"蜘蛛。蜘蛛应该可以帮忙消灭一点蚊子，蚰蜒可以帮忙消灭一点蟑螂。还有不结网的跳蛛，是常常出没于人类居所的房客。如果你觉得它们是灰扑扑的恶心小东西，请一定看看它们最大的那一对眼睛，我相信没有人可以抵御那种水汪汪的目光。

　　夏日夜里的玻璃门窗和窗帘合在一起，就像一个大型灯诱装置。趋光性的昆虫时不时扑到玻璃上来，倒在阳台外面。鳃金龟则能找到拉门轨道上的小孔，钻进屋里来，在灯下转着圈飞，发出小飞机一样的嗡嗡声。等它们累了，歇在窗帘上，我就把它们一个一个抓起来，扔回外面去。尽管如此，每年家里的角落都会打扫出不少默默死去的鳃金龟尸体。我收集了一些装在小号自封袋里，黄色的、栗色的、黑色的，光洁的、绒毛稀疏的、绒毛密布的——至少有五种不同的鳃金龟。

还有一些不速之客。第一次发现洗手间的墙上挂着很小一条灰色杂物的时候，还以为是什么小垃圾粘上去了。晚一点再进卫生间，发现那东西的位置往上移了很多，才意识到这是个活物。喊小狮子来看，他不相信是虫子，轻轻吹了口气，那团小灰东西就不知道掉落到哪儿去了。

衣蛾的幼虫会用纤维做一个"袋子"，遇到危险就缩在里面，安全的时候就探出头来拖着"袋子"爬动。这个习性和蓑蛾很相似，只不过蓑蛾更大更显眼，造"房子"用的是小树枝、小草棍之类的材料，在城市绿化的树木上、金属扶手栏杆上、电线杆上，经常可以见到这种神奇的小生物。而衣蛾，则是隐匿在人家中的会蛀食衣物的小昆虫。

我的一件羊绒衫上不知什么时候多了一个很不自然的小洞，想必是衣蛾干的。小洞不显眼，所以我若无其事地继续穿着那件羊绒衫，但往衣柜里扔了几粒防虫蛀片剂。

后来再看到衣蛾的时候，我会凑到旁边静静地等待一会，看里面的小虫子探头出来，摇头晃脑地沿着瓷砖往上爬。看得差不多了，就把它揪下来，请出去。在人手碰到它的一瞬间，小虫子就会像闪电一般缩进去，从"袋子"的开口处（一个非常整齐的正圆形小孔）望进去，可以看到它的脑袋。

此后的几年，春夏季节里，总能看见衣蛾的幼虫爬上卫生间的同一片墙壁，它们总是背着颜色和款式非常雷同的"灰袋子"。下一年，小狮子有一件放着一直没穿的羊毛开衫也出现了一个小洞。再下一年，我最喜欢的一件毛衣袖口边缘突然毫无征兆地出现了一个破口。好像衣蛾更喜欢质量好的天然纤维，而且倾向于从布料比较薄弱的地方下口。

　　为了防止心爱的毛衣从袖口开始开线并回归一团乱毛，我决定把断线的部分缝补一下。我根据衣蛾们统一的"灰袋子"猜测，它们的筑袋材料或许来自洗衣机底下常年积累成团的绒毛。

　　于是我把洗衣机搬开，把底下的绒毛都清理干净。然后去衣柜里看了看之前已经挥发干净的防虫蛀片剂，重新投了几粒进去。到目前为止，还好，没有造成太大损失。

昆虫旅馆

阳台上的砖缝里来了只细腰的蜾蠃。

它不知道什么时候、从什么地方运来泥土，糊在墙上，做成了一间粗糙的小房子。房子上留着一个小圆孔，它在那里进进出出，忙得很。按道理说，那里面应该有一只被麻痹的蜘蛛，或者一条毛毛虫，还有母亲精心产下的一粒卵。但是我没忍心掰开来看。

过了一阵子，小圆孔被封上了。"门"的材质和颜色明显和其他部分不太一样。后来"门"被顶掉了，小圆孔又露了出来，我就猜是里面的小住客长大飞走了。

第二年，之前的泥房子上加盖了一层，稍小一点，也留有那么一个小圆洞。后来，两个洞都被堵上了，再后来只有一个洞门被重新打开。

我在野外见过蜾蠃在泥坑里团了一个泥球然后运走的样子，心想，如果蜾蠃每年都来阳台上，我或许可以给它们提供更多可以做泥巢的地方。

上网看了看，有不少卖园艺用品的商店会卖成品的"昆虫旅馆"。和喂鸟器一样，昆虫旅馆是人们喜欢装饰在自己院子里、顺便吸引一下野生动物的物件。不过这些东西想要"招蜂引蝶"，实际应用起来还是有点讲究的，和周围的环境、落叶层、旅馆的材料及摆放方式、孔隙的大小差异等因素都有关系。我尽量选了一个简单朴实的样式，里面有些像蜂窝煤一样开了洞的圆柱形木块、小竹竿和松果，挂在了有蜾蠃筑泥巢的那个墙缝附近。

昆虫旅馆挂起来的当年，很快就有十好几根小竹竿被泥封住了口，我喜出望外，心想这次挂对了，期待着旅馆里虫丁兴旺的场景。

一个夏日的午后，我更是激动地发现几只小虫子捅破了泥封，已经钻出来，停歇在旁边。凑近一看——啊！竟然是好几只亚麻蝇！有几只一看就是刚羽化出来的，翅膀皱巴巴的，还在展开的过程中。这，怎么都是苍蝇？我每年都来的蜾蠃呢！？

查了很多资料，没有找到任何关于亚麻蝇会做泥巢的说法。不过，亚麻蝇的一些种类会寄生鳞翅目幼虫。所以有没有可能，这些泥巢依然是蜾蠃做的，而这些小苍蝇，是蜾蠃妈妈留给孩子的食物上面附带的？

为了解开这个谜题，我等了差不多一年。第二年，旅馆的"入住率"更高了，去年和今年的泥封，颜色微妙地有点不一样。我挑了两个去年没有被破开的小竹竿，认为里面的幼虫应该是羽化失败死亡了，就拿美工刀把泥盖子割开看了看。里面是空的，但是可以看到深处还有一层泥封。

竹竿的尾部也被泥封着，于是我又破开另一头，这回可以看到一对复眼了！

我磕了磕竹竿，把里面的小家伙倒出来——是一个蜂蛹呀！隐约已经可以看出有点蜾蠃的气质。只是这有点不对劲，如果是去年的死蛹，应该会比较干燥，或者被其他钻进竹竿的小虫子分解掉了，怎么会这么完整湿润，甚至还有点软？就在这时，蜂蛹的腹部抽动了两下——它还是活的！我赶紧把它放回竹竿里去，把泥封塞上，再把竹竿插回了原位。

那么谜题就破开了：亚麻蝇肯定不会做泥巢，旅馆里的住客也真的是蜾蠃，蝇只是附带而来的。后来，墙上砖缝里的泥巢再也没有蜾蠃光顾，它们都选择住昆虫旅馆了。

小竹竿里的蜂蛹

棺头蟋

最难熬的夏日酷暑过去了，终于到了可以关掉空调打开窗户的时节，外面的虫鸣声一下子涌进屋来：黄脸油葫芦的"蛐哩哩哩、蛐——蛐哩哩哩哩哩"，纺织娘的"咔咔咔咔咔咔"，悦鸣草螽的"嗞、嗞"。

窗前有纺织娘整夜"叫唤"的人家，想必一定没太睡好。四楼的邻居也开始问，什么东西嗞嗞响，听得人头疼。

虫鸣和人类生活的声音混在了一起，和房间里电视的声音也混在了一起。这天我仔细一听，有一组虫鸣声明显更响亮，便把电视节目暂停，发现是家里进了蟋蟀。

叫声来自卫生间。蹑手蹑脚地走过去，悄声无息地打开门，叫声更响了。要是打开灯找，叫声会立刻停止；关了灯退出去，不一会儿叫声就会再响起来。如此反复几次，蟋蟀似乎意识到开灯也不会有什么危险的事情发生，就安心继续叫着了。我想，它在这里叫破喉咙，也找不到对象，于是循声找过去，挪开拖把桶，在桶底下发现了叫声的主人，用离心管把它扣在了里面。

原来是一只石首棺头蟋。它先是在离心管里紧张地蹦了两下，来来回回爬了爬，然后安静下来，开始整理自己的仪表。

它身上很干净，看它的脑袋，油亮油亮的。它开始洗脸了：先把前足送到"嘴"里，下颚须和下唇须把前足抱住，仔仔细细地啃了个干净，然后用前足摩挲口器啃不到的头部，好像是搓下来什么东西粘在足上，于是搓完头又再仔细地把前足啃了一遍。触角也要清理的，前足伸出去一揽，就把一根揽到嘴里，下颚须和下唇须抱上去，从触角根部开始，啃完一点就放出来一点，随着触角顶端也清理完，整根触角弹出去，又精神地竖着了。

中足、后足也是差不多的清理方式。只不过，后足平时是向身体后方伸着的，清理的时候，整根后足扭转了180°。原来，蟋蟀粗壮的后足也能往前伸的。那姿态是有点滑稽。蟋蟀抱着自己的后足，认认真真地啃（还能啃到后足的"大腿根"），看上面那些精密的小尖刺，其中每一个沟沟壑壑都被清理干净了。

腹部也要好好清理。这时，清理好的足就变成小梳子了。中足可以刷刷肚子底下，后足可以刷刷腹部末端的上下两面。刷到背上的时候，为了防止翅膀碍事，蟋蟀把两片翅膀竖了起来，就是这个过程中的那么一点点摩擦，都让两片翅膀发出了微弱的"蛐"声。最后两条后足一起抬起来，把腹部末端的两根尾须捋了捋。

整个过程不紧不慢地重复了好几遍。我不看电视了，而是看了好久蟋蟀打扮。看得心满意足后，觉得这个小伙子也差不多打扮好了，该放它出去找对象了。于是走到门外，打开离心管的盖子，让它到外面快活去吧！

护雏

如果在夏天发现了一个鸟巢，就像发现了一个宝藏。

孵化以后的雏鸟没个鸟样，像一张张移动的大嘴，平时安静地窝着，一听到亲鸟的动静就弹射并伸长，神经质般地抖动着。雏鸟嘴边缘和嘴里面的颜色通常非常鲜艳，据说可以刺激亲鸟的喂食本能。

大一点、出了巢的幼鸟有更大的机会被人看到。许多年轻的林鸟看起来有点呆呆傻傻，比如还不能自己飞行的，只能站在巢附近的树枝上（还经常掉下来）；再比如不能自己捕食的，叫个不停，抖动着翅膀像亲鸟乞食，夏天里总是充满着各种乞食的声音（比如暗绿绣眼鸟）。

水里的幼鸟就可爱多了。一只成年小䴙䴘身后可以跟着一串斑马纹的幼鸟，游累了的幼鸟就爬到亲鸟身上，导致有时候你原本观察着一只成年小䴙䴘，但它的翅膀下面会不经意间突然冒出一个小脑袋来。去北方还可以看到骨顶鸡（可惜它们只在上海越冬）的幼鸟，小秃脑袋是红色的，远远看就像一群小红点。

带着幼鸟的亲鸟很警惕周围潜在的危险。除了环颈鸻演技高超的拟伤行为*，还有很多亲鸟的招数非常朴素。

我曾经在高桥村的经济林地里遇见一只带着一群小鸡的雌性雉鸡。发现那些满地跑的小绒球时，我产生了巨大的兴趣，马上停下来，拿起望远镜瞄准。就在这时，雉鸡妈妈扑啦啦地飞了起来。当一只鸟体形很大的时候，你的目光会不由自主被它的身影和发出的声音吸引 —— 哪怕只是看上短短一眼。就在我转移目光的一瞬间，刚才还在的一群小绒球像变戏法似的，一哄而散，不知道躲到哪里去了。

还有一次在水干了的稻田里，看到一大一小两只黑水鸡正在散步。它们发现我以后，气氛理应变得稍微紧张起来，可是亲鸟却从稻田里走出来，上到更暴露的田埂上，姿态悠闲，步伐不紧不慢。我的目光自然就落到了更容易观察的那只鸟身上 —— 尽管只是持续了一瞬间。反应过来以后，我赶紧把目光移回幼鸟身上，只见它正在奋力奔跑，两根细腿和一双大脚拼命交替移动，看得让人脑中响起《猫和老鼠》里

---

*　拟伤行为：环颈鸻亲鸟耷拉着翅膀、拖着腿，假装自己受伤，从而吸引捕食者的注意力，防止自己孩子被发现的行为。

的背景音乐。就这么跑出一段距离之后，它突然身子一横，钻进稻秧组成的绿墙后面不见了。这时，亲鸟才加快了速度，沿着田埂跑远了。

小䴘䴘的幼鸟

黑枕黄鹂

黑枕黄鹂，羽色鲜黄亮丽，性格很低调。春天它在树冠里鸣唱，却让人怎么也找不到它的身影。夏天它喜欢筑巢在枝繁叶茂的隐秘地方。是一位每年都来上海，却不那么容易见着的朋友。

一对黄鹂筑巢在绿化林里，我走在林间的步道上，刚好有一个微妙的角度，可以透过树枝和树叶看见那个巢 —— 用草叶精致地编织在一起。风一起，巢就跟着它挂在上面的那根青桐树枝一起摇摆。

一旦发现巢的位置，黄鹂的一切行为就显得高调和显眼起来。亲鸟前来喂食，一落进这片林子就会先叫唤几声。回巢前，亲鸟会先在附近别的树上停一下，停在那里让人难以捕捉，可能是为了悄悄确认周围是否存在威胁。但巢内的幼鸟显然已经提前知道了，它们早已支棱起来，大嘴朝天，抖动个不停。

喂食很频繁，差不多十分钟能有一轮，有时是单只亲鸟来喂，有时是双亲先后各来喂一口。雏鸟吃得很好。有一次看得出那食物是一只芋双线天蛾成虫，大部分时候多是看不清具体是什么的肥大绿虫子。雏鸟会长得很快很快。

有时，亲鸟也会在巢附近的树上停着，没有觅食，甚至一动不动，就这么蹲上一阵子。不知道育雏这件事是否也存在休息的时间。

亲鸟还要处理雏鸟的粪便。它落在枝上，嘴里没有叼着食物，眼睛仔细地盯着巢中看，然后一嘴下去，叼出一个白色的小圆袋子来。这就是雏鸟的粪囊，个头还挺大，可见雏鸟真不愧是"吃饭的机器，造粪的布袋"。粪囊表面有一层膜，包裹着里面的粪便，方便亲鸟叼走处理掉，保持巢内清洁，也防止粪便暴露巢的位置。不过，粪囊里通常还有没完全消化的营养，于是亲鸟头一仰 —— 把粪囊吞了下去。

那可不，忙活了半天，老爸老妈还没吃饭哪。

蝙蝠

搬家来车墩镇的时候，这里的房子其实已经空置了几年没有人住，有很多要修修补补的地方。

阳台上拖把盆接着的水龙头已经不能出水了，盆里堆积着黑乎乎的一团垃圾、落叶和灰尘。

我叫来了弄水管的师傅，师傅让把水闸关掉，然后把水龙头拧了下来，顿时，管子里残留的水喷涌了出来。师傅的本意是把这些水放进拖把盆流走，但是盆里的那团"垃圾"突然动了起来。

师傅惊叫，原来拖把盆里有只蝙蝠。现在是冬天，它还在冬眠，被冰冷的自来水给冲醒了。

我们把蝙蝠拿出来，用纸巾吸了吸它身上的水，然后把它放在太阳底下晾晒。不知什么时候它不见了，也许是晾干了身子就自己飞走了。

每年冬天一过，天气变暖，冬眠的蝙蝠们开始苏醒，我发现有些蝙蝠就在我家的阳台上休息：有时候夜里我上阳台，把灯一开，它们被惊扰到，就扑棱棱地飞走了。我仔细看了看，原来阳台顶上有好几根横向的管道，蝙蝠们大概就在上面休息，管道上可以看到一些粪便流下的痕迹。后来，我很小心地留意晚上不要到阳台上去。

不过，它们确实会留下很多粪便。那些方便蝙蝠休息的管道下面，很快就堆积起长条颗粒状的粪便来，有那么点像老鼠屎，但只出现在管道正下方。因为夜里避免了上阳台，我就再也没有仔细看过蝙蝠的样子，但在白天的大太阳底下，我会拿着扫帚和簸箕出去，把积起来的粪便扫起来扔掉。没有养宠物，但也经常在"铲屎"。

不过毕竟屋里有人住了，晚上亮着灯的时候变多了，人气也有了，渐渐地蝙蝠就比较少来了。到了现在，蝙蝠活跃的季节里，傍晚时分小区的空中还是飞满了蝙蝠，站在阳台上看，发现它们经常掠过非常接近阳台的地方。很长一段时间里，阳台上的垃圾，只剩下各种鸟儿在这里停歇时吐出来的果核了。

然而，当我以为它们再也不会来阳台上休息时，某间很久没开过灯的房间外面，又堆起了一小堆蝙蝠的粪便。不知它们什么时候又来过了。

阳台种树

去年秋天观鸟的时候顺手采了点乌桕种子，今年春天播在阳台上。一个大盆，东北、东南和西边各播了一颗。希望秋天的时候能有一棵自己的乌桕树，红的黄的紫的绿的叶子都有的那种。

等呀等呀，一场大雨过后，盆里冒出来三个芽，其中一个芽还顶着半片白色的种子壳。我心里暗喜，觉得发芽率可真高，便开始积极地每天浇水。

子叶长结实以后，第一对真叶也慢慢长大舒展开来，我马上发现不对劲。两个小芽的真叶叶缘是锯齿状的，叶片表面长满硬挺的细毛，摸起来很不舒服 —— 这是种了个什么东西？经过认真思考，我得出结论：这根本就不是乌桕，应该是去年这个空盆在外面风吹日晒的时候，鸟儿偶然在里面播了种。

这三兄弟长得飞快，也不用怎么打理，不下雨的时候浇点水，再加上每天沐浴着充足的阳光就够了。小苗的茎杆就像塔楼似的，每搭高一层，就冒出一对枝子来。搭到四层的时候，叶片背面开始出现一团小棉絮般的虫子 —— 朴绵叶蚜。这些苗是朴树没错了。

想必长满硬毛的老叶不受蚜虫欢迎，它们专挑新长的嫩叶下嘴。被蚜虫光顾过的叶片发黄卷曲，看着挺让人心疼。于是就在每次浇水的时候仔细搓搓叶片，把蚜虫和虫卵都搓掉。

朴树苗的叶片长到六层的时候，下了两天雨，于是在它们三兄弟形成的包围圈里，又冒出了一棵新的小芽。从它长出的叶子形状来看，这才是我种下的乌桕。这个后来者缩在朴树三兄弟中间，长得有点慢，颜色也有点发黄。占尽了先机的朴树当然也不会谦让，每一处结上都开始伸出侧枝来，两星期的工夫就搭出个凉亭，把乌桕小弟罩在了下面。

我打掉一批侧枝，开了个大天窗让乌桕透透亮。就是这么一个动作，让乌桕的长势明显追上来不少。我不得不正视一个事实，那就是一个盆里可种不了这么多棵树。

6月初某天凌晨的惊雷暴雨，把不少人从睡梦中惊醒，也刮倒了我们小区里的一棵树。树倒的地方空出一块地来，我便从阳台盆里挖出一棵小树苗，种在楼下。

第二天，清理倒树的人把小树苗一起清理走了。

剩下的两棵朴树少了个竞争对手，长得更疯了，一眨眼已经有一条胳膊那么长。低处长长的分枝和高处越来越矮的分枝，让小树苗呈现出漂亮的三角形。我继续从低处依次往上打枝子，怕乌桕又被欺负了，也好让朴树再长高点。

因为天气时不时下点雨，我也就没去浇水，也没看树苗们怎样。就这样又过了半个多月，一看，朴树苗已经有小拇指那么粗了，朴绵叶蚜也已经成灾，它们分泌的蜜露弄得叶片和盆边都黏糊糊的，甚至还招来一只异色瓢虫取食。我又大刀阔斧地折了一些枝子，把蚜虫也清理得差不多。高高瘦瘦的树苗，只有顶部留了些分枝，像刚做过造型的贵宾犬一样。

折完枝离开阳台，转念一想，又拿上耙子、铲子，掀开盆里的苔藓"草皮"，把两棵朴树苗挖了出来，拍了照片，用塑料袋包好根，四处问了一圈有谁想要。

其中一棵苗给了一起上过自然导赏班的同学，"赠品"瓢虫在运输过程中逃逸了。另一棵给了小区里的一位邻居。夜色里，我先拿着树苗在小区逛了一圈寻找萤火虫（找到一只），然后到了邻居家楼下。把树苗交给邻居的时候，他打开手机灯光照了照，一下子就照见一只黄褐色的大蟑螂趴在一片树叶上。

我啪地把虫子拍掉，赶紧解释说，呃，这，可能是走过来的时候飞上去的，不是家里头那种蟑螂，是野生的，挺干净的。

现在大盆里只剩下乌桕了，我又开始期待秋天的时候能有一棵自己的乌桕树，红的黄的紫的绿的叶子都有的那种。

这一年的夏天很漫长，而且很热，临近秋天的时候，乌桕开始发蔫儿，最后终于晒死了。大盆又变成空的了，不知道鸟儿们又会"种"什么种子进去。

水塔

　　我的童年回忆里有一座水塔。当时我们住在一所中学的家属院里，和要好的小伙伴们平时就在校园里玩。学校自带一个小小的印刷厂，学生们的作业本、试卷等都是学校自己印刷。在那个印刷厂的角落里，有个独居老人住在破旧的平房里，种菜、养鸡。那平房旁边就有一座低矮的水塔。我们跑去玩，两条胳膊一伸，嘴里发出"什——"的声音，把水塔下面活动的鸡群赶走，就能爬到塔顶上玩了。那塔上面是什么样，已经记不太清楚，只留下了那种好奇和兴奋的感觉。

　　现在看到水塔，也常常会想，怎样才可以爬上去看看呢？

　　也许，这就是为什么大部分废弃水塔都封死了入口、拆掉了梯子的原因。

　　水塔矮矮胖胖的，顶着一个大水箱，其实没有高瘦的烟囱好看。水塔的筒身有红砖砌的，也有混凝土的。作为城市自来水系统发展过程里的遗物，很多水塔倒下了，也还有很多像纪念碑一样立着。

我对这些水塔很有兴趣，特地留意和寻找过许多。

在车墩镇的华扩路上，远远地就能看到华阳老街旁立着的那个混凝土水塔。废弃的水塔和废弃的老街房屋一样安静。塔下的矮树上，不知道什么鸟儿从旁边丢弃的几袋太空棉中取材筑了巢。一小块空地被入侵植物加拿大一枝黄花包围得严严实实，有人从中辟出一块菜地。北泖泾从旁边静静地流过。这座水塔还是保护文物，有名有姓，叫"华阳桥水塔"，因此才保住了脚下这么一块地方。

在黄浦江畔的得胜村，自来水水源保护区的范围内，还有几个倒锥壳水塔。这种水塔的塔身更细，顶上的水箱是倒锥形的，上面通常还会漆有放射状线条的图案。

在崇明岛以"农场"命名的几个充满时代气息的地方，还立着许多座老水塔。我和小狮子来到前哨农场，想看看建筑师俞挺的一个废弃水塔改造项目。20世纪60年代，青年队伍在这里围垦海边滩涂，上海的海岸线轰轰烈烈地改变，建起了农场。当年的那么多水塔，应该是为了灌溉用的。

到了地方我们发现，水塔属于光明集团旗下的一个项目，把曾经的织布厂、水塔和晒谷场都改造了，但不对外开放。好在周围还有五六座一样的老水塔，我们挑了一座走近，门洞没有被封死。进入其中抬头看，可以看到红砖一截一截砌起来的痕迹，阳光从水塔上的小窗透进来，把一个个平行四边形投在红砖上。

水塔是很有趣的构筑物（应该称不上是建筑）。关于老水塔的改造，国内外有一些改成瞭望塔、天文台、展览厅和住宅的案例，不过日常生活中大家更常见的"改造"，顶多是刷彩漆、写标语和弄上花里胡哨的LED灯。

我们不由地开始畅想拥有一座旧水塔。小狮子说，可以改造成民宿。我想象了一下，每个上楼去的人，都要从楼下人的房间里穿过，怪得很。而且这样一来，每个房间里的床和家具都会是弧形的，就像伊妮德·布莱顿的儿童文学《魔法树》里月亮脸先生的房间那样。

最后，种种设想以"消防安全不达标"而告终。

华阳老街的混凝土水塔

一座砖混水塔的内部

得胜村的一座倒锥壳式水塔

摇橹船

青浦区金泽镇，上海西边的"江南水乡"。

内河水道里，随处可见通下水的阶梯、用一根绳子固定在岸边的虾笼和泊在家门口的船。

用桨划船的似乎都是游客。本地人有的用竹篙——就是一根大长杆子。河不深，竹篙撑在水里，就可以借力让船移动。撑船撑船，就是这么来的。天气太热，撑船的人恨不得脱得只剩一条内裤。

金泽镇岑卜村的不少船还是颇有时代特色的舢板水泥船，结结实实的钢筋混凝土。这么沉重的东西，竟也能轻飘飘地浮在水上。

内河的水挺清澈，大概生活污水已经不再直接排进河里。不过水里还是有些东西，比如吃剩的西瓜皮、菜地里自己种的黄瓜和零星的塑料垃圾。最多也最显眼的是福寿螺的卵块，不协调的粉红色小团，几乎爬满了河道的每个角落：

硬化了的河岸边上，没硬化的岸边植物上，每一条船的船体外侧。岸边能看到一些卵块被刮除后留下的粉红色痕迹，不知道是不是深夜里志愿者们来清除入侵物种留下的证据。

最好看的是摇橹船。

进入一条水草茂密的小河道，两旁都是经济林，林缘的垂柳把枝条荡到水面上来，映得前后左右都是一片悠悠的绿色。一晃神，某座古石桥下面，现出一位老师傅，摇着一条木船穿过桥洞来。

橹只有一根，比桨大不少。老师傅戴着草帽，站在船尾，两手拉着橹担上的绳子，身子像水里的鱼儿那样扭动，水下的橹片随之左右摇摆，不知怎的船就能稳稳地朝前进了。橹不像桨有稀里哗啦那么大的响动，比较安静，像一片掉落的柳叶从水面上划过去。

"鲁"字里有个"鱼"，这么看来，"橹"算不算是木"鱼"得了水，算不算是河道里人造物中最接近自然的形式呢？

老鹿时代公园

村里的稻田或者草坪地几乎总和高压线形影不离。正是因为这些高压线的存在，小狮子说想去地里放风筝的时候，我说不行；说想去村里放烟花的时候，我也说不行。

汇桥村有好几户人家的房子就建在高压线下面，今年陆陆续续拆去了一些。村里人说，是因为离高压线太近了。这让我想起了一些关于高压线塔的回忆。

大约是在2017年的时候，我参加了一次有上海市绿化办的老师参与的城市观鸟活动，观鸟的地点是一条位于高压线下方的狭长绿化带。听了来自绿化办老师的介绍，我第一次知道了高压线下面没有办法开发建设高楼，所以很多就改造成了绿地。活动之后，我拿到了一份纸质的《上海绿化地图》，图上的各大郊野公园当时还是规划中的状态。那时我还没有搬来车墩镇，而是住在人口密集、房屋老旧的曹杨新村一带，因此目光自然是投向了图中市区及周边的地方 ——

原来，城市里还有那么多零碎的并非公园的绿地。

我开始骑着自行车，去离当时的住处比较近的地方探索。从大渡河路骑上金沙江路，然后一直往西，一直穿过外环高速，骑过外环跨线桥。在桥上跨过新槎浦（这是河的名字），很快就到了。

那是外环高速两侧和河两侧的绿化带，位于普陀区和嘉定区的边界，新槎浦和苏州河交界处附近，外环沪宁立交和13号线地铁站丰庄站附近（我把附近一大片范围都探索了一番）。

那个时候对经济林并没有什么概念，大片大片的水杉林和樟树林见得也不多，只是被城市角落里竟然能有这样成片的树林这个事实惊呆了。同样，那个时候对整个上海的地理也不够熟悉，只管奔着绿地骑去，并没有意识到出了外环差不多就算出了常规意义上的"城里"了。现在想来，那是我第一次走近上海的"乡下"。

我开始每个周末都骑半个小时以上的自行车到这里来观鸟。

夏天，河里会漂来很多水葫芦，飞过的夜鹭甩下一条条白色的粪便。我发现这里的八哥比市区里常见很多，有市区里不太有的喜鹊，小树林里有画眉在唱歌，还在这里第一次仔细观察从树上掉落的洋辣子（刺蛾的幼虫），第一次看见正在练习的弹弓党（对方坚持说，他只打树）。还有某天因为骑过来以后腹部突然一阵绞痛，于是钻进树林里拉了在上海的第一泡野屎。新槎浦水闸也是我第一个仔细观察的水闸。

在我的印象里，这里的鸟没什么特别的（也可能是因为那时观鸟没多久，水平不高），但有一小块这样的地方对我来说非常特别。

下了跨线桥，在万佛讲寺的斜对面的路边，有一片草坪。草坪上有一条被人踩踏和电瓶车碾压出来的小路，顺着走去，就能看到草坪边上的树篱开了个小口子，一眼望过去很神秘，不知道里面是个什么世界。我感到好奇，就抬着自行车钻了进去。回想起来，也许从那时起就奠定了我在之后若干年都喜欢到处钻的基调。

那里面无非也是一片绿地，但走到苏州河边，有一个积水形成的很小的池塘，目测直径也就十来米，围着小水塘是一圈水泥路，这圈路现在也还能在地图上看出来。水塘边有一小丛芦苇，一棵柳树，一小片草地。池塘周围非常安静，像一个秘密基地。夏天多雨，池塘到了丰水期，就会出现黑水鸡、矶鹬、普通翠鸟，白腰文鸟躲在芦苇丛里；到了秋天，池塘进入枯水期，几乎能完全干成一小片泥地，鸟儿们也不见了踪影。有些日子，天还没黑，月亮就高高升起，挂在高压线上；有些日子，夕阳往虹桥机场的方向落去，池塘的一小片芦苇丛闪着金光。

直到搬走之前，我都很喜欢周末骑车去这片地方。夏天的时候天很热，骑车的过程很痛苦。但每当快到目的地，前方能看到巨大的飞机仿佛要降在路面上的时候，我总会再加把劲蹬起自行车来。一到达这个小池塘边，心里就会放松下来。

池塘边的苏州河上经常停泊着船。虽然没有正面撞见过，但我想船上的人一定会下来上厕所、吃东西、散步和休息，并找到了有人进行这些活动时留下的痕迹。

一次，来到池塘边，我发现这里多了点新东西：有人在柳树树干上绑了一块箭头形木牌，上面写着几个潦草的黑字，看上去似乎是"老鹿时代公园"。不知道老鹿是谁，但看起来，他似乎也非常喜欢这个地方。

离开这里准备回家的时候，我稍微停在桥上回望了一下，小树林和小池塘上方，是巨大的高压线塔。那虽然是人类制造和人类使用的钢铁巨人，但也是因为它们的存在，才有了城市里这片方寸绿洲。

一片稻田里能有多少鸟

夏日的汇桥村有着大片大片的绿色。稻田里不间断地引着水，稻秧之间的水面像天空之镜，反射着蓝天或者夕阳的颜色。

你大可以到地里去走一走，不过要遮住脸，小心蜻蜓冲到人嘴里。实际上我遮着脸，也会有蜻蜓撞到我的眼镜上。稻田上空是漫天的蜻蜓，远看密集得就像蚊群一样。而蚊群密集得更厉害，在夕阳的照射下，它们就像升腾的烟雾，像飞散的花粉，像喷射而出的孢子，上下翻飞的时候，又像极了一个微缩的椋鸟群。

这年一入夏，就接连是40℃左右的高温天，稻子长势不好，暂时还不能打药，所以就有了这场昆虫的狂欢。

这样一个食物充沛的食物链里，当然不可能少了更高一级的消费者。因此，冲着虫子赶来的鸟儿们，让还嫩绿着的稻田早早呈现出一幅"丰收"景象。

最显眼的当然是各种白色的鹭。跟村里的人提起稻田里的鸟，他们都会指向那些聚集起来的小白点，说"那儿""不怕人"。其实那些白色的鹭至少有三种，最多的是黄脖子的牛背鹭和脑后挂着两条小辫子的白鹭，还有稍少一些的中白鹭。它们都不紧不慢地在稻田里走动，脑袋先伸出去，固定在一个位置不动，脖子和身体再摇摇晃晃地跟上，头部始终非常稳定。发现什么好吃的了，就猛扎下去，身影消失在稻叶后头，接着，又从不远处的另一个地方，重新伸出长脖子来。

稻田里还有些夜鹭和池鹭，它们个子矮一些，只露出来一小截的脖子和脑袋的颜色也更灰暗一些，就连动作也少一些，经常呆立在一个地方不动。

空中飞得到处都是燕子。在常见的家燕和金腰燕里，有时能辨认出几只翅膀更狭长的燕来，那是白腰雨燕。也许是沉迷空中的不限量自助餐，每只燕子和雨燕都频繁翻转着身体，做出各种急转弯和高难度飞行动作。想起有图画书中把燕子画成背着机舱飞行的"燕子飞机"，载着蚂蚁、甲虫、蛙之类的小动物，我不由感叹，如果燕子真是一架飞机，那上面的乘客一定都在疯狂尖叫和呕吐了。就连站在地上用双筒望远镜跟着观察它们的人，也感到了一阵阵眩晕。

稻田里可不止这些鸟，还有一些个子太矮了，不那么容易被人发现它们的存在。它们躲在田里享受惬意时光的时候，走上田埂的人类就像突然闯进桑拿房的文身大汉，让先来的客人们都害怕起来。

胆子最小的似乎是斑嘴鸭，它们最先飞起，排成人字形的队伍升到高空，或者一走了之，或者伺机落回来。

斑嘴鸭是这样整理羽毛的：

尾巴撅起来，嘴扭到身后，伸到尾巴下面啄尾脂腺，这个过程中胸脯鼓得像两块肉球，显得很健壮。啄好了油脂，斑嘴鸭就把它仔细地抹在翅膀、肩膀、胸脯和肚子上。这个过程比较长，中途还要补好几次油脂。

头顶没法抹油，就把脑袋打着转，在屁股周围蹭一蹭，在身上抹好油脂的部分也蹭一蹭，确保后脑勺也要蹭到。蹭完了抬起一只红脚丫，拍打拍打脑袋，像是用大脚蹼给自己几个大耳刮子。再甩甩头，左右抖抖尾巴。

以上过程进行得差不多了以后，就伸展一下。脖子伸长，身子抬起，张开两只翅膀——不是要飞，就是扑腾几下。缩回来以后再抖抖尾巴，可能冷不丁地滋出一泡屎。

正面伸展完了再来个侧面伸展。抬起一只脚，向斜后方使劲伸开，同时这一侧的翅膀也打开展平，静止不动几秒，再收回去，换另一只脚。不知道这个步骤的作用是什么，但颇有几分瑜伽的气质。

在一天中的大部分时间里，鸟儿除了在找东西吃，就是在整理羽毛，这两件事情都很重要。鸭子的尾脂腺比较发达，浑身抹上油脂后，它们就不会变成"落汤鸭"了！

稻田里还有小群的矶鹬，胆子非常小，远远地看见人就起飞，唧唧唧叫着转几圈，通常不会走太远，就又落到另一块田里去了——但你看不到它们，它们矮得露不出头来。

就像冬天的稻田环境里会有凤头麦鸡一样，夏天的稻田里还有迁徙过境的灰头麦鸡——是的，迁徙季节从7月就早早开始了。

雉鸡也来稻田里活动。找个安全的、离得远的制高点，或许就能看见它放心大胆地梳理羽毛的样子。偶尔它也猫着腰鬼鬼祟祟地走上田埂，但稍感不安就一跃，消失在稻田中。

八哥和喜鹊几乎占领了周围所有的电线和电线杆。太阳下山的时候，它们会大群大群地从稻田上空飞过。稻田里的小白点也都起身找地方去休息了，地球的灰蓝色影子悄悄爬上东边的天空，田边上车墩火车站黄色的灯光亮了起来。

再过几个星期，稻子长高了，一片油绿油绿的。鸟儿们不见了，都去哪里啦？

鸭子不见了。但是稻田里传来嘎嘎叫声。只有当它们飞起来的时候才能被看到：它们有着上班一样的规律作息，清晨五点多落在稻田里，傍晚六点以后天黑了才会离开。

牛背鹭不见了。仔细一看，还有一些，是被稻子盖过去了。

雉鸡不见了。但是当你大步从田埂上走过去，就会不知道从哪里惊起来一只，两只，三只，四只。

中白鹭不见了。跑去长势更落后的稻田里了。

黄蜻不见了。准确来说，是少了。但它们留下了数量惊人的痕迹——每棵稻子上都有那么几个水虿羽化后留下的空壳。我拿了一个，放在小号的自封袋里。

蝉不见了。死了的，就掉下来。

直纹稻弄蝶来了，在田里展开如火如荼的交配。两只正纠缠在一起呢，第三只也要凑过来，反复顶撞它们。先到的也不还手，身子末端都被顶歪了，腹部末端还紧紧地和伴侣连在一起。

再过一阵子，夏天不见了，秋天就要来了。

从初夏稻田开始放水，鸟儿就会渐渐多起来

稻田中的斑嘴鸭和牛背鹭

第 三 章

秋

秋天的颜色

秋天惹人喜欢，它五颜六色的。

村里的经济林种着许多观赏和绿化常用的树种，所以到了秋天，它们多少还是有点好看的。

笔挺的水杉秋天变橙红，这种景象在上海很多街道、公园和小区里都很常见。还有经济林里栽得很密的池杉，每棵都不高，在秋天里红成一团。杉树叶落了以后，整个林地的地面都铺上了一片松厚柔软的毯子，踩上去不太有什么声音。这片红毯会一直保持到冬天。

很长一段时间里，我都看得不太仔细，因此什么水杉池杉的，在我眼里都差不多。很久之后我才意识到，它们很不一样：远远看上去，池杉的叶子是细细长长的条状，水杉的叶子则像羽毛。水杉的球果看起来是一圈圈、一层层的，池杉的果实看起来像个小号的胡蜂巢。

一棵两米高的银杏树苗可以卖到上千元。看着银杏林地里密集的小银杏树，掐指一算，才觉得经济林真的是"经济"林。然而，每年秋天这里的银杏树黄叶和落叶时间都要比小区里那两棵早很多，早早地秃了头。它们绿着的时候，长得也不是多好。不知道是不是太过拥挤的环境让它们早早卸下了金装。

村里没有集中栽种无患子的林地，它们在其他林地里零零星星地穿插着几排几棵时，就显得特别耀眼。小区里的人讨厌无患子，因为它总是弄得地上黏糊糊的，走过路过，鞋底粘过，再走到哪里都滋滋地响。放到经济林里，在一片池杉林背景里，风吹起来，明黄色的无患子叶片悠悠地飘落，曾经是我最喜欢呆呆地站着看好久的景色。

秋天的栾树也很好看。先是绿色的叶丛顶上开起了一团团黄色的小花，然后结出包着薄薄的果瓣的果实，像一盏盏小灯笼，最好看的时候红艳艳的，然后渐渐枯黄暗淡下去，就这样好一段时间红黄绿交错在一起。每逢路过，我总喜欢停下来在地上捡一捡，挑一个好看的小灯笼，也不干什么用，就把玩一会儿，然后扔回路边去。

还有一种没办法忽视的秋天的黄色，属于占领了每一片荒地的加拿大一枝黄花。那黄色很漂亮，但那植物却属于恶性入侵植物，要是你有精力和心情的话，破坏一些也没关系（尽管个别清除行为对遏制这种植物的入侵起不到什么明显作用，还会有因为认不清而误伤本土一枝黄花的可能）。所以，对这种黄色的欣赏，就带上了一丝暴力美学的味道——你可以恶狠狠地喜欢那种美。但是加拿大一枝黄花也会毫不留情地回应，每每感受到一拳震动，就奋力喷吐种子，啐对方一身。哪怕枯死了，一丛丛的枝条也还张牙舞爪，你想把它拨倒，可能会挨上一抽，哎哟，哎哟。秋末，村里人来清理被加拿大一枝黄花封锁的小路，拿刀把它们从"脚踝处"砍断，剩下的枯干依然坚挺，努力刮着、戳着过路人的小腿。

还有北美枫香林，红了以后的叶子很耀眼，像无数戴了红手套的小巴掌在林地里招摇。它们落地以后形成的叶毯和杉林里的情况正相反——你没有办法悄悄地走上去，那清脆、响亮的刺啦刺啦声，会暴露任何人、野兔、猫狗和獐子的行踪。

我最喜欢的是乌桕，它有那么多种颜色。远看一片乌桕的枝叶，就像一幅题目是"秋"的印象派油画。走到乌桕林里，弯下腰仔细挑选地上的落叶，然后把它们排列成从绿到紫的一个色谱。这个有趣的游戏是跟别人学来的，但不知不觉地变成了我每年秋天必践行的一个小小传统。乌桕的叶子给我带来无限快乐，还有一百元的天降之财。上海交通广播的"欢乐早高峰"节目，有一个叫"幸运降落伞"的抽奖环节，其中一期的主题是请大家发去随手拍的秋意。我发去了自己拼的乌桕色谱，几分钟后就在广播里听到了自己的名字和主持人对乌桕叶的惊叹，为此我高兴了一整天，并收获了一百元的投稿报酬。

经济林里的树虽好看，但可惜太规矩了，它们始终还是绿化事业的"建材工厂"。比起在整齐的方阵队伍里一起好看，还是杂树林里的自由生长更生机盎然。

秋季乌桕缤纷的叶色

狗言狗语

说出来不怕丢人，我是真的有点怕狗。

村里的看门狗和流浪狗，凶恶程度和发生人狗冲突的可能性，都比城里的狗更胜一筹。

曾经为了躲避狂吠的拦路狗，绕路穿过一片油菜花刚谢的田地，没想到地上全是刚孵化出来的小马陆，一团团一片片，再怎么小心也会踩到一些，脚下嘎吱一响，难受得人嘴角往下一撇。

曾经兴冲冲地去夜观昆虫，刚到达目的地，手电筒的灯光就照见七八双绿莹莹的眼睛冲出来，一大家子狗边冲边吠。我不敢转身，就这么一边用手电照着，一边面对着它们慢慢后撤了回去。

一天，我从闵行区图书馆借来一本书认真阅读，书名叫《教你读懂狗言狗语》。小狮子看见了，高兴地凑过来说，哦？

小狮子一直很想养一只狗。

我说，不是，我就是想看看，以后在村里遇到狗怎么办。

书里有一部分内容说，不要和狗直视，这在狗的语言里有挑衅的意思，要从侧面接近一只狗。狗和狗第一次见面的时候就是这样，从彼此的侧面靠近，然后闻闻对方的屁股。

后来有一次在村道上慢悠悠地骑着自行车，朝旁边的林间小路瞄了一眼。小路上恰好有一只大狗带着几只小狗，而我恰好和大狗目光相对。下一秒大狗就怒吼着冲了出来，而我拼命蹬了好久的自行车才把它甩掉。

在学习了知识，升级成一个冷静的怕狗者后，我注意到狗对人其实也很提防。

白天（夜里的狗攻击性会更强）走过田间的时候，如果田埂上迎面走来一两只狗，我站住不动，狗就会停下来观察，然后通常选择掉头走别的路。

我站在桥头观鸟，一只从桥上路过的狗竟然不敢下桥，躲在桥栏杆后面伸头观察了我好久。

还有一次想去墓园旁的铁路看火车，然而铁路边趴着一只狗，远远看见我来，就开始仰天狂吠。我转身想走，但实在又很想看火车。在来来回回的纠结中，缓缓地向狗靠近了一点。我通过望远镜发现，狗竟然随着我的靠近开始后退。最后我如愿以偿地看上了火车，而那只狗越过铁路逃跑了。

有了这些"胜利"，我开始觉得，嘿，狗斗人也不过如此嘛！

那天一个镇上的男人跨过铁路去村里遛狗。在天桥上的时候狗链子还拴着，但这狗已经非常躁动，冲着天桥底下的其他狗伙计狂吠，底下的伙计也从稻田里传出热烈的回应。

我停在天桥顶上看。

一下天桥，男人就松开了狗链，狗撒欢跑上了田埂。另一个村里的白狗伙计穿过稻田冲了过来，停在田埂下面，和上面的家狗好一阵对吼，白狗几次想冲上田埂，都被家狗吼下来，最后只能在稻田里，隔着一段距离跟着。

家狗再往前走，就看见另一条田埂上冲出来三四个别的狗伙计，和白狗是一伙的，拦在家狗前头。白狗终于有底气了，顿时跳上田埂，把家狗的背后也堵住。

家狗忙得只能一会儿朝前吠，一会儿朝后吠，大家都喊得凶，却不动手。随着村狗的包围圈逼近，家狗开始躲在主人的腿后，其他狗当然继续追过去。于是只听呜呜汪汪一阵乱叫，五六只狗围着男人的腿转来转去，越转越快。

我想到小时候在连环画书上看到的故事《小黑人桑波》。故事里四只老虎围着桑波争论谁最漂亮，越吵越凶，互相咬着对方的尾巴越转越快，最后变成了一摊黄油。不过狗子们没有变成黄油，而是随着田边一个木棚里传出的一声招呼，所有村狗马上朝着木棚的方向开跑，只剩下狗子们跑过后在稻田里留下的一道道痕迹。

我又开始觉得，嘿，狗斗狗也不过如此嘛！

后来在村里，再有被狗追和被狗吼的时候，我会内心紧张但故作镇定地保持自己的节奏。最多的一次有四条狗同时围着我吼，吼得我不敢吭气，它们还试图做出一些扑上来的动作，但在经过某户人家的院子跟前时，被手里端着盆的女主人瞧见了，她尖声大吼了一句"组撒"（上海话"干什么"的意思），那些狗就立刻噤声，纷纷溜回自己家的院子里去了。我松了一口气，同时不忘冲那些狗的背影"汪"了一声出出气。

怕狗人也至多如此了！

水闸

出去看了看别处的乡村。它们不像上海乡村——多多少少都有正在开发建设的痕迹。在东台，大片大片开阔的田地中间，却少有人和村庄。

东台的乡村不止种稻子，还种大葱（可以闻出来）。田边有很有年头的过路涵*。路上时不时会碰到老水塔，样式挺多，砖筒的、混凝土筒的、混凝土支架和倒锥壳的，都有，有些老水塔被粉刷上颜色和文字，充当广告牌或路标的功能，宣传当地的美丽乡村和生态旅游。

沿海区域有不少老水闸。在巴斗村和蹲门村的范围之间，一条东台河延伸入海。从一条"老闸口路"跨河过去，可以看到建设于1956年的东台河闸。到2022年，这个河闸已

---

* 过路涵：在水渠和道路交汇的地方，修筑在路面下的涵洞，好让水从公路下面流过去。

经存在六十六年了。

老河闸是真的很老。关键的闸门本身已经不在，只留下弧形的闸门轨道。水闸的混凝土结构饱经风霜，里面的颗粒清晰可见。闸门只剩下一半残骸，从一头的台阶可以走到闸门顶上去，但桥顶也是破破烂烂，断在一半，从断口处往下看河，会让人心惊肉跳。上去走了一圈，下来才发现阶梯旁挂了一块牌子，上面写着"危桥"，牌子的蓝底已经晒褪色了，白花花的一片，非常不显眼，还裂着一条口子。

河闸正面可以看到闸顶桥栏杆的外侧有"东台河闸"四个字。毛笔书法风格的繁体字，红色，但基本上褪光了，每个字外面画一个圈，是老招牌的味道。栏杆下面还有黄漆刷的标语，能勉强辨认出来，分别是三句以"无限忠诚于"开头的话，每句话都用感叹号结尾——是那个时代的味道。从水闸边跨过去的那座桥，看起来也是一样的古老。

附近还有几个类似的混凝土老水闸，比如1972年建的东台县向东船闸，梁垛河上的梁垛河闸，1982年开建的梁垛河南闸，等等。这几个水闸都还完整，也有零星的信息说明这些地方姑且也算当地的旅游景点（但我想应该不会会有人专门去）。

回到上海以后，就忍不住惦记起水闸来。

松江区水系发达，挨着黄浦江的车墩镇自然也少不了水闸。

比如得胜港的船闸，位于从联庄村骑车前往松浦大桥的必经之路旁，八米宽。站在船闸旁的桥上看黄浦江，船闸框架框住一块江面，像一幅画，桥的另一边则适合看夕阳。旁边不远处就是松浦大桥上高效率跨江的繁忙车流，让得胜船闸显得很不起眼，而且我很多次从这里经过，也从来没见有船从这里进来。得胜村的"得胜"，是指明朝嘉靖年间打倭寇的事情了；得胜水闸是1976年建的，得胜港和许多黄浦江边的港口、渡口，已经渐渐失去了原本的作用。

最近两年，越来越多的人会骑行经过这里，穿戴着专业的装备，成群结队。我猜，他们会不会是从隔壁的未来城市副中心（盖了很多房，引进了很多人口）马桥镇来的。

说到闵行，那就说说女儿泾上的节制闸。一条女儿泾，把松江的车墩镇和闵行的马桥镇隔开。去闸那一侧买豆腐，往闸这一侧回家来。

节制闸的任务是调节水闸两边的水位，从黄浦江一路连通过来的潮水涨涨落落，要靠水闸"节制"一下。水闸附近的女儿泾和支流水域总是有很多钓鱼佬，不知道他们钓鱼的时候，会不会也跟着水闸开闭的规律"节制"一下。

汇桥村的工农河上一处很旧的水泥制水闸，位于中括号形的"中渡桥"北侧，很低调地被包围在村里一个队的房屋中间。村民们在上面放盆、晾晒虾笼。

走过去看，有两个闸，四米来宽，闸门本身都被拆掉了，一个只剩方形的框架，一个只剩条小破桥。破桥栏杆是刷红漆的铁管，漆剥落了，管子锈得红褐红褐的。两边的桥头还竖着水泥栏杆，因为磨损，瘦得皮包骨头。村里的狗不认识我，见我看桥，它就看我。

跟村里的人打听这个水闸，可能是它实在太小太不起眼了，村里的人也不知道，只觉得它就是个破水闸而已。

后来，我在松江县的县志里找到了关于这个水闸的一丁点儿记载：1972年的时候，青浦、松江两县进行水利工程规划，拉出过一个"待改建旧有水闸"的统计名单，里面就有这个水闸。它没有名字，建造时间标注的也只是"1971年以前"，也就是说，反正它不是新水闸，建造时间大概是不可考了。

我不知道这个改建旧有水闸在当时是怎么推进的，只不过现在看来，老水闸早晚要被淘汰。现在，就在老水闸的不远处建有一个新水闸。大部分新水闸都配有一个红砖饰面的小房子，颜色很可爱，但略有点突兀。小屋被绿漆栏杆围起来，不让人随便靠近。

我想走近点看看闸门，结果绿栏杆里冲出一条狗来，站在门口冲我叫个不停。它一叫，村里的狗也兴奋起来了，有三只大叫着从我身后冲来。我识趣地掉头走了，三条狗追着我的自行车叫了一阵，直到我离开土路，回到了经济林旁的水泥路上。

得胜村隔着黄浦江的对岸，有汇入黄浦江来的叶榭塘。叶榭塘上有两个挨得很近的闸，一个节制闸，一个船闸。

船闸的两道闸门之间塞满了货船，闸门外面要过闸离开黄浦江的船排起两条队伍，把水道基本上都占了，只在中间留出一艘船那么宽的缝儿。大家都在等呀等呀，直到广播响起，闸室注水完成，闸门就要打开了。

船闸就像一个双门电梯。船从一侧门进来，门关上，闸室里的水位要调整好，等到和另一侧门的外面没有水位差了，再把另一侧闸门打开，放船出去。

厚厚的闸门被钢索吊着拉起来，很慢很慢，大家等呀等呀。闸门的轨道并不是竖直的一条，而是在中途拐了个弯，闸门悬空以后，就一头歪倒，门上的轮子滑进了弧形部分的轨道。最后完全升起来的闸门，是平放着的。

闸室里的船开始一个接一个地出闸了，船脑袋一个接一个从叶榭塘桥底下露出来：几乎每个船的船头上都站着一位妇女，有的戴着遮阳帽，有的穿着浮力衣，有的穿着毛茸茸的家居服，她们也许是船老板的妻子，站在船头朝后面挥手比画着，说不定嘴里还喊着"倒倒倒""（方向盘）打死打死"之类的话，指挥着船从闸门外拥挤的船队缝隙间通过；

一个掌舵的师傅从驾驶舱顶上的天窗伸出半截身子来，那些操控船只的仪表、按钮和旋钮都露在外头，看起来都有些年头了，师傅跟着船头妇女的指挥，手使劲一甩，木质的舵轮轱辘辘地一转，船头就缓缓歪到一边去了；轰隆一声，一艘船的脑袋跟另一艘船的屁股撞到一起了，不过没关系，船边上那一圈轮胎就是起缓冲作用的……

　　船上放着各种的玩意儿：拳头那么粗的绳子，一圈一圈、一叠一叠地躺在甲板上；人腿那么粗的铁链子，一头缠在绞盘上，另一头挂着巨大的锚。锚的形状不像那种明代的四爪铁锚，大都是斯贝克锚*，气质和公园雕塑或者胸针吊坠上常见的锚有点不一样，也许是因为，锚并不是平平整整地摆成一个"山"字，而是中间那根锚杆和两边的锚爪之间形成一个夹角，看着更立体。有的船船头上、货舱（通常是用来装沙子的）前有一个小屋，小屋外有一个可以上下活动（我猜是合页式的）的灯杆，很多出闸的妇女指挥完船的转向以后，就走到小屋边，把这个灯翻上去，让它竖起来。

　　船上可见船家生活的痕迹：拖把、扫帚、棉拖鞋、路亚竿和渔网，放在船舱顶上；油菜、韭菜，种在花盆、泡沫

---

*　斯贝克锚：大致呈"山"字形，中间比较长的那根锚杆和两边比较短的锚爪通过销子连在一起，可以转动。这是为了方便锚爪插入海底。

塑料盒子或者对半劈开的铁筒里；干辣椒、橙子皮，晒在甲板上；饮用水和生活用水，放在船尾的大塑料桶或者亮晶晶的不锈钢筒里；内裤、袜子、毛巾、睡衣和秋裤，拉根绳子或者架根管子晾起来（还有人顺便挂了两条腊肉）；没有人在使用的浴室大开着窗，水舀子、洗发水、护发素、沐浴乳和塑料盆摆放在窗沿上；除此之外，还有洗衣机、洗衣粉、烧水壶、分类垃圾桶、塑料软管等等，散落在船尾的各个角落。

一艘艘空船开进黄浦江去了，船尾的舵叶搅起了一波波水流。出闸的船好不容易都走光了，进闸的船这才发动起来，一个接一个地开进了闸室。闸门又关上了，挨挨挤挤的闸室里的船，继续耐心地等待着另一侧的闸门打开……

喜欢起看船闸的契机，是因为从朋友那里学习到了一点三峡大坝船闸的工作方式：船要过那么高大的坝，须经过五级水闸，在闸室中被一级一级地抬升或放下。人造机械和工程的原理，很有那么一种趣味在里面，但也让人心情复杂。原本自然的河流和环境，一一被水利工程控制、管理、干扰和破坏了。水坝正是其中备受争议的一种形式。我曾经以为，电影《冰雪奇缘2》的流行或许能引起更多人关注一下水坝的不对劲之处，但似乎并没有。

回过头看看村里面，水的"管理"也是严密到没有放过任何一条小沟小渠。小单位的水闸，比如那种比一扇门稍大一点的旋转式闸门，上面有个像方向盘似的东西，手动旋转它，就能够调节闸门。

看船、看闸之余，也见着了被兜在闸室里的密密麻麻的水葫芦、被冲上江边泥滩并聚集起来的各色垃圾。船破开江面，留下涟漪，还有泛着一点油光的小片水面……

黄浦江畔的得胜港船闸

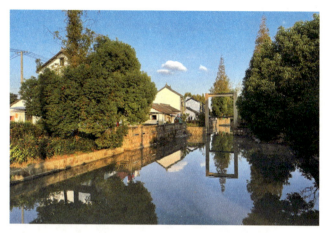

汇桥村的老水闸

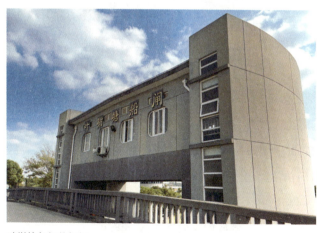

叶榭塘船闸的闸门

网船浜没有船

很长时间以来，我只知道隔壁马桥镇和车墩镇的汇桥村都叫"某桥"，却不知道汇桥的"汇"是什么意思。

走到汇桥村的最东边（也是车墩镇的最东边），有一条乡村河道，岸边竖着一块挺新的宣传牌，看了上面的介绍，我才知道"汇"汇的是黄浦江的支流女儿泾（隔开了车墩和马桥）和松江的俞塘河。而眼前这条小河道，曾经因为水质独特成为黄浦江蟹的聚集地，吸引了众多渔民到这里撒网，因此得名"网船浜"。

我看了看牌子后面，那是一条很小、似乎很普通的断头乡村河道。我走了走，在沿河的十八户村民家里头，随便抓了在门前活动的几位打听了一下。

问起蟹，大家纷纷说有啊，就是那种小螃蟹。我猜是指相手蟹，在河边看得到它们密密麻麻的洞。

问起黄浦江，村民就指指远处说，在那边呢，都是通的。他们以为我要到江边去。

可问起黄浦江蟹，没有人知道，也没有人听说过。大闸蟹倒是知道的。

问起捕蟹和渔船，更是没有人有头绪了。水里早就没有船了。河边的村民在河里洗菜、洗葱，钓鱼佬来这里钓小鲫鱼。

问起网船浜，大家会反问，什么？

河边有一位看上去至少八十岁的老爷叔正在清理泥鳅，把切好的小段放在一个不锈钢盆子里。他皮肤黝黑，赤裸着的上半身干瘦。他很愿意跟我聊聊，主动说起他旁边那口井之所以打在院子外面，是怕家里的小孩子掉进去。可是在他的记忆里，也并没有黄浦江蟹这个东西。村里的一个中年男人穿着拖鞋踢踢踏踏地路过，伸脑袋一看，问，弄鳝丝？爷叔响亮地回答，泥鳅！

常有挂网渔船来停泊的河道，有很多被命名为"网船浜"，远远不止汇桥村的这一个。看着大家对蟹、对船都闻所未闻的样子，简直让人怀疑这些事情是不是真的存在过，甚至有没有可能是别的河道的故事被误传移植了过来？

兜兜转转好不容易找到了一丁点关于这些蟹的记载：原来是一种体形较小的蟹，"加黄酒、橘子皮、生姜等腌制""忙中忙，不要忘记'五月黄'""九月九，蟹逃走""成群结队",当然,还有"七十年代起日渐稀少"。

就像宣传牌上说,乡间河道渐渐失去了原有的活力韵味。那些"早年间"的故事,没能走进当地人的生活里,光是记录在宣传牌上,又能有什么用呢?

打铁桥村哪儿有打铁桥

打铁桥的村口有面墙，上面除了用艺术字刷着村名，还有一个标志一样的东西，一个圆圈，里面有一座桥。

很难不好奇，车墩镇的打铁桥村为什么叫打铁桥村？

从闵塔公路拐进打铁桥村的大门口处，坐落着一间"打铁桥村村史馆"，我想着这里大概会有答案，却发现原来这里同时也是"陈永康史料馆"。陈永康是谁？是"老来青"大米的培育者。去购物网站上搜一搜"老来青"，就能看到一起被列为关键词的"陈永康"和"松江大米"。还有俗话说："看戏要看梅兰芳，种田要学陈永康。"

那么，打铁桥村为什么不叫种田桥村，而是叫打铁桥村呢？

我骑着自行车，一路穿过汇桥村、联庄村、得胜村、长溇村、黄浦江畔和永福村（啊，骑了好远），最后骑进打铁桥村里兜兜转转。

我去找打铁桥，地图里搜不到，村子里看不到，最后在村口的"口袋广场"里看到一面墙，墙背后剥落的字给出了答案：村里有座明清时期的古桥，叫"聚龙桥"，桥边有家好手艺的铁匠铺，大家很喜欢，时间一长这桥就被俗称为"打铁桥"了。而村子被叫"打铁桥村"，是从1999年开始的事。

我问，打铁桥在哪儿？水果铺里的老人说，前面有个桥叫打铁桥，你骑车五分钟就到了。我骑过去，只找到一片葡萄园。问看管葡萄园的人，那人笑笑不说话。问马路上摆摊的师傅，师傅说，早拆了吧！没有被问却主动凑过来的男青年说，没有拆，但是不知道去哪儿了。我没太听明白，擅自把这话引申为古桥被移建保存了，便暂时放弃了寻找。

很久以后，我才在打铁桥村找到打铁桥。

这座桥地图上没有，网上也搜不到，直到看到镇志里说这座桥至今尚存，我才找到了线索。原来，从闵塔公路上就能望见它。它静静地架在官绍塘（这条河小到地图上都查不到）上，看起来那么低调，桥两头都已经被栏杆围住，不能再走上去。

曾经有座聚龙桥，桥头有位打铁匠，桥边有个小村庄。传说中的打铁桥，我终于把它找到了。传说中的打铁桥，你是否还知道？

长溇村的门牌

长溇村是车墩镇的一个大村，这一点从村口就可以看出来：一个气派的显示村名的大牌坊，一条崭新的、笔直的、纵深感极强的水杉大道，繁忙地进进出出的电瓶车驾驶员们。

不像周围很多村已经不剩下多少人家，长溇村的房屋和人口还相当多。居民以非本地居民的租户为主，土生土长的本地人大都搬进了楼房。村里房子便宜，曾经一间屋子的月租只要三四百，现在也不过七八百元。跑网约车的、来周围厂里打工的，很多人都住在这里。

长溇村的一头通往黄浦江，人们到江边路上散步。村里的年轻姑娘们在秋天的周末来到江边，铺一张野餐垫，三三两两的一坐，笑盈盈地聊天。

穿过村子的大道两旁有人摆摊，入了夜也很热闹。烧烤摊的摊主拉出一个大冰柜，里面装着串好的各种串，红柳羊肉串也有。长条烤炉里的碳烧热了，烤羊肉上面的油滴上去，滋啦一声，就散出很多白烟来。在一片云雾缭绕里，喝酒吃肉的男人们坐在塑料凳子上。那肉不一定有多好吃，但美拉德反应产生的香气绝对够诱人。

长娄村离松南郊野公园也不远，村里一片被纳入这座公园范围的林地被改造成了开放式休闲林地，一条仅一人宽碎石小路从江边公路通进去，三两长椅卧在小路边，气氛恬静安详。

最近几年，长娄村里靠近江边的一块地开始施工，从脚手架里面颇有设计感的建筑形态来看，这里要建起的东西似乎不太一般。等到差不多完工，发现竟是个科技影都开发基地，这片村里最时髦的白色小楼，竟是一个艺术中心。很快，艺术家们就把这些小楼全租走了。楼前绿草茵茵，楼后一片水杉林，夕阳下，水杉树影打在小白楼的白墙上。

艺术中心开馆了，当然要准备好一些作品。其中一件，取了长娄村一些被拆迁房屋的门牌，挂在小白楼旁边的水杉林里，林中间辟出来一条小路，用原来房屋的瓦片铺满。小路旁边装了两排射灯，好让每一块路牌都能被聚光灯照亮：长娄村926号、长娄村657号、长娄村659号……房屋的过往痕迹，就留在了这些门牌号和屋顶瓦片上。

用曾经的长洼村房屋门牌制作的艺术作品

蜂箱

高压线塔下面的一块荒地里，摆着七八个破破烂烂的木头箱子，每个箱子顶上都罩着一两块花花绿绿的塑料布，然后用许多块大石头压住，乍一看像某种古怪的仪式现场。

它们摆在这里是干什么用？

我问旁边正在锄地开荒的大哥，大哥淡淡地说，就是养蜜蜂的啊。

在普陀区新槎浦附近的涵养林里，我曾经见过养蜂人留下的蜂箱。不是像眼前这样的，而是一个个整齐的木板箱，里面有一层层的框架结构，割蜜的时候可以取出来再插回去。而眼前这几个"箱子"，形状大小都不一样，其中有好几个靠近一看显然就是废弃的老式橱柜，款式不一，有瘦高的立柜，有扁长的电视柜，还有抽屉和橱子都有的组合柜，柜门把手还留在上面。还有几个像是把不知道从哪里搜刮来的破木板、木条和零碎小木块钉在一起的，木头的颜色都不一样！

不过，这的的确确是蜂箱。

仔细看，我发现橱柜边缘都微妙地掏出了一些小口、小缝隙，有的像是随意地沿着木板边缘劈削了几下，有的甚至就利用了老橱柜本身的裂缝。毕竟，蜜蜂很小，有个小缝就可以钻进去。

很多橱柜本身就带有四个脚，带脚家具中甚至还有中式传统的"三弯腿"脚型，正好可以把箱体支起来，避开地面的潮气和积水。这么想来，旧橱柜真是太适合做蜂箱了。

至于橱柜顶上的盖布，似乎也是能找到什么就用什么，其中有塑料大棚一样的白色半透明塑料布，有卡车篷布那样的绿布，有黑色油亮、感觉可以用来做简易屋顶防水层的东西，甚至还有一块褪色的红漆三合板。每个橱柜顶上都盖了不止一层。

我想再仔细瞧瞧，锄地的大哥警告我不要再靠近了，说蜜蜂会蜇人的。

我换了个大哥不在的日子又来看，发现只有一个箱子周围有蜜蜂在忙碌：它们真的在从很小的缝隙进进出出。腿上花粉篮装满了的，从缝隙里钻进去；还有很多两腿空空的，钻出来。

其他蜂箱周围，则零星围着一些马蜂，绕着蜂箱的顶部飞（蜂蜜应该就位于那里），但我始终没看见有马蜂钻进蜂箱的缝隙里去。也许，缝隙里面其实都有蜜蜂在把守吧。

我想，去哪里的垃圾场、拆迁村转转，估计很容易就能收来这些破橱柜和旧木板。稍微加工一下，就能做成蜂箱了，妙不可言。

后来我又在其他地方找到许多别家的"正常"蜂箱，感到自制的橱柜蜂箱确实不是主流。俞塘桥下的墙根边上有一排蜂箱，用废弃条幅围着，也许是因为旁边的影视主题口袋公园里有几片花，让这里的蜜蜂非常虫丁兴旺。而放在墓园旁的一组蜂箱，几乎没见有一只蜜蜂光顾。（难道要指望它们从墓地里献的花上面采蜜吗？）放在荒地里的蜂箱，里面的蜜蜂也许会去附近疯长的加拿大一枝黄花上采蜜。而放在经济林入口处的蜂箱也非常热闹，我没有仔细进林子看，说不定林子深处有不少花呢！

因为觉得很有趣，后来有一次我特地喊上了小狮子来见识那些奇妙的橱柜蜂箱。他看了几眼，很快失了兴味，说，实在是太丑了！

用废旧橱柜做成的蜂箱

新米

虽然住得离稻田不远，但还从来没有吃过当年收获的新米。

村里的稻田都是属于合作社的，收获后的新米并不会流入松江的市场。超市里的普通大米大都是放了几年的，我吃过的最新的米，是有一次以八元一斤的价格买的上一年的新米，那是很久以前了，因此味道已记不清。听家里有地的松江老爷叔说，他们全家人都吃自己种的大米，比起市场上的米有多么多么好吃，听着听着，不免有点馋起来了。

这不，到秋天的尾巴了，汇桥村的稻子还垂着头飘着香，得胜村大片大片的稻田却已经收割完毕了。我走到田间的水泥路上去，发现路面散落着几小堆稻子，应该是农机上掉下来的。果然，鸟吃掉的庄稼，远远不如机械收割损耗的多。

前些天下过雨，有些稻粒掉进泥水坑里，滚上了一层灰溜溜的泥浆，然后又被晒干，显得脏兮兮的。但仔细看，这些稻粒都还完好。于是我蹲在地上，在散落的三小堆里挑起比较饱满的颗粒来。

稻田边的电线上，停着几百只灰椋鸟，一字排开成一个大长队，大风一吹它们站不稳，就全都节奏同步地扭动着身子、翘着尾巴。它们不断吱吱喳喳交流着什么，其中有一两只从我头顶上掠过，飞到离我很近的地方。

深秋的天气已经有点凉。蹲在地上不动，身上很快就冷了下来。最后我只捡了刚好放满手掌心的一小把，赶在天黑之前回家去了。

我先把这捧稻谷摊在厨房台面上晾了晾。要想尝尝这把小东西，还要克服一个难题——脱壳。现在的大米都是机器脱壳了，我临阵磨枪地学习了一下手工给稻谷脱壳的方法。然而家里恰好没有蒜臼子这样的工具，于是凑合着用一只不锈钢碗和擀面杖的一头来替代。

因为工具不够，就只能各种办法来将就。用擀面杖先擀一会儿，敲打一阵子，再用厨房纸巾包住稻谷揉搓了一阵子，又用擀面杖的一头捣了很久。捣的时候有技巧，捣下去要顺势碾一下，增加稻谷和稻谷之间的摩擦力。晚上吃完饭，我就这样边看电视边拿着碗给稻谷脱壳，小狮子说，这个行为很像织毛衣，很慢，很细腻，很笨拙。在几番折腾的过程中，很多米粒确实被分离出来，我把它们从稻谷和糠的混合物里挑拣出来。剩下一些倔强的，被我一个一个剥开壳取了出来。

最后，我得到了充其量只有一大口分量的当年收获的新米：它们大都是米黄色的，有些浅褐色的，还有些枣红色的，表面摸起来有种蜡一般的油滑感觉。

当晚我就把这些米淘洗干净，把里面的土灰、糠渣都去除掉，泡了一整晚。泡米水闻起来甜香甜香的。中午蒸米饭的时候，我把这点米撒在了市贩大米的表面，形成了颜色截然不同的一小块。本打算专门吃一口新米，再吃一口旧米，品一品到底有什么神奇的不同，没想到小狮子盛饭的时候把整锅米拌了拌，那一块新米就这样被拌散了。于是，我们一人得到一碗零星夹杂着黄色新米粒的大白米饭。

没尝出什么所以然来。我吃出来白米饭比较烂糊，新米则挺有韧劲。小狮子称那些枣红色的米粒吃起来很像紫米。后来我们把菜汤拌进了米饭里，所有米粒的味道就再也没有什么差别了。

松鼠跑酷

赤腹松鼠是城市中的跑酷高手。每次看到它们在枝叶间奔跑跳跃，都觉得那灵活的小身影特别赏心悦目。

一次，小狮子激动地告诉我，说在办公室楼下看到了两只松鼠，它们居然沿着电线从一片树丛跑到另一片树丛去了。后来，他拍到了一些松鼠走过电线的照片。

不久，一位朋友也惊叹着在位于相当市中心的地方发来松鼠的照片。照片里的松鼠伸长着四肢，身体拉得修长，正在电线上飞跃前进。

再后来，松鼠"飞线走壁"的照片和视频都越来越多见了。看来，它们相当适应城市的环境。

不过，这条电线快速路的功能，原本应该是由连在一起的大片树冠充当的。城市里的生境非常零星和碎片化，松鼠可以巧妙地利用人造物，并不代表所有动物都可以。

想到去青浦区的缪尔生态农场参观学习的时候，农场的老师让我们观察田间小路两侧的树篱，并告诉我们这些树篱为农场的野生动物提供了转移通道和藏身之所。通过当天的观察，也确实发现树篱里的物种相当丰富。

这么一想，跑酷的松鼠顿时少了点自由奔放，变得有点"为生活所迫"。

黄鼠狼过河

　　刚毕业工作不久，还住在普陀区曹杨社区的时候，见到了活跃在城市中的黄鼠狼。喜欢夜跑的人说，黄鼠狼很常见，可想而知，它们的的确确是夜行性动物。城里一些老社区里，老鼠不少，黄鼠狼也就不少，能见到它们"钻车底"的景象。

　　我第一次在上海见到的黄鼠狼，是在头顶高高的树枝上。晚上在曹杨环浜边散步的时候，听见头上窸窸窣窣的响动，一抬头，看见一只小兽，还以为是松鼠，直到发现它黄色的皮毛和细长的身子。目光跟着它在树间蹦跳，见它蹦去了几乎横卧在水面上的一棵歪脖树。黄鼠狼身手矫健地沿着歪脖树干过了河，跳到对岸，消失在曹杨公园里了。歪脖树搭过去的河对岸草丛里，已经被小动物们踩出了一条乍一看并不起眼的兽道。原来，歪脖树是小动物的过河路。

　　搬走差不多五年以后，偶然在网上看到一篇文章，详细地介绍了曹杨环浜的改造，里面有很多照片。改造后的环境看起来很漂亮，很有城市公园感，比以前低调的社区绿地时髦了很多。我还看到了那棵歪脖树，上面做了一些铁艺装饰，是猫咪和其他小动物正从树上通过的样子，非常可爱，但又有点滑稽——这里原本就有真的小动物过河，放上铁艺动物，倒可能拦住了真动物们的路。

人们对城市里的自然，以及人和动物的和谐相处，往往有一种美好的幻想，这种幻想如果建立在没能了解真实自然的基础上时，就让人觉得有些遗憾。

露营潮

最近两年露营热潮席卷上海。当你发现村里的经济林深处都开始有人扎帐篷的时候，就会意识到这件事的流行程度已经上了一个新台阶。

许多人是这么玩的：去草坪、去公园，开着车拉着满满一后备箱的东西，到了地方再把这些东西装进小小的露营车里，拉着走，找一个中意的位置，稀里哗啦地把东西从小车上卸下来，开始各铺各的摊儿。大家至少会有一顶速开帐篷和一张野餐垫。我还去远远地观察过一些收费营地，里面的帐篷争奇斗艳，品牌货，厅室也比较多，要拍照好看的话，从小椅子到小灯、小餐具，样样都得精致好看，营地里俨然拉开了一场军备竞赛。

乡镇人民不是这么玩的。大家骑电瓶车，不开车；不用抢停车位，电瓶车就停在田埂上；装备很少，有一顶速开帐篷就算顶配了；地方也选得很随意，经济林里、荒地里、小河边上、村头，而且因为村里没有大公园和大草坪，地点甚至可以选在种草坪的地里。

种草坪的地也是人家的田地，所以我起先站在田埂上看。最初我只是发现村里有些人为了抄近路（从田埂上走要绕好远），会直接踩着草坪穿过田地回家去。后来我发现，到了周末，会有个别大人带着孩子在地里奔跑玩耍。还有邻居发来照片告诉我说发现了一块好地方，我一看，就是村里的草坪地。邻居说，孩子玩得可开心了。

小狮子曾经问，这种地方可不可以放他喜欢的大章鱼风筝，我说不可以，田地周围都是高压线。

也许是口口相传的力量，不知道从什么时候开始，周末的草坪地上热闹了起来。我路过一看，嗬！竟然有好几家人在里面玩耍。遛狗的，铺野餐垫躺着的，摆几张折叠椅围成一圈吃吃聊聊的，扎帐篷的，奔跑打闹玩耍的，踢足球的（一块草坪地目测差不多有半个足球场那么大），甚至还真有放风筝的。一块草坪地里"接待"的人能有好几摊。

我去看他们在玩什么，其实大人们主要是坐着聊天，聊"天将降大任于斯人也"还是"是人也"之类的话题。孩子们则跑得到处都是。从他们电瓶车后轮挡泥板上面的车行广告来看，大都是从不远处的镇上来的，还有少数是从隔壁马桥镇过来的。

也许大家都隐隐觉得在别人地里玩耍要收敛一点，因此扎营地点大都选在田地的边角。有一块地里有一位正在干活的老伯，他开着拖拉机改装的滚压机，一圈一圈地压实草坪，转到离人近的地方，发动机的隆隆声会震得人什么都听不见。他并不管在其他地块上玩耍的人。我开始觉得，草坪反正都要压，恐怕并不怕踩，或者说稍微踩踩没关系。不过我也不知道，如果草坪的品相不是那么好了，最后卖掉的时候，会打多少折扣。

　　还有一块最深、最靠里的草坪地，属于这个季节的小鸟。用望远镜扫一扫，会发现地里离人最远的地方有密密麻麻的好几片小家伙，有白鹡鸰、黄鹡鸰、黄腹鹨和戴胜。有家长知道我在观鸟，就凑过来，说早上的鸟更多，然后大吼着召唤朝鸟群跑去的孩子。唤不回来，就说不好意思，把你的鸟都赶跑了。我说，没事，鸟会换个地方再落下。

　　秋天太阳落得早，阳光一弱下来，草坪上的人就开始收拾收拾回家去了。

　　过了一年，村里的人们发现了露营的商机。汇桥村的铁路边不知什么时候开起了一个露营地。我在铁路边朝那块铁丝网里的地方张望，见着许多帐篷、鸽子棚和圈养的大白鹅。音乐声隐隐地从里面传来，还有人拿着话筒讲话，原来里面正在进行一场亲子活动。仔细听，可以听见主持人让已经签过到的家庭来挑选自己喜欢的造型气球。

　　我离开铁路边，穿过刚被砍伐掉的一片枫香林走远了，露营地里孩子们做游戏的喧闹声从空荡荡的荒地上传来。

　　"大风吹 ——"只听主持人卖力地喊着，"大风吹 ——"

夏秋季节里纷纷在草坪地玩耍的家庭

貉扩散

松江区的貉泛滥以来，佘山的某小区被推上了新闻的风口浪尖。正好接连几个周末，小狮子都要去佘山附近办点事，于是我提出要一起跟去看看貉。

在人家小区门口兜了个来回，探头探脑地望，然后趁有居民从需要门禁的小铁门出来的时候，跟在后面，一下子溜进去。

我先在小区里走了走，看到也许因为专业团队的介入，小区绿化带里到处都插上了宣传牌，上面印着貉的大头照，告诉居民不要喂食。还看到了在新闻里出现过的假山，但那时是大中午，貉并不在那里。假山的石头之间有很多孔隙，想必貉会很中意。

我走到小区的边缘，发现草丛里有一条很窄的小路，很像是动物走的，就钻了进去。夹在楼栋和围墙之间走了一段，前方开阔起来，出现了可能是变电站的小屋和一片楼栋间绿化带。草丛里有动静，我望过去，发现小屋的楼梯下面有一只貉。它已经注意到我，一动不动地和我对望。我也没有动，一团团蚊群在我们的视线间飞舞。

来看一眼的目的已经达到，我不再继续靠近，而是原路退了出去。办完事情的小狮子和他堂哥听说消息后，也想来看一眼。但可能是他们长得太可疑了，被保安拦在了外面。

后来，身边"貉扩散"的消息越来越多：佘山周边的更多小区传出了貉的消息和照片；住在九亭的堂妹下班后看到小区里有貉打群架；青浦的居民家院子里经常有貉光顾；插画师朋友在颇为市中心的华山绿地用手机拍到了貉，并以为是浣熊。

我曾在下班后骑车去华山绿地，想碰碰运气。去了以后发现，跳舞的、合唱的、练乐器的，什么人都有，热闹得要命，很难想象貉会出没在这种地方。不过，这里和貉泛滥的小区一样，都有爱心人士定点投喂大量猫粮（貉也会去吃）。

上海的貉调查项目"貉以为家"开展时，发起者之一王放老师说过类似的话：貉在城市里完全有可能成为像国外浣熊那样的存在。许多年前，上新闻的本土动物都是一副失去栖息地的惨兮兮的没落模样，没想到短短几年后，貉真的在局部区域成了上海的"小浣熊"，与人为伴。只是因为有些貉变得依赖人所投喂的猫粮，自然行为受到影响，与人的距离也拉得过近，以至于起了冲突，出现了貉咬人的事件。

目前，并不能说上海的貉完成了"咸鱼翻身"，因为如此集中和密集的种群万一染上什么传染病，就可能轻易地被团灭。

过了几年，佘山一个新建的小区很快也有貉扩散了进去。高层的住户们从阳台往楼下望，就能看见楼下并不大的绿化带里同时有好几只貉路过的样子。我也去这个小区里找了找貉的踪迹 —— 这很好找，因为每条绿化带都被踩实出好几条兽道，歪歪扭扭地直接通到貉的洞里去。

貉洞位于一楼住户们飘窗下的缝隙里。貉不会打洞，但只要建筑物下有缝隙，它们就可以刨开周围的土，把小缝变成一个小洞。在一些还没有被貉占据的缝隙处，居民们已经放上了好几块大石头，阻止貉进行新的施工。至于已经完工的貉洞，都让墙角像张开了一张张大嘴。

一位一楼的住户说，貉在洞里活动，碰到飘窗下面的保温层时，会弄出动静来，在卧室也可以听见。夏天的时候更甚，大貉带着一堆小貉，不同的貉群之间抢地盘、打群架，发出吱吱嘎嘎的动静，吵得人睡不好。他的态度是，不想伤害貉，但它们确实影响生活，希望能反映给有关部门，让这些貉迁移到别的地方去。

"别的地方"让我陷入了沉思。比如什么样的地方呢？

合适的地方，要么已经被开发，要么就在开发的途中了。如果貉没有在住宅楼的墙角下发现新天地，恐怕已经失去立足之地了。

人和貉的关系，说到底就是城市和野生动物的关系。

"貉以为家"项目之后，我参加了松江区貉口调查项目，第一次调查的网格就抽到了家门口的车墩镇。同一个小组有两拨人，一拨（包括我）去我家附近的一个小区，另一拨去已废弃的西上海高尔夫球场内的别墅区。

调查点都是从均分的网格里随机抽取的，所以项目负责人并不知道，高尔夫球场所谓的别墅区其实很多年前就被划为违建，大门紧闭不说，还钉上了木条。

调查当晚，我早去了一个多小时，想去球场里看看。保安坚决地表示，别墅区是不可能放人进去的。

我们这一队在小区里调查，果不其然没有发现貉，也没有看到适合貉做窝的地点，从随机调查的业主那里也没有问道任何貉的目击情报。去高尔夫别墅区调查的那拨小伙伴，也果然没法进入，她们在球场里走了走，看到了刺猬和野兔，没有貉。

她们还"调查"了球场水塘边夜钓的钓鱼佬，钓鱼佬说，有大水蛇！我想到了在水塘里见过的乌梢蛇，大概有三米多长，扭动着身子嗖嗖嗖地游过水面。只有脑袋露在水面上的时候，我还以为它是小鸊鷉，直到看见它上了岸边的步道。此后，我在球场里活动一直都很小心脚下。

第一次调查中没有发现貉的小区和网格，都不再进行第二次调查。选择继续的志愿者，可以填报第二次想参加的调查点。

于是第二次，我被分在了天马山脚下的一个小区，又是别墅区。前往目的地的途中，经过了一小段"山路"，还看到了在上海非常难得的山景夕阳。

这个小区里都是独栋的大户型别墅，但和有些别墅区不一样，这里的入住率相当高，也许是因为小区建得早。我们找不到可以调查的业主，因为每个人都把车开进自己院子中的车库里，从车上下来，直接进到房内去了。

我只找到了可以搭话的三组人：第一位是捏着软管在家门口浇树篱的年轻女性，在我跟她打招呼前，她正对着手机说"老公，那个甜虾可以拿出来了"，并且对我们很警惕，马上反问我们是哪里来的、要干什么；第二位也是在门前浇树篱的大叔，他家的院子很热闹，孩子们在里面打篮球、骑自行车，但我们不便要求孩子们也出来接受访问；第三次搭话的是一对饭后散步的小夫妻，他们很友好，对于我们询问的有没有见到这个或那个野生动物，他们的回答中多次提到

"咱爸钓鱼的时候好像见过"。

巧的是，这个小区内部也有一个高尔夫球场，用两排水杉树隔开，树上挂着牌子警告路人不要走进击球区域以防受伤。一起参与调查的一个家庭开始跟孩子聊起球场上的这个那个是不是老师教过的话题，我远远听着，暗自感慨时代变了。天黑了，球场里的大风扇还呜呜地开着。绿但短秃秃的草地高地起伏，中间夹杂着几个整得很平的白沙坑，沙耙还在旁边放着。我想起车墩镇的废弃高尔夫球场，在那些荒草地里，也隐约露着几处白沙坑存在过的痕迹。

我们在这个小区也没有看到貉。也许是没机会看到，因为调查的志愿者们只能在小区的主干道上行走，稍微偏离一点，就可能进入别人家院子的范围。保安好心叮嘱过我们，千万不要一不小心走到别人家里去。同行的队友有人调查到，一位业主看到过自家院子里有貉来偷吃火腿肠，那火腿肠本是业主拿来喂猫的。

尽管在一些小区里貉已经泛滥，但它们似乎并没有均匀扩散开的迹象。貉扩散的过程，总不能开个导航，然后说什么"先走九新公路，再走新车公路"就能从九亭来到车墩。它们到底怎样决定"搬家"到哪里呢？

结合之前自己去其他小区的观察所得，我想貉的食物应该是充足的，大部分小区都有可以扒的垃圾桶和爱心人士撒下的猫粮，如果貉真的要吃，总能找到些什么。但是，似乎不是每个小区都有适合它们的洞穴。有水泥台基的楼房，就没有空子可钻。如果有机会，我想对比一下，貉选择的小区和没有选择的小区，在建筑结构上有什么差别呢？

振兴街按摩店

振兴街可能是车墩镇上最繁华的一条商业街，也是小镇气质特别浓的地方。

夜晚，只有这条街上的灯牌满满当当地闪烁，街边的人和电瓶车挤挤挨挨地来回穿梭。店铺的构成是百元上下的鞋服店，烧烤、川菜、面馆等各色小馆子和小吃店，给打工的人卖铺盖的床上用品店，劳务中介等。

有穿着一身纯白套装、梳着油头、揣着兜、踢着脚走过的年轻人。

有在化妆品店门口转呼啦圈的小姐姐。

有向同伴仔细介绍自己的手表，并说"打完折以后9868元"的中年男子。他还说，自己在老家买了房，八十万，贷了六十万，因为没有钱，没办法。

有来来回回在街上闲逛的男子，碰到狗就看看狗，碰到猫就看看猫。

有"嘟嘟叭叭"的喇叭声响过，那声音就和日本影视作品中暴走族的摩托喇叭声一模一样，让人以为在这里也会看到很夸张的改装摩托，可循着声音看过去，却发现那是换了气喇叭的电瓶车，有时甚至还是送外卖的电瓶车。不过，夸张的风格是一脉相承的，有张扬的造型，有炫彩的闪灯，有放着慢摇风音乐的音响，有高高的挡风板。我还见过一位扎着辫子的长发"车手"，在后备箱四面装饰了好几个毛绒玩具。

街上最多的还是餐饮店。你不能把这里的东西叫作美食，且不论好吃不好吃，"美食"更像是城里的漂亮男女一起品尝的东西，而这里是许多普通人吃饭、喝酒、吹牛、消遣和杀时间的地方。

在街道和河道交叉的地方，转个弯沿河边走去。河这一侧黑咕隆咚的，短短一段路上，至少有三家按摩店。我曾经去过其中一家盲人按摩店，里面的房间都贴着粉色墙纸，按摩床、沙发和门帘都是粉色的。给我按的女技师很是豪爽，按了没多会儿，就让我把衣服脱了，说隔着衣服搓得皮肉疼，都是女的，怕什么。我犹豫着，因为刚才有街上的男人直接走进来，站在离我脑袋不远的地方，往门框上一靠，跟女技师聊了会儿天。最后女技师把帘子一拉，我还是把衣服脱了。没过一会儿，我又因为房间里没开空调凉得打了几个喷嚏，女技师便给我拿了条粉色的毯子盖上。

女技师一下手，就让人觉到一股谋生活的狠力道。真是痛下杀手了，我肋骨架不住了，被人按瘪了下去，整个人像漏了气的气球，五脏六腑都像要被揉碎了化开了，嘴里禁不住一阵阵吱哇乱叫。

女技师一个人顾着三个房间里的客人，给我时间缓一缓疼痛的时候，她就去别的房间。其中一个房间里的人在拔罐，一阵"啵""啵"的声音过后，那人长舒一口气，说"啊——舒服多了"。

给那人拔完，女技师回来，说给我也拔一个，不收我钱。此前我从没拔过罐，于是犹犹豫豫地应下了。只听一阵叮叮当当，女技师把她的罐子和其他家伙摆出来了。我还没来得及多想，一阵麻利的动作过后，我就先后体验到烫烫烫、紧紧紧、疼疼疼，静置一会儿后，我这边也一阵"啵啵啵"地结束了——轻松倒是轻松了，但感觉更多是因为有点不舒服的罐子被拿掉了。

我跟小狮子描述这第一次拔罐的感受，说我觉得这事儿有点奇怪，罐子里的空气冷却以后，把肉吸起来，给人造成一定的痛苦，然后再把罐子除掉，留下一些看上去很骇人的痕迹，这叫舒服？后来我半开玩笑地念叨了很久，说感觉自己更像受到了虐待，应该向车墩镇人民法院提起诉讼。

小狮子说，你变成七星瓢虫了。

我说，不止七个，可能有十二个。

小狮子想了想说，哦，那你是害虫。

振兴街周边一带的餐饮小店

台风

2018年10月，在北海道白糠的刺牛海岸，我想看红翅绿鸠。它们经常会结小群到海边喝盐水，可我在的那阵子正值台风天。我的裤子湿透了，紧紧地贴在腿上，鞋子里灌满了水，脚泡在里面很难受。虽然用脚趾头想也能想到，红翅绿鸠不会在这种天气到海边来，但我还是焦躁地在风里雨里走了几公里，最后一无所获，唉声叹气，灰溜溜、湿漉漉地回到了旅馆。我觉得倒霉透了，心里诅咒着台风让我错失良多，可明明那些东西我未曾拥有过。

有趣的是，几年后在上海看到了红翅绿鸠，就在热热闹闹的上海植物园。它趴在一棵树上，尽管周围交织着好几种不同的广场舞音乐，它也好长时间不动，就这么任人从下方看着、拍着。

2022年秋季，登陆上海的第一场台风来了，我出门去村里随便走走。一开始天阴着，飘着没什么大碍的毛毛雨，间或有点阳光从云缝里洒下来。然而，走到田间时，鸭子们突然急急忙忙地起飞走了，我突然注意到东边不远处的景象模糊了起来。说时迟那时快，雨点噼里啪啦砸下来，那片朦胧的大雨瞬间飘过来把我包围了。

就在几十秒前，一个男人和我迎面擦肩而过，朝田间小路的另一头走去。此时我们都猛地一转头，往方圆几百米内唯一一处有遮蔽的地点飞奔过去——那是田边的几棵小树。

我们一人站在一棵小树下。树的遮蔽作用不大，因为树不大，而风雨很大。很快我身上就几乎湿透了，我拿出一张纸巾把望远镜和相机擦了擦，收进已经湿漉漉的背包里，然后就静静地站着。和隔壁树下的男人随便聊了几句天气，听雨水发出暴烈又安静的沙沙声。

也许是站得久了有点尴尬，男人提出要不要去拿个伞给我。我扫了一眼几百米开外停在田边的一辆车，便明白了这位伙计原来是有根据地的。我说不用了，雨一会儿就会停了。这不是乱讲，因为远处东边的天开了条缝，颜色有点白亮。

其实我的背包里有伞，只是不知道为什么，我并不想拿出来撑开。我只是觉得雨很好看。

没过几分钟，猛烈的台风就把那片无雨区吹过来了。男人等雨稍一小，就从树下出去了，我看着他花了很长时间才走到车旁，钻了进去。我等雨几乎停了才出去，沿着他走过的路，看到了两处他在泥地里差点滑倒时留下的脚印。

我的衣服湿透了，帽子可以挤出水来，裤子贴在腿上有点难受，不过也还可以忍。我拧掉帽子上的水，继续在村里活动。台风天千变万化，不久太阳出来了，把我的裤子都晒干了，但不一会儿又噼里啪啦地下起雨来。

村里一位老阿姨骑着自行车，没有雨衣，在大雨点子刚落下时，她整张黝黑的脸都皱成了一团，眼睛眯着，极力抵抗着每一滴想钻进去的雨水，脚下加大了力蹬着踏板。我站在路边喊"冲啊"，然后看着老阿姨在雨势变大前骑进了自家院子，把车子往地上一丢，钻进堂屋里去，不住地抹着脸。

就这样，我的衣服湿了干，干了湿，反反复复了三次。回到家的时候，天正在下第四波雨。

不过我觉得，台风天也挺好。

台风天还会给沿海地区带来意外的收获，观鸟的人把它们叫作"妖怪"，即本地比较罕见的鸟儿。或许也可以叫它们"海上来客"。中华凤头燕鸥、乌燕鸥、白顶玄燕鸥、褐翅燕鸥、中贼鸥、黄蹼洋海燕、曳尾鹱、白斑军舰鸟……这是一个个让陆地感到陌生的遥远的名字，它们一生的主战场都在海上。遇到台风躲避不及的时候，个别海鸟就会被卷进台风，顺势飞行，跟着台风登陆到了沿岸地方。台风减弱后，这些靠岸的水手稍事休息，如果身体无大碍，就会回到大海的怀抱去。它们的生活，像辽阔的远洋那样神秘。

这些鸟儿有时会沿着江从入海口飞进稍微内陆一点的地方来。站在松浦大桥上看着江水，我常常会想它们会不会也飞到这里来。

2019年8月10日，台风"利奇马"过境，上海市绿化和市容管理局的薄顺奇老师发现和拍摄了一只乌燕鸥，记录地点是松江区叶榭镇，这是当年上海的鸟类新记录之一。因为很少有人会到叶榭观鸟，所以我猜他是去獐极小种群恢复和野放基地工作的时候，看到鸟儿从黄浦江面飞过，那个地点就位于松浦大桥下。

问了问，果然是那段江。江两岸一侧是叶榭镇，一侧是车墩镇。我愉快地幻想着，如果那天早晨我也在江边观鸟，那么乌燕鸥也会是车墩镇的观鸟记录了！四舍五入一下，就是那些自由的水手也从我家门前经过了，带着海上的咸腥气和强烈阳光的味道。

我也想追追风，下定决心在今后每一个台风天过后的早晨早起，去江边望望。

后来，我没能起来床。早起，实在是太难了！

沙浴澡堂

汇桥村的田间有几条破烂的水泥路，之前拆迁掀起来的尘土积累在路上，每辆电瓶车从这儿经过，都会扬起一溜黄土。

土层上，能看到很多大大小小的脚印，大的应该是鹭留下的，小的我猜是麻雀。

一次隔着小河远看那条路，才发现土层上趴着很多小东西——是来洗沙浴的麻雀。它们都趴坐在土里，抖松羽毛，在土里打滚。等它们走了以后我去看，就能发现它们留下的杂乱脚印和拍翅膀的痕迹。

沙浴澡堂还有几位常客——戴胜。有四只戴胜几乎每天傍晚都会来到同一片土里洗澡。它们体形比麻雀大得多，动作也更大，每一个动作都要扬起一团尘土，让整个"澡堂"看起来云雾缭绕、黄尘滚滚的。

戴胜洗澡的动作也像趴窝一般，它们会边吃、边整理、边洗澡。土里掺杂着些小石子，会被它们用细长的嘴挑出来，丢在稍微远一点的地方。身子底下的杂物清理干净了，就扑腾扑腾翅膀，肚皮在土里滚一滚，后脑勺也在地上蹭一蹭，这个过程中戴胜的冠羽会展开，看来是洗得很仔细呢！洗完以后，就支棱着一身扑腾乱了的羽毛趴一会儿，吃两口东西，再整理一下小石子，重复之前的洗澡步骤。如果不是路过的电瓶车惊扰了它们，洗澡的过程能反复进行好久。

四只戴胜一鸟一个坑位，但整体气氛不算和谐。我猜它们或许是两对夫妇，两个家庭的主人会在悠闲的洗澡间隙爆发一点小冲突。戴胜A向戴胜B发起冲刺，两个家伙都张开嘴，做出一系列互相啄击的动作，但实际上谁也没碰到谁，就像街头吵架吵得凶恶但就是不动手的人一样。气势上稍逊色的那一只会飞走两步，落在旁边不远处，整顿一下准备重新开始洗澡。可不想刚才的对手突然一串小碎步追了过来，张嘴又是一口啄过来。不知争斗的这两只是不是两家的男主人，争斗期间，它们的妻子就在一旁静静地趴着。

戴胜的飞行姿态很独特，总被人说像只大蝴蝶。实际上也确实如此，它们的翅膀形状比较圆，振翅频率也比较低，飞行路径一高一低，非常符合"翩翩飞舞"这个词给人的印象。所以当它们离开澡堂以后，土里会留下起飞瞬间翅膀展开的痕迹：果然也像两片扇子，中间夹杂着一些脚印。

戴胜和麻雀还会一起出现在澡堂里，互不干扰。被人或狗惊飞了，就会转移去别家澡堂。找找看，村里积了一层土的路面还不少呢！

疑似是麻雀沙浴时留下的痕迹

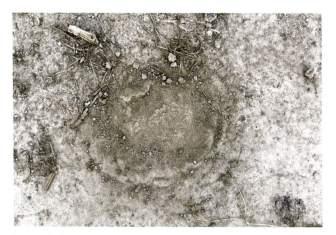

疑似是戴胜沙浴时留下的痕迹，可以看到大颗粒的土块被挑出来扔在一边，围成了好几圈

疑似是戴胜沙浴后扇动翅膀留下的起飞痕迹，戴胜的翅形比较圆

河道硬化

上海不缺河道。江、河、浦、塘、泾、港、浜，都是河道的名字。它们大小纵横连在一起，就组成了四通八达的水系。

这些河道看起来不怎么干净，通常呈灰绿或灰黄色。有些人说，虽然颜色脏，但水不臭，像是本来就是这个颜色；也有人觉得，这样的水里，就是钓上来东西也不一定敢吃。我曾经看到过肥硕的褐家鼠在水里游泳，也曾经在同一条河看见有人穿着防水衣下河捞螺蛳（经询问，正是捞来吃的）。开阔水面上的乌梢蛇轻盈且迅疾地游过，田边水沟的水蛭游起来像风吹拂过的裙摆。水边常有矶鹬、白腰草鹬和白鹭来觅食，水位低的时候，可以看到两岸密密麻麻都是洞，隐秘螳臂相手蟹藏在里面，露着半个身子，在感到安全和没有干扰的时候才会爬出来。

车墩镇汇桥村分为几个队，每个队散落的一排房屋门前都有一条河，居民们自己在河边挖出几个台阶，走下河洗东西。生活用水毕竟不是那么干净，有时让本就不清洁的河水更加变色和散发着一点异味。

无论是大江大河还是小水沟旁，都能看到翠鸟，但它们却不会轻易让你摸清隐秘的巢穴在哪里。它们要挑选泥岸挖洞筑巢，位置不能太低，不能被水淹到。

不过近几年，作为车墩镇新农村建设的一个环节，几乎每条河道都进行了整治施工。

河道施工有一种在环保主义者当中臭名昭著，但在河道整治工程中被广泛应用的方式——硬化，即二话不说用水泥糊死河底，跟河岸两侧一起来个"三面光"。这样一来，河岸这个小小的生态环境，就会随着河道硬化而消失。河岸变得整齐，但不再生动。河水的自然渗透被阻断，雨水更容易泛滥。

而且，这样的河道还有危险：人掉进去没有抓握的地方，动物掉进去没有攀附的地方，河岸太光滑、太陡，很难爬上来。做野生动物志愿保护的老师带人夜巡的时候，会用手电筒照照农田边上的水泥沟渠，看看有没有蛙被困在里面。

也许是因为反对硬化的声音多了，车墩镇村里的河道整治工程没有搞"三面光"，而是多采用木桩或仿木桩来护岸。

施这种工的时候，先做个大浮力的筏子放到河里去，再把打桩机开到筏子上。打桩机的形态很像挖掘机，但动臂头上不是铲斗，而是一截夹子一样的东西，能把一根根桩子夹起来，整整齐齐地插在河岸边，夯结实。最后，打好的桩子们连成了一堵墙。这样的工程，倒是没有封死水的渗透。

不过，河道整治总归是要清淤的。河边的土岸没有了，水里的淤泥被挖出来了。于是自我净化能力不足的河道，被人们投了大塑料块到水里去，里面种着可以净化水质的水生植物。

河道整治中最讨人厌的淤泥，其实是螺和贝之类的底栖动物的家园。好的水体底部长着很多植物和原生小鱼，整治过的水体则光溜溜的。泥和土没有了，以底栖动物为食的鸟不再来，相手蟹不能在河岸活动。不知道翠鸟们会去找什么别的地方筑巢呢？

码头边的男人

黄浦江边，松浦大桥下，得胜村里，有个旧码头。它旧，但其实不老，原来的建筑五年多前才被拆除，只是留下来的码头平台很破败，看起来很沧桑。

这里是松浦隆码头，常有运沙船停着，把拳头那么粗的绳子在码头上的破桩子或大石块上拴好，船上的男人们就下来了。村里的男人们也过来，几乎人人都拎着一团手抛网，站在码头上，看准了地方，猛地一撒，网就张成了圆形。因为网上铅坠子的重量，网一落水就往底下沉去，罩住正好可能出现在下面的鱼儿。接下来，一点点拉手绳，把网收回来就可以。这个动作似乎需要一些技巧，我曾经看到有人在一丁点水也没有的草坪地上，反复练习着抛网、收网的动作。

长江已经开始施行"十年禁渔"，但黄浦江水域的禁渔期似乎是规定在了每年2月到5月。

在灰黄色的水里，码头上的男人们自称看得见鱼。码头下面，还有一排排提前放好的虾笼，涨潮落潮过后，就会有鱼虾蟹困在里面。还有人干脆直接穿上水裤，下到江边的浅水里去撒网。岸边堆积起的淤泥上有一些小洞，仔细看，里面是一个个指甲盖大小的螃蟹。撒网的人经过，它们就嗖地钻进洞里不见；等人走过去一会儿了，又会试探着爬出洞口来。

我看他们撒了无数次网。渔获随着潮水的节律分为两种情况：要么谁都网不上来什么鱼，倒是捞上来很多水葫芦；要么一人一桶满满的小鲫鱼。黄浦江里的水葫芦，怎么治也治不干净，总是一阵阵地泛滥。码头上的男人们把水葫芦从网里挑出来扔掉，我就捡来那些水葫芦玩，掰开看里头海绵一样的结构。他们捕鱼也很浪费，专挑大点的扔进桶里，小的就随手丢在码头。我一个一个去查看那些小鱼，发现还有活的，就丢回水里——哪怕是被鸟吃去也好。

不撒网的男人就在破码头上蹲着，屁股后面的兜里插着烟或者矿泉水瓶。

船上的男人大都很市井，操着不同地方的口音，夹杂着几句脏话，三五个聚在码头上大声"密谋"，说海事星期天了怎么还上班，说我就不信海事中午不休息，说中午肯定要休息，吃个饭，再打一炮，又说这不是海事在不在的问题，而是有摄像头。谋着谋着扫兴了，就各自收起渔网和水桶，回家或者回船上去了。

船上的女人们去采购物资，一人拎两个巨大的塑料袋，从码头边的小土路走回来。

我见过船上有一个很年轻的小伙子，看起来还是个孩子，说自己是第一次来，面相和表情都比其他人和善很多。他抱着船上的大金毛玩耍，和大狗一起自拍，用别人捞上来的一只小老鳖逗弄大狗，想吸引这个胆小的大家伙上岸。狗看着码头，闻了闻。尽管陆地就在它眼前，尽管小伙子拿着它的爪子摸了摸码头，它还是耷拉着两只忧郁的大眼睛，一点儿都不敢上岸。船上别的男人说，这狗肯定是掉进水里过。

松浦隆码头原来是一家砂石公司自用的，码头旁曾经有厂房和各种装载机械，可以就地加工船上运来的沙子。现在的黄浦江上（苏州河上也是），依然可以看到大量运沙船。

不过，随着江边一带被设为水源保护区，砂石公司和旁边一家饲料厂都被拆除了。砂石公司的门头还留着，旁边的围墙上留出一个窄门洞，里面拆平的工厂用地现在郁郁葱葱，已经被得胜村里的人开垦成了菜地。沿着菜地之间的小土路，就能走到破码头去。据说，这里曾经是村镇经济繁荣的主要地区之一。

江上的船大都是一千吨级别的，可是有一天我钻进码头的门洞里，一眼就看到江边停着艘少见的大船，船身刷着漂亮的红色和黑色的漆，船首有一个巨大的球鼻，船头下着一个锚，另一个收起来挂着，船尾的船舱高高的有好几层，船上还配有吊机。

这艘船应该没装货，没怎么吃水，高到望不见甲板。我站过去，抻长胳膊摸着船舷，觉得自己很小。

见一个男人从甲板上走过，我就喊住他，仰着头聊了几句。

我说，码头很少见到这么大的船。男人说，是的，一般不让停在这里，而且这么高的船，连松浦大桥都过不了。后来，我听说能停泊的，都是打通了关系的。

我问货舱里面能装多少？男人说五千吨。

我问他们停在这里干什么？男人说是排队等拉货，顺便检修一下。

我问船这高，你们怎么下来？男人说，可以放梯子下去，或者，他们有艇，人进到艇里，用吊机放下来。我往船尾一看，果然见着一艘小艇。

男人也问我，这里是什么地方？我说，这里是松浦隆码头，往里面去一点，是得胜村。哦，男人说，这个村叫得胜村。

我又说，那里，那是松浦大桥。男人说，这我知道。我不好意思地笑笑，对对，这个你知道。

男人问我，你是这个村的吗？我说不是，我在附近别的地方，是来看船。

那阵子五千吨级别的大船还挺多，走了一艘又来一艘，有艘颜色更鲜艳更新，但出过事故，球鼻都被撞扁了，显得很滑稽。

停靠码头的船换了一艘又一艘，下船活动的人也换了一波又一波。我在码头边站着，吹着江风，长长久久地看着船，想着那些生活在船上的人，过的是什么样的生活，都会去到哪些地方。

同样是在黄浦江上，继续往入海口的方向走，还有另一个气质完全不同的老码头。

陆家嘴的中心地带，"三件套"*的灯光笼罩下，立新船厂旧码头留下来的大铁锚乌黑油亮。码头建筑在三十多年前拆除了，但因为建设了滨江景观道，令码头本身看起来一点也不老旧。男男女女们坐在长椅上、系船柱上、江边的咖啡馆和餐饮店里。

这一段水域上的船也是来来往往：观光船上都装饰着

---

* "三件套"：位于陆家嘴的地标建筑 ——上海环球金融中心、上海中心大厦和金茂大厦，因为建筑外观分别像开瓶器、打蛋器和注射器，被人们戏称为"厨房三件套"。

各种颜色的彩灯，那些运沙船、运货船从游船中间穿梭过去时，愈发显得灰溜溜的。它们往吴淞口去，从更内陆的地方来。那些在松浦隆码头蹲过的男人们，休息好了上了船，也要经过外滩这块地方，从那片灯光里穿过。立新船厂老码头边，也有一个男人坐着，弹着吉他，唱着歌。

松浦隆码头附近得胜村里正在晾晒的手抛网

配有吊机的大船

高大的船舷、巨大的球鼻和船锚

渣土车去哪儿啦?

村里头搞建设、搞拆迁整地、搞河道清淤,都少不了要产生一些渣土,那将是这片土地上不再需要的东西。它们被挖掘机装上渣土车,准备运到别的需要它们的地方去。

装得满满的渣土车出发了。问问渣土车,你要去哪儿呀?

渣土车开过村里坑坑洼洼的水泥路。颠得太厉害了,几个大泥块从车斗里跳出来,吧唧落在地上。有的泥块被太阳晒干了,又被别的车碾碎,变成了干土,小鸟会来这里洗澡;有的泥块则被路过的淘气的人一脚踢到稻田里去了。

渣土车开过镇上新建设的大马路。车斗装得太满了,又有几个大泥块掉下来,吧唧落在地上。过了几天,有工人拿着铲子,骑着电瓶车,在马路上来来回回,把这些散落的土块铲起来带走了。

渣土车开到热闹的街上去。每到右转弯的地方,就停一下。问问渣土车,你要去哪儿呀?

渣土车开到靠近河边的地方，眼前就是一条跨河大桥。可是渣土车没有上桥。你看，桥底下有条小小的辅路，通往河边去。原来，渣土车开到渣土码头来了。在这里，挖掘机要把渣土装到运渣土的船上，把它们送去别的地方。

渣土车的司机进入码头了，罩在车斗上的电动篷布像百叶窗一样缓缓收了起来，并把自己叠整齐了。看看车斗里头，嚯，是满满一车泥呀！

司机从车上下来了，手里拿着一个小锤，走到车尾，左边敲一下，右边敲一下，就把锁住车斗尾板的搭扣打开了，这下，尾板就变成可活动的了。

司机爬回驾驶室，慢慢地、慢慢地往后倒车。小心呀，后面有一个深不见底的大坑！司机得刚刚好在坑边停下，不能太近，也不能太远。

车停好以后，渣土车的液压系统就开始工作了，一根长杆顶着车斗的前端，把车斗斜着支了起来。车斗里面的淤泥好沉，车斗底下的衬布好滑，于是一车稀汤烂泥准备好要冲出来了。随着车斗的倾斜，活动的尾板被顶开了 —— 稀里哗啦！啪嗒啪嗒！淤泥都滑进大坑里去了，除了少量有点倔强地还粘在车斗里。

接下来轮到挖掘机出场。先用铲斗把渣土车的车斗底部刮干净吧，一下、两下，刮好了，铲斗就缩回来。

挖掘机说，滴、滴！可以走啦！

有的车需要多刮两下，嘿，使点力气吧。哐的一声，挖掘机的铲斗用力一放，渣土车开始抖个不停。哐的一声，挖掘机的铲斗使劲一抠，渣土车的车头都要被撅起来了。嘿，车斗侧边上还有点土呢，让挖掘机来帮忙刮一下。哐的一声，哎哟哎哟，渣土车差点就要侧翻过去了。

挖掘机说，滴、滴！可以走啦！

咦，渣土车在干什么呢？怎么还不走呀？挖掘机把缩起来的铲斗又伸出去了，用铲斗背面推了推渣土车的屁股。

挖掘机说，砰！快走开呀！

来吧来吧，换下一辆渣土车卸货了。司机慢慢地、慢慢地倒车，停在大坑边上。离大坑边缘还剩一段距离呢，怎么不走了？挖掘机又把大铲斗伸出去了，扒住渣土车的尾板，往后一拉。

你再过来一点呀！挖掘机说。

接下来，挖掘机要把大坑里的烂泥都铲到船上去，两台挖掘机并排一起工作。待装运的空船早就在码头边停靠好等着了。于是挖掘机这边铲起一斗泥，那边扭头去河边，把泥倒进船的货舱里。

货舱里很快就堆起了烂泥堆，形状、质感和发出的声音都很像新鲜的牛粪。新铲过来的一斗泥倒在烂泥堆上，在啪嗒啪嗒的冲击声中,时不时会有很多碎泥块飞溅出去,落在河里,最远的能飞出去近五十米。

两台挖掘机里头,一台是个急性子,操作行云流水,动作快但经常把泥块弄掉在地上;另一台动作慢一点,掉的泥块也少一点。最终两台挖掘机的速度是差不多的,急性子的那台,时不时需要停下来刮一刮地面,把掉落的泥块集中到一起,然后用铲斗侧面推回大坑里头去。

沿着河飞过的白鹭和苍鹭,时不时往船里的泥堆看上一眼。

空船本来和码头差不多高,装了一阵子泥土,渐渐地沉到水里去了。船老板和老板娘就从船尾舱里走出来,伸头看看货舱的情况,然后招呼两台挖掘机,往这里再多装一点,往那里再偏一点。

挖掘机的大铲斗伸过来了,要开始溅大泥块了。老板娘慌慌张张地从货舱边上走开,老板来不及躲了,就原地趴下,躲在货舱壁后头,但是还露了半个脑袋出来。挖掘机里的司机见了,就把铲里这一斗泥猛地扎进船舱里的烂泥堆里,这样就不会溅泥了。

趁挖掘机中途休息一会儿的工夫,船老板开始干活了。他拿出了一根看上去有五六米长的铁钩子,伸进船舱的烂泥堆里去,扒拉了几下。那些烂泥里掺着一些别的东西:塑料布的残骸、小树枝、小树干、断管子之类的。船老板用那根长长的铁钩子把一些木棍钩出来，老板娘一把接住，拿下来，在船沿上"当当当"磕了几下，把泥磕掉，就拿进屋里什么地方把它们收起来了。

眼看着船的吃水越来越深了。船老板把锤绳拿出来，甩一甩，往河里用力一丢，再拉住绳子把重锤拉上来。这个步骤在船的不同位置重复了好几次。等甲板越来越贴近水面的时候，船老板直接拿出钢卷尺测量了起来。

货舱差不多装满了。船老板对其中一台挖掘机比出了"停"的手势，同时示意另一台挖掘机再装一点。码头上一边装，甲板上一边反反复复地测量。

噗噗噗噗，一股子黑烟冒了出来，船上的发动机开动了。船老板放长了缆绳，船开始离岸。这船前头还停着别的等待装运的空船，后船进进退退地调整了好久，两船之间的距离还是不够它斜着开出去。船老板朝岸上招呼了一下，挖掘机就又把铲斗伸了过来，伸到船边，用背面抵住船，开始把船往外推。推呀推呀，后船的船头从前船的船身后面冒了出来，可以走了！船老板抓住缆绳，用力上下一甩，这一波形运动的力道顺着绳子传到了套住系船桩的另一头，哧溜一下，绳套从系船桩里滑脱出来，落进河里，然后被船老板拽到船上收了去。

这船的"肚子"可真大。数数看一艘船装下了多少辆渣土车运来的土：一、二、三,五、十、十五……数不清了！

装得满满的船从码头出发了。问问船，你要去哪儿呀？——那些淤泥要去填坑、去填海、去回收、去还田、去丢弃，谁知道要干什么去呀？

"大鹅" 干架

挖掘机来疏浚稻田间的河道,渣土车来运走挖出来的黑泥。

刚疏浚好的河道很深,但水很少,给稻田灌水的水泵还在嗡嗡地抽水。挖掘机还没挖到的一小块河床好不容易积着一点水,形成了一个小水池,远远就能看到一堆鹭聚集在那里。

水塘不大,十好几只以白色为主的鹭,看起来就像一群大鹅。况且,它们还在频繁地发出像大鹅一样"昂,昂"但更粗哑的叫声。

夕阳下,挖掘机下班了,司机骑着自己的电瓶车走了。我一直走到挖掘机边上,那群"大鹅"也没有飞走。一看,原来是都忙着抢东西吃呢。

十三只白鹭在水塘里蹿来蹿去,长嘴这一下那一下地鼓捣着;一只中白鹭夹在中间,瞪着眼,时不时箭一般地朝水中弹射出脖子；五只夜鹭立在水池外围，一动不动，其中四只的眼睛都热切地关注着水面。

水池这么小，食客这么多，一点都倒腾不开，于是大家就干架。

干得最起劲儿的是白鹭。每只蹚进水里的白鹭都吃不上两口，就会被打得换换位置。想挤进来的白鹭得先用嘴猛戳人家一下子，其实并没有真的戳到，但躲闪者一定要"噘——"地惨叫一嗓子，然后扑棱起翅膀，像几个大嘴巴子抽在攻击者的脸上，攻击者就也扑棱起来，两对又细又长的腿冲着彼此扒拉几下，最后在一片"昂，昂"的声中落下来。

中白鹭个头比白鹭大，地盘占得也稳很多。没有一只白鹭主动向中白鹭发起攻击，只有中白鹭看哪只白鹭在自己跟前晃荡得碍眼了，才会出击一下子。被戳的白鹭会惨叫着挪开，没有一只还手。所有白色鹭之间弥漫着紧张的氛围，浑身的毛也都炸开着，一个个毛蓬蓬的。

那五只夜鹭缩着脖子，很安静，也许是在等待不知会不会到来的机会，像五位戈多。其中四只紧盯着水塘，一只用屁股对着水塘，眼神直愣愣地不知道在看哪里。它立了很久，突然飞起来，向一只白鹭发起攻击，白鹭用几个大嘴巴子把它打发走了，它就又回到水池边上落下，依旧是屁股朝水。

给河道清淤的挖掘机下班后，作业现场成了鹭鸟的食堂

泥鳅塘里的草鹭（村里的养殖塘也会成为各种鹭鸟、䴙䴘类的大食堂）

垃圾

田边孤零零站着一只白鹭，大张着嘴，人来了也不动。我以为是大太阳太毒了，它张着嘴散热呢，细看却发现它喉咙里伸出来一条东西，长长的，大致是粉色。我又以为是一条舌头，但发现形状有点不对，而且一直抬着。原来，那是个像极了浮漂的东西。

在村里河道钓鱼的人很多，我也有几次在岸边捡到浮漂之类的钓鱼垃圾。它是把浮漂当鱼了吗？还是浮漂的那一头还连着渔线、鱼钩和鱼呢？

人离得这么近还不飞走，看来是不舒服了吧。离近点看，可以发现它在反复重复着吞咽的动作，可卡住的那个东西一点也没动。应该往外吐，吐啊，我心想。

然后，我猫着腰悄悄向它走近，它只是挪动了几步，没有飞走。我想象了一下：一只手拉过它的长脖子，另一只手揪住那个粉色的东西，往外一扯 —— 对了，还要小心它的大长嘴，那可是能把人的眼睛戳瞎的。

以上情景最终还是只存在于想象里。白鹭终究是感受到了威胁，低低地起飞了，"嗷——"地叫了一声，落到树上去了，站在枝头继续重复起了反复吞咽的动作。

人不会飞，没办法了。不过，人可以干些别的事情——少扔垃圾！

人的垃圾已经彻底杀入了野生动物的生活：不小心吃下垃圾的，不小心被垃圾困住的，因为垃圾受伤而死亡的，还有用垃圾来造房子的（比如用塑料娃娃头当壳的寄居蟹）……

我在华阳桥水塔下的矮树上发现过一个小鸟巢，巢用干草编织而成，其中夹杂着很多白色的棉花状东西，让这个小鸟巢显得精致又清新。我仔细一看，白色的是太空棉。环顾四周，原来水塔下有人丢弃了一大布袋太空棉，布袋破了个口子，里面的白絮鼓胀着冒了出来。

林地和荒草地这样没人的地方，更是经常被当成扔垃圾的地方，我曾经亲眼见过汇桥村的村民站在路边，把一袋生活垃圾甩进小树林里。

林地里的垃圾千奇百怪：有积了落叶的浴缸，有孤零零的椅子和整张沙发，有冷不丁出现的、挂在树枝上的白色防护服（从各种意义上来说都非常可怖），有一整扇木门，有酒瓶，有零食包装袋，有从来不会成对出现的单只鞋，有内衣裤，有大批量的育苗袋和农药瓶……人类垃圾的多样性，眼看着就要超过乡村生物的多样性了！

小树林里的大件垃圾

流浪汉

"明天清扫流浪汉。"

——群里简单扼要地留下一句话。经过询问，得到了"食宿都安排好了"的补充。

很多流浪汉住在废屋里。在高桥村俞塘，刚刚准备拆迁的一片房屋已经搬空了，窗户、门都拆掉了，但房子还没来得及推倒，很快有一位流浪汉住了进去。透过二楼的窗户，可以看到他拉起的一根铁丝上，挂着他粉红色的毛巾。楼下路旁有从自来水管接出来的一截软管，在一片破败的废墟里一天二十四小时不停地冒着自来水，一遍又一遍洗刷着旁边的一小段路面，或许也方便了流浪汉洗漱。

流浪汉不戴口罩，或许也没有口罩，反正附近也几乎没什么人经过。但每个经过的人，都会被他瞪大了眼睛打量一番。

不知道后来流浪汉"清扫"得怎么样。隔了一个多星期再经过的时候，发现房子已经全被推倒了。软管还在潺潺地流水，闭上眼睛听，还以为有条小溪。

流浪汉不知道去了哪里。

废墟旁边的林子里，一棵树上冷不丁地挂着件花白的防护服，像个垂头丧气的幽灵守在林子入口。走进去，有几棵树上吊着饮料瓶，每个饮料瓶都像被痛扁过一顿，仿佛某种奇怪的仪式。朋友说，这是弹弓党用来练习的靶子。

林子里停着一些车，有的停了很久很久，有的最近两个月才不得已停放在这里。其中一辆车窗被破开了，从里面用瓜子的包装袋和塑料袋贴住，其他窗户也全都挡了起来，拒绝被外面的人窥探。车外面有石头凳子、塑料筐桌子，以及散落一地的啤酒瓶、瓜子零食包装袋。

不知道住在车里的人，是外出复工不能回家的人，还是流浪汉。

小摊

车墩火车站对面的马路边上，曾经有一串小摊。规模不小也不大，刚好一串。摊主们多是旁边村里的阿姨爷叔，拿出量不算多的一点自种蔬菜，给下班了乘坐火车回家的居民们卖卖。

有时候，摊主们收摊走了以后，从蔬菜上剥下捡出来的废弃物，就留在路边，堆成一小堆，不久就要有穿着黄背心的城管来查看了。垃圾被清理掉，又冒出来，又被清理掉。摊主们摆了摊，匆匆撤走，又偷偷摆回来。

不知从什么时候开始管得严了，火车站对面的小摊不怎么出现了。但是，摊主们并没有消失，他们只是沿着从铁路下面穿过的小隧道转移了阵地。既然镇上这头不让摆，大家就去村里那头摆。

村里那头（大家叫"桥头"）的小摊规模渐渐稳定下来，除了各色蔬菜，还开始有了内裤袜子、熟食卤菜、爆米花和现杀活鸡的摊子。

不只是车墩镇的这个小桥头有小摊。在车墩镇通往叶榭镇的松浦大桥非机动车道的桥头也有一串摊子，配置惊人地相似，规模还稍大一些，就连现杀活禽的皮卡车都要大上一圈，上面的鸡笼鸭笼（有时候还有鸽笼）也摞得高出好几层。

一个寻常的周末，我在松浦大桥前，叫住一个穿蓝衣服、黄背心，趴在电瓶车把手上玩手机的男人。我问，同志，你是管什么的啊？这边的树林里有人打鸟，刚从这条路上跑了，朝那个方向去了。男人迷茫地抬起头来，说，哦，我是城管。跟他随便聊了几句之后我就离开了，回头看了看那个男人的背影，只见他呆呆地趴回电瓶车上继续玩手机了。因为要一直守在那里，估计是真的很无聊吧。

后来，火车站旁边桥头的地摊集团也不见了。正对隧道出口的地方，多了一个治安亭。剩下个别零散的摊子，退到了村头甚至小树林旁的小路里去了，有各种各样的：卤菜小推车、流动理发点、卖大棚里种的葡萄的……还有卖烧饼的。

烧饼小推车停在村里的挖掘机旁边。一台三轮车，一块铁皮案板，一个大红皮铁筒，上面用泥糊了一个窑，一截水管改的小烟囱，一个瘦高个儿大爷，一大坨白面团子，几个不锈钢盆子，一把锃亮的大菜刀，飘出来一点饼香味，就能引得过路人停下来。

我问多少钱一个？答两块。不便宜，当然，也远远不算贵。于是买了两个糖烧饼（也有咸的），甜甜嘴。

我跟摊主打听一般在哪里出摊。摊主努努嘴，说一般就在桥头。那么果然是因为现在不一般了，才跑到旁边别的地方来。我说，听说不是要放开了吗？摊主摇摇头，谁知道下面放开不放开呢。

我拎着烧饼走了，走到桥头的时候，见着治安亭跟前有两个穿黄背心的人，背心上写着"市容管理"，一人配一辆电瓶车，车屁股后面的灯红红蓝蓝地闪个不停。

但有那么一天，一个摊就大喇喇地停在治安亭旁边。它叫"大锅肉热卤"，是自带小车的流动摊贩。

果然什么地方都比不过桥头交通要道的地理位置。很多人停下来，有的买肉，有的围观。走近一点，闻见热卤那个香啊，就连旁边"管理市容"的黄背心大哥也扛不住，不趴在电瓶车上玩手机了，而是走过来，背着手，伸长了脖子往那一车好吃的里面看。

我看黄背心大哥都围过去了，心想那必然是什么香到不行的东西，让我也看一看闻一闻，于是停下自行车。这么一眨眼工夫，又有两辆电瓶车跟着停了下来。

大家没排队，但按着先来后到的顺序买。

有人挑了一块猪头肉，摊主小哥就说，嘿，会吃菜的人都吃这个！

有人要瘦一点的，小哥就翻一翻那几块肉说，这个瘦，这个更瘦！

称一称，二十二块五，小哥就说，算二十二！

有人要加两张豆皮，小哥说，对，夹烧饼好吃！

说到烧饼，有人问起烧饼摊去哪儿了，因为平时他们总挨着。摊主和顾客们一阵讨论，有人说在前面那条路，有人说一般下午会来这里，不知道今天怎么了，有人说上午在叶榭那边见到烧饼摊了……

听摊主和顾客们的口音，可以知道大家并不都是上海本地人。村里的居民换了一波，但劳动、生意和生活，都还在继续。

过了一阵，有人问菜摊去哪儿了，治安亭旁的黄背心大哥就指路说，不远，就在前面一点左手边。那是稻田边的一条小路，现杀活禽车也在。可是，稻田边上哪有桥头生意好啊！

对了，那天最后我也是提着一盒子猪头肉走的，晚饭有了着落。回去的路上，又是看看这儿，又是看看那儿，太阳都落山了，热卤也在秋风中变成凉卤。悄悄拿进家，在微波炉里转一转，热乎乎的香味又出来了。

故乡的原风景

不久以前的从前，联庄村有两片杉树林。

白胸苦恶鸟在林下啼叫着"苦恶，苦恶"，红翅凤头鹃不知道躲在哪里"滴滴，滴滴"，丘鹬隐身在橙红色的落叶堆里，戴菊的身影在枝叶中穿梭。是一年又一年的春夏秋冬。

不久之后的后来，两片林子都被挖走了。

一段萧瑟的时间过去，土地里许多潜伏着的生命终于见到了阳光，大片大片的芦苇像变魔术般冒了出来，被清空的林地变成了茂密的荒草地。秋天的风一吹，芦苇和芒草沙沙地响。

从徐汇区来玩的一对老夫妇路过这里，停下来说，有乡野的味道了！我帮他们拍了一张站在芦苇丛前的照片。

迁徙季路过上海的东亚石䳭在这里歇脚。夕阳色洒落在芦苇丛里的时候，纯色山鹪莺跳上枝头高声歌唱。

再后来，从闵行区修过来的大马路即将从这里穿过，通向城市的未来。挖掘机和土方车在林地里进进出出，曾经的乡村小路上尘土飞扬。工人们在马路边和水泥，用来砌新马路旁边的排水沟。

消失的只不过是两片经济林罢了，它们的生态价值当然远远比不上原生林，里面的生物多样性也并不能说是高到哪里去。然而，远远地听着那些施工的声音，还是让人心里有些感慨。

有林子的时候，林下有那么多有趣的小路和小空间；没有了林子，宽敞的空地实在是寂寥。那些站在林子底下仰望过的电线塔，曾经觉得它们那么高大，没了林子的对比以后，它们孤零零立在荒地上，远看上去那么矮小。

施工工程断断续续的，一眨眼，被清空的林地已经闲置了两年。又一年秋天的时候，变成芦苇地的前林地又换了样。芦苇被疯长的加拿大一枝黄花挤兑，只能缩在若干个水沟附近的角落里了。这就是恶性入侵植物的威力。

因为环境里没了鸟的，我好长一段时间不再仔细逛这里，转而去别的区域观鸟了。马路的施工越来越逼近铁路的时候，我才又去查看，见着当初挖剩下的一小片杉树，惊觉它们都长高了。曾经从林子下面钻进去的时候都要猫着腰弓着背，现在直挺着身子，也能从它们最低矮的枝叶下方穿过去。明明那么熟悉，但它们开始变得瘦瘦高高的模样又有点让人陌生，这种感觉就像看着邻居家的孩子一夜之间长大了一样。

村里经济林的"生活史"便是如此：长高、长壮，被挖走、卖掉，清空、翻地，抛荒、疯狂地长满本土和入侵的野草，最后，看看空置林地中的一块，那里已经被重新种上了整齐的小树苗。

城市化的乡村又有着怎样的"生活史"呢？

我想起那些已经被拆迁得差不多的村子，有时会见着一两栋"钉子户"坚挺着，突兀地立在荒地里、马路边或者工地旁。我曾经好奇，就算是因为利益问题，这些人坚持留在这些尴尬的地方生活，恐怕也是不怎么舒适的。现在我明白了，这些人家想必曾经拥有许多一起生活的邻居，门前有一条小河，屋后有一片树林，清晨听得见鸟叫。他们没有改变，只是这片土地先走远了。

就像是，有一万个人同时从地面上起跳，其中有一两个，或许会被引力遗忘。他们落在完全陌生的地方，张望着不知道去了哪里的故乡。

不久以前的从前，在曾经是杉树林的荒地附近，跨铁路线的天桥下，有人一边来回踱步，一边吹陶笛，反反复复练习的都是同一支曲子——《故乡的原风景》。

有的人听了，怕是一颗飘摇的心不知往何处安放。

藏身杉林下的丘鹬

被扒掉的经济林变成了荒地，从闵行通过来的大马路正在村居前施工

黑雪

上头的规定是不让烧秸秆，但村里总是零星有人在烧。走在村里，时不时看到某个角落大团白烟升起，就知道有人点火了，而且十有八九是在烧秸秆。就算看不到点火现场，也能闻到火味，或者看到烧完后地上留下来的黑斑。

看起来，禁烧秸秆很难，难到有的村里都拉起了大红横幅，上面写着"打赢禁焚秸秆攻坚战"。

我曾经见到一位种菜的阿姨在烧一堆秸秆，火蹿得比人高，哔哔剥剥地响。阿姨说，小妹，你看什么？我说，没见过火堆，就随便看看。阿姨说，别看了。然后阿姨反复强调：这是我自己的地，我在我自己的地里烧一点。我猜她是怕我报警。她烧秸秆的地方，是村里拆迁以后留下来的荒地。

还有一天，我在穿过汇桥村和联庄村的汇北支路上骑车，突然注意到天上下起了"黑雪"。"雪片"在水泥路边滚动，从枝头落下，从我身边呼啸而过。其中几片被我的外套兜住，我拿下来一看，那是一片片黑色的像纸灰的东西，用手一捻就碎了。这应该就是焚烧秸秆的残余物了。

周围并没有焦味，视野范围内也没看到烟，没法判断是焚烧地点离得远，还是焚烧已经结束了一段时间。只是，这"黑雪"的势力范围显然很大，它们的"旅行"可以远达约五公里之外。从联庄村和得胜村的交界处附近，一直回到车墩镇的镇上，这"黑雪"都出现在各处角落。我回到家，发现连自家门前的地面上也有很多片"黑雪"，它们蜷曲着身子躺着，有点风就又滚动起来。这让我大吃一惊。

水稻秸秆可以不烧。用机械收割的话，收割的同时就可以把秸秆打碎，甩回地里头去，就这样堆放一个冬天和一个春天。很多地方的农田是稻麦轮作，但上海很多农田不一样，一年就种一茬水稻，半年的时间在忙碌，剩下半年的时间地里都堆着秸秆。

边边角角和零碎的小地块里，也许是因为农用机不方便开进去，还是靠手动收割，这样的收割痕迹和机器留下的很不一样。割下来的稻子也要手动打捆，我就见过一个老伯，戴着斗笠弯着腰，在大中午的大太阳地下捆扎一片水稻，每扎一会儿，他就会突然直起腰来，冲着旁边一大群麻雀发出"啊哦——什——"的大喝，于是麻雀就呼啦一下飞起来落到电线杆上，等老伯再弯下腰的时候落回地里去。就这样，忙活一上午，也只能捆扎出来一小片。

到村里去走走会发现，把秸秆收纳起来的人家已经不多了，就算有，收纳的量也不多，比如院子里的一两个小秸秆垛，或者墙边一排扎好的、高高的芝麻秸秆。不过，哪怕这样的也比较少见了。

从村里飘来镇上的"黑雪"

第四章

冬

观鸟一点都不疗愈

爱好观鸟和自然观察的朋友们，常常说起自然给人带来的疗愈效果。我倒不是想说自然不疗愈，而是想说自然给我的印象，更多的是挫败感。

观鸟可以说像是微缩版的人生。如果你的生活中没有什么大风大浪，不妨通过观鸟这件事来丰富一下体验。

观鸟可以体验挫败。观鸟以来我所经历的失败，比之前小半辈子经历的所有失败加起来还要多。每一次通过观察环境得出"这里有某某鸟"并真的找到某某鸟而得到的快乐，都会被预期之外的情况成倍地抵消。有时站在成就感的巅峰上，有时又跌落"怎么搞啥啥不行"的谷底。渐渐地，从一个完美主义者，变得开始接受错误，接受失败，接受无能，也接受平凡。

观鸟可以体验欲望。你想看的鸟，不一定会主动出现在你面前；你想要的东西，也并不一定能得到。不断增加个人观到的新鸟种充满了收集癖式的快乐，但随着"加新"越来越难，"想要"的欲望也会越来越像个无底洞。放下推*不到的鸟儿，也跟着放下了生活中不必要的很多东西；不放弃一定想看的鸟，也跟着决不放弃生活中任何一个想清楚了确实想要的事物。

观鸟可以体验运气。就算鸟知识再丰富，观鸟这件事果然还是需要运气。当观鸟时反反复复地交替体验好运和厄运之后，便会对着生活深吸一口气，期盼好运的同时，也想着不走运的时候该怎么办。人生不能都押宝在稀有的"渡渡鸟"**上，当重金抽出的那张卡并不如愿的时候，请千万不要自暴自弃。

观鸟还可以体验死亡。观鸟人通常讲究不干涉自然，掉出巢被捕食的雏鸟，被猛禽捕食的小雀，落水的翠鸟雏鸟等自然情况下会出现的死伤，人类不必好心救助——这并不是冷漠。然而对于人类活动造成的鸟儿伤亡，则不能视而不见，比如迁徙途中被高楼玻璃晃得一头撞上去的鸟和被捕鸟网捕捉到的鸟。因为观鸟体验到了各式各样的死亡，也让活

---

* 　推：来源于英文词"twitching"，指专门去某些地方追特定罕见鸟种的行为。

** 渡渡鸟：已经灭绝的鸟类。在日本电视动画《奇巧出租车》中，有一个沉迷手机游戏的角色，他为了收集到游戏中的稀有物种"渡渡鸟"，经历了阴差阳错的一系列巧合，差点毁掉自己的人生。

着这件事变得鲜活起来。

那么，我是要劝大家不要观鸟吗？别搞错了，怎么可能呢！

我在上海的观鸟是从白头鹎开始的 —— 原来，我们身边除了灰不溜秋的麻雀（其实，麻雀仔细看也挺漂亮），还有这么好看的鸟就在小区里、在房间的窗前，闪着美丽的黄绿色。每当观鸟变得有点迷茫的时候，我都会提醒自己回想第一次观察白头鹎的那个时刻。

如果说观鸟也有什么"初心"的话，也许不再屑于观察某些"菜鸟"会是一种初心的迷失。看到有不观鸟的朋友几次用手机拍了白鹭的照片，发出来称是遇见了"美丽的鸟"，我大吃一惊，觉得傻傻愣愣的白鹭有什么美丽的，继而又想，它的确是美丽的，但当这美丽看得多了、成为日常了，就很容易被人忘记。没有人敢说自己对某种常见鸟已经百分之百地了解，那么继续观察就有意义，继续观察就会重新发现美丽。

一般来说，比较勤奋的观鸟人，用五年时间（最长十年也够了）就能用观察的方式"收集"到八百甚至上千种不同的鸟，后者坊间称"老千"。我也有一段对新鸟种极度渴望的时期，周末不厌其烦地花单程两个半小时的时间去跑那些热门的观鸟点。不得不说，"加新"的确能给人带来极大的快感。

我也去外地和境外观过鸟，许多地方比上海的观鸟条件和体验好太多，许多地方的人鸟关系也和谐太多，许多地方的鸟儿充满异域风情般的新奇感。那一段段旅途也是非常好的，但总归和家门口的鸟类观察感觉不一样。

自从搬到车墩墩以后，往外跑的次数越来越少，观鸟方式也从集中和专门地寻找、记录，变成了随性的、慢悠悠的、顺便的和心血来潮的。看得多了，常见鸟种喜欢在哪里干什么，就有了头绪，像搬了新家后对邻居们渐渐熟悉起来一样。

我知道，这里不大可能出现什么轰动的罕见鸟，但一年四季的持续观察呈现出一幅非常有趣的物候图景，让我对那些家门口"常住鸟口"和迁徙过客都产生了不小的感情。每到秋天，当我听到灌木丛中传来第一声灰头鹀的"啧"声时，都会无比欣慰地觉得，啊，又是一年秋天了。每到春天，最后一只"枝头上的小橘子"北红尾鸲的身影消失不见时，明明在此前的一个秋天和冬天里已经把它们看腻了，却总还是会感到一阵淡淡的落寞。

有一年冬天，上海黄雀大爆发，村里林地里的黄雀也呈"爆发"之势。有一阵鸟友们都去著名的公园鸟点看太平鸟和小太平鸟，而就在我家小区旁边的那排杨树上，也有六只规模的小太平鸟群短暂停留过。这种和整个上海鸟况的统一感也让人觉得很有趣。

　　在一片地方，持续观察超过五年，并且还会继续下去，我想，这一定也是一种财富。

每年冬天都会来上海的黄喉鹀

鸥

冬天的黄浦江上有鸥。

很多人听了可能会说，哦，海鸥啊。要是在以前，我会不厌其烦地一遍遍解释不是所有鸥都是海鸥，鸥有很多种，海鸥是一种特定的鸥的名字，其他鸥不能叫海鸥。又有一些人听了开头会说，哦，江鸥啊。

也许是给鸟儿起名字和分类的大人物们也觉得这事儿有点迷惑，于是在"中国鸟类名录"10.0版中，"海鸥"的正式中文名被改成了"普通海鸥"，以避免和"海鸥"这个俗名混淆。

从松浦大桥下面，沿着江边骑车经过松浦二桥，一直到松浦三桥这一带，江面上都有可能看到鸥。比较多的是红嘴鸥和西伯利亚银鸥。红嘴鸥就是云南滇池有很多的那个红嘴鸥，冬天的羽色让每只鸟都像戴着一副黑色的头戴式耳机，它们停在水里，显得身形细长，翅尖上翘。江上有船开过去，它们就成群结队地飞起来，绕着船周围飞一飞，发现了食物就俯冲入水。我觉得它们有意识地和船保持了一定距离：离得太近，有可能会被船伤到；离得太远，可能又会超出那些被船搅起的鱼儿的范围。我曾经以为鸥是会跟着船飞的（至少是跟着渔船飞），但被人指出，渔船上如果没有鱼一直被扔下来，鸥并不会跟着。就松浦大桥下的鸥来说，它们似乎只是在有船经过时，飞起来给船让让路，或者寻找一下船周围的食物，找到以后就落回水里享用或者休息，并不会跟着船飞远。

它们的食物主要是小鲫鱼，和码头边男人们网到的主要渔获一样。叼到鱼的鸥落在水里，开始调整叼鱼的角度，还做出一些看起来就像是在江水中"涮鱼"一样的动作，还可以边"涮鱼"边"洗头"，涮着涮着鱼掉了，你以为鱼没了，过了几秒鸥再去叼，竟然还能叼上来。不知道还是不是同一条鱼了。

比红嘴鸥明显更大、更粗壮的鸥，八成就是西伯利亚银鸥了（不同亚种和不同年龄的羽色实在是太难分辨了！），里面有时候还会夹杂一些黑尾鸥。银鸥的大黄嘴上有一个小红点，雏鸥会啄这个红点来向亲鸟乞食，亲鸟受到啄击后会吐出食物来喂雏鸥。我喜欢这些眼神凶恶的大家伙，觉得它们带来了一丝遥远的北方气息，觉得它们在度夏的地方会蓄着大胡子，白天扛着枪打猎，晚上大口吃肉喝酒。在它们眼里，我们这儿是温暖的南方；对于另外一些鸟儿来说，我们这儿又是北方。

冬天，很多鸟友会在陆家嘴一带看鸥。我想，黄浦江这么长，那么多段，鸥们到底有多少，又分散在多少地方？

天一黑，鸥们就有的结成大小部队，有的形单影只，但统统沿江朝着浦江之首的方向飞去了，用望远镜可以追随它们很远很远，直到它们的身影消融在污浊的大气里，也看不到它们落下。不知道它们到哪里过夜去了。

停在黄浦江上和江边建筑物上的银鸥、红嘴鸥和苍鹭群

人鸟之争

冬天，上海的沿海湿地、湖和河里开始出现越冬的水鸟，其中很多是各种野鸭和骨顶鸡。

水鸟可不光在水里待着，岸上如果有吃的，也会上岸来。

种东西的人都不欢迎野鸟的到来，不光是在大片的田地里，在小块的菜地里也是一样。大家想尽办法来驱鸟：最敷衍的，是插几根木棍，每根头上都绑着个塑料袋，风一吹，白塑料袋就哗啦哗啦乱甩；多花些心思的，就用木棍扎个十字架做"稻草人"，罩上淘汰的旧棉袄或者塑料雨衣，啥款式的都有，有的还细心填充得鼓鼓囊囊，有的还加了"头"和帽子，远看一个阴森森的影子，鸟吓不吓得到暂且不说，至少会把钻林子的人吓一大跳。

田地大，光靠"稻草人"可管不过来。农民要是看见大群野鸭落下来了，就弄出点动静来吓它们，敲锣打鼓放鞭炮。幸亏野鸭不懂文化，否则以为是大过年的在欢迎自己呢。

当然，野鸭是不能打的，这是从法律角度来说。观鸟和喜欢动物的人，多少有点心疼鸭子。种地的人看这些鸭子，或许是恨得牙痒痒。

就像麻雀吃粮食也吃虫一样，鸭子吃得也挺杂，不能简单地说它是害鸟或者益鸟。更何况，"害""益"是针对人类生产生活的分类，在生态环境里，每个物种都有各自的位置和作用，就连苍蝇也是一样。

在崇明东滩保护区的外围，就有许多鸭子、琵鹭之类的飞进稻田里，这就不受农民的欢迎了。既要保护鸭子，又要照顾农民，于是就有了针对野生动物保护造成财产损失的补贴，由政府帮鸭子出一点补偿款给农民。

再往北方走走，看看种麦子的田地里，冬季的人鸟之争更是激烈：

一片不小的水库北边，曾经有一大片荒地，荒地的水边是密密麻麻的芦苇丛。后来村里人往水边开荒，芦苇丛被清掉了，新种的麦地一直延伸到水边边上。冬天麦子就开始发芽了，矮矮的、绿绿的一片趴在地上，嫩得很，有营养。上千只骨顶鸡也来水库越冬了，圆圆的、黑黑的，点缀在水面上，饿得很，有啥吃啥。

麦地的长势不太均匀，水边的黄且蔫，越往岸上远去，长得越好。这是怎么回事呢？

原因很快自己揭晓了。岸边过路的人一走开，水上那些黑点就齐齐朝岸边游了过来，速度很快，节奏很急。不一会儿，黑压压的骨顶鸡群就开始登陆，在麦田里散开，各自埋头吃起了麦子。从侧面看，骨顶鸡群就像水里拱出来的一只黑手，越伸越长，扑到麦田里去，无数根手指头蠕动个不停。"手指"所到之处，麦子黄了，地面覆了一层软软的"毯子"——那是一小块一小块的粪便铺满了麦田，有很多是时间久一些的灰绿色小块，还有新鲜的浓绿色液体甩在黄土上，仔细看看，粪便里有没消化完的麦苗！

　　开荒种地的人不在场，但想必非常不乐意。地里插着不少绑着银色塑料纸条的小树枝，驱鸟效果似乎不那么明显；还有几小块地用低矮的捕鸟网当"篱笆"围了起来，网上没有发现鸟和鸟羽，驱鸟效果似乎也一般；岸边有几位钓鱼佬"值守"的地方，暂时被骨顶鸡避开了，但显然效果不能持久。可想而知，麦田的"黄化"可能会因为骨顶鸡群的持续蔓延而扩大。

　　骨顶鸡们也知道人是不好惹的，田间的小路上只要有一点动静，它们就会开始警觉。一辆农用三轮车远远地开过来，骨顶鸡群又变得像一只胆小的黑狗，收起爪子、夹起尾巴，连连后退，准备缩回洞里去了。三轮车停在距离岸边三块地那么远的地方，上面下来两个人，开始在地里忙活。黑不溜秋的骨顶鸡不显眼，两个干活的人根本没有注意到它们。但鸟群都慌慌张张地往水边逃去了，其中还有觉得用脚跑不够快的，纷纷飞起来，落进水里去。

逃跑的骨顶鸡到了水里，朝湖心方向游一会儿，见岸上的人类没什么新动作后，很快就会回来，但很快又会被路过的人惊动逃跑。黑压压的鸟群像潮汐，在麦田中涌起来、退下去。

人和鸟，谁还不是为了吃一口饭（人要吃、要挣的更多一些）？这么大一个地球，可真是还不够大家伙儿争的。

浩浩荡荡的骨顶鸡大军（局部）正在吃麦苗

捕鸟网

对于眼神不好的人来说，如果看到小树林中有什么东西（比如枯叶）不自然地悬浮在半空，那八成就是有捕鸟网了。

捕鸟网的网线很细，远看并不能看清楚。鸟一不小心勾上去，再一挣扎，网线就会乱七八糟地缠绕在一起，很难解开。

一次在高桥村俞塘的林地散步时，发现一条不起眼的小路伸进林子，往里一钻，就看到一张大网。那时是冬天，林子里有大量乌鸫和来越冬的斑鸫飞来飞去。这网上就有两只斑鸫，一只已经死透了，另一只一碰就尖叫起来——还活着。

幸好，我那天鬼使神差地带上了折叠剪刀、口罩和劳保手套。剪刀用来剪开缠在鸟身上的网（需要格外小心鸟挣扎的时候被剪刀刺伤），口罩和手套用来给自己做防护。

上手的鸟儿，和望远镜里看起来的感觉非常不一样，那么小，那么瘦。我拿住还活着的那只斑鸫，它开始吱哇乱叫并扭头啃咬劳保手套，不过它的翅膀似乎因为被吊久了，不太能使上力气，已经有点扑腾不动了。剪掉网线以后，我试着把它放在地上，它没有像健康的鸟儿那样立刻飞走，只是扭动了几下。我又拿起它，展开翅膀看看，没发现什么问题。最后，我选择把它留在林子里，希望它自己能恢复过来。死了的那只还没僵硬，小眼睛紧紧闭着，我把它放在了林下的落叶堆上。

网全部拆下来以后，团成黑乎乎的一团，带到林子外面扔掉。用来张网的不光是竹竿，还有沉甸甸的小树干，我好不容易把它们拔出来，但是扛不太动，最后干脆都扔在了林间小路上。

上海有几位热心组织志愿者们去巡林拆网的老师，我跟着参加过几次，学习了该怎么处理捕鸟网。以前都是志愿者自己拆掉丢弃，近来变成当场报警，等警方人员过来处理（捕鸟网上有活鸟需要救助的情况除外）。我打电话报过几次鸟网的位置，得到了比以前更受重视的反馈。

除了捕鸟人，还有其他人会对野鸟出手。

一类是弹弓党。我在小树林遇到过正在练习弹弓的男子，上前询问他在打什么，他自称只打树干，只是在练习。我觉得这个回答非常可疑，但考虑到体力上的差距，我总是会避免和这些人起冲突。最近听一位朋友说，他在树林里和一个打鸟的干过一架，他一把抢过那人的弹弓，扔到河里去了。我听了直拍好几下大腿。好！好！

弹弓作为一项正儿八经的竞技运动，似乎并没有那么小众，有协会，有比赛。但我始终对这个东西心存芥蒂。在徐汇区一个叫"华泾公园"的地方，入口大道一侧的墙上贴着一小块巴掌大的塑料板，走近一看，是个靶子，上面写着"弹弓专用竞技训练靶""务必使用安全易碎泥丸"等字样。再凑上去看，靶心和七至十环都没有被击中的痕迹，连击中塑料靶子的痕迹都没几个，倒是周围的墙上有一大片圆形的小凹痕，每个都像月面环形山。哪怕是泥丸，威力也很大。我在农田边见过一只命丧弹弓的喜鹊，它的胸口就有一个小小的泥点。

还有一类就是村里面的闲人。有些无业青年闲得没事干，就掏掏鸟窝抓抓野鸟，只是觉得好玩。我曾经看见两个男青年抓走吱喳惨叫着的喜鹊，马上报了警，但警察也抓不到现行。还见过两个闲逛的"二流子"，被树上一阵阵幼鸟乞食的叫声吸引，便开始蹭树，并且伸手去拉扯低处的树枝。当时我正蹲在不远处的草丛里看虫，噌地站了起来，大喊"哎！干什么呢！"于是，那两人瞪着眼盯着我，扫兴地走了。

我想，如果我是个壮汉，就把块头练起来，到树林里，跟某些人干上几架。

被缠在捕鸟网上的斑鸫

拆除完毕的捕鸟网和支架

华泾公园入口附近的一处弹弓靶

动物生活秀

看到我如此热衷于观鸟以后，我父母对野鸟也产生了一点兴趣，时不时发来一些散步时用手机拍的照片，问我是什么鸟。

父亲埋怨过我，说他们来上海的时候，我老是跑出去自己观鸟，不带着他们一起。我是担心他们会累会无聊，因为观鸟的时候不吃零食也不聊天，也不比郊游，就是拿着望远镜在那里集中精力、安安静静地走着或蹲着，找鸟、看鸟。而且实际上，我带他们去看过一次。

那是在南汇新城一处工地的基坑附近，坑里积了浅浅一层水，一大群鹬在这里歇息。我站在基坑边上拿着望远镜看，父母没有望远镜，就沿着基坑开始随意溜达。突然，一整个鹬群都飞了起来，我朝天上一看，一只红隼来了！鹬群在天上盘旋了几圈，红隼识趣地走了，鹬群才重新落下。我继续对这群鸟儿进行观察和拍摄。拍着拍着，鹬群又一股脑儿飞了起来，我手上端着相机不动，头抬起来搜索天空，是又有猛禽来了吗？什么都没看到。盘旋的鹬群迎面向我飞来，从我头上掠过，场面很是壮观。

过了一会儿，父亲从基坑另一头慢悠悠地溜达回来，说，那些鸟儿真警觉呀，我扔了块石头，石头离它们老远呢，鸟就都飞起来了。我一愣，说，原来是你扔了石头，难怪鸟都飞起来了，你扔石头干什么呀？父亲说，因为看那些鸟儿都不动。

当天晚上我就在南汇的一个观鸟群里刷到了我和我父亲的照片，发出照片的群友痛骂我们为"这个老不死的"和配合他拍照的"那个女的"。我脑袋里"嗡"的一声，赶紧在群里道歉，解释说那是我来上海探亲的父亲，我观鸟的时候带着他一起转转，他不观鸟，不懂，好奇就扔了石头，并不是为了拍鸟儿起飞的场面。

然后我拿照片给父亲看，说，看看你干的好事，都被人拍下来了吧。之后说了他一通，他有点不好意思地笑笑，说这还是第一次看到自己的照片出现在网上。当然，我没有给他看群友们说的那些话。之后也有点顾虑观鸟的时候带上父母一起了。

远道而来的迁徙鸟需要多吃多休息，人为惊扰对它们伤害很大，甚至可以导致一些个体死亡。怎样才能让父母体会到，而不只是随便听听这一点呢？然后我想到，这不是一个只存在于我和我父母之间的问题。

在动物园里使劲拍打玻璃的孩子和大人，大体上也是出于"它怎么不动呀""动一下呀"的心理。这种情况下的动物被认为是娱乐他人的角色，就像演唱会上的艺人需要唱歌跳舞来给大家欣赏一样。我还想到了过去的畸形秀，就连被展出的"畸形人"通常也不能一动不动，而是得唱点歌、表演点节目。

由于长久以来对动物有着这样的认知，因此人们就算来到了野外，看到动物也下意识地希望它们可以娱乐自己。我曾经在一个水塘边上观察扇尾沙锥的时候，遇到了一对母子。扇尾沙锥原本在浅水里啄来啄去地觅食，那对母子发现以后，马上想要接近它，扇尾沙锥立刻警觉，离开浅水上岸，窝在岸边的泥土和草秆间一动不动了。那位妈妈见儿子有兴趣，就紧盯着看了很久，反复念叨"它怎么不动呀"。我喊住他们说，不要再走近了，鸟会害怕的。那对母子停下了脚步，但最终扇尾沙锥都没有再动弹，他们就扫兴地走了。

尽管有很多人科普看待野生动物的正确态度，但我想，大部分科普是有很大局限性的，实际上只能"普"给原本就有意愿接受的人。

如果能不把看动物当成娱乐节目，而是当作观赏一场大型、真实的生活秀就好了。因为真实，所以动物们有活动的时候，也有休息和一动不动的时候；因为大型，你不总是能看到那些精彩的时刻，大部分时候都是平平淡淡。在这个基础上，再谈对观察对象的尊重，或许能更容易过渡些。

警戒中的扇尾沙锥

秘密场地

同样是黄浦江畔，乡下的滨江路可比市区的要冷清和荒凉许多。

在车墩镇和叶榭镇边界，一个不太有人注意的滨江路段旁，有一片水杉林，和江边步道之间有一条水沟隔开。水沟上架了两条枕木，可见一条小路通进密林里去。钻进去，是一条很小的穿过一棵棵水杉的路，弯弯绕绕地走上一小段，然后豁然开朗，出现一块圆形的小场地来。

说是场地，是因为这里显然被人整备过，地上铺了点碎石子，凌乱地摆着几张石头凳子。但作为场地，又有些脏乱，地上有很多瓶盖和饮料瓶，扔得一堆一堆的，树上还有绑过东西的痕迹。

我顿时觉得这里是什么可疑的秘密集会场所，赶紧悄悄退了出去。

后来就忘记了这么一件事。

直到有一天，在上海警察的纪录片里看到一个案子：有群众举报，在叶榭镇的生态涵养林里发现大量赌博垃圾，警方经过调查，对赌场的组织者和参与者实施了无现场抓捕。这些赌博的人每天换一个地方，当天参与赌博的人在一个地方集合，大家把车子都停下，然后乘另外的泊车去当天的赌点。

介绍到这里，纪录片里播放了一个画面：碎石小场地，石头凳子和垃圾。

我惊觉，这几乎和我之前见到的那个场地是差不多的配置！

不久，我特地去那段滨江路又看了看，枕木小道已经被枳包围，钻进去要挨好几下扎。小场地里草都几十厘米高了，除了也许是钓鱼佬留下的内急产物，这里再也没有新近有人活动的痕迹。

但是，秘密赌博是打一枪换一个地方，这样的场地还有很多，各种各样的赌博垃圾，就是那些活动留下的痕迹：小树林里的麻将块、红牛罐、槟榔袋……

一位老师傅说，二十多年前的赌博就是这种花样，他也曾经常玩，称"跟着朋友随便玩玩"，挣了钱，就去KTV花。现在管得严了，那样的KTV少了，赌博也少了。有肯定还有，他说。

老师傅说，搞这些，当然要有门道。警察来抓的时候，人早走了，不见踪影。

赌徒则是这样的：

一个来自新疆的中年男人，自称已经坚持两个月没有赌博了。他说自己欠了十多万，不知道是不是为了还债来上海挣钱的。我说还可以，十几万努努力，好歹还能还上，要是几十万、几百万就不好过了。

他马上说自己有个朋友就欠了三十多万，因为赌输了被人笑话，心里难受，一激动把自己的小拇指砍了。是自己砍的，不是那种电影和漫画里输家被砍掉手指的桥段。不过，这人之后还是赌。

中年男人说，自己也没有什么别的不良嗜好，不抽烟不喝酒，就是喜欢打麻将，也知道赢不了钱，钱都被赌场老板挣去了。我听了一阵唏嘘，又劝了一阵子不要赌，闲的时候找点别的事情干干，并犹豫了一瞬间要不要推荐他试试钓鱼。最后他说了一点在新疆的琐碎生活。新疆，人很野，景很美。

小树林里的秘密赌场

触目惊心的赌博垃圾

村气候

村里的微气候和镇上不一样。

晚秋在农田里看日落，假如气温是可视化的，那么田里的温度一定是"肉眼可见"地随着最后一丝阳光的消失而骤降。觉得开始打寒战了，就赶紧骑上自行车，跨过铁路线回到镇上的街道去，马上又可以感受到"肉眼可见"的温暖。

农田可以很快地把白天吸收的热量再辐射出去，而镇上的柏油马路则可以更好地保存热量。城市的热岛效应，仿佛有条清晰的边界线隔开郊野。

同样是在农田里，等夜里热量都散出去后，农田上方的空气变得冰冷，早晨的太阳还没出来的时候，潮湿的空气就会在农田里形成了一层雾。只有农田里有这样的雾，大马路上没有，有行道树遮阴的人行道上没有，小区和商店街也不会有。秋天收割留下的枯黄的稻茬隐约出现在朦胧的白雾里，远远看着，让人觉得里面能长出小仙女似的；走进去，却不见了白色，只觉得呼吸有点温润，视野像打上了一层柔光。

有时候除了雾还有霜。田埂上残存的南苜蓿叶片上结着冰花。草地里的霜就像下了雪。最有趣的是那些被扔在田间地头的断树枝，上面结成的霜都朝同一个方向支棱着，像摇摆着小旗一样。

通常情况下，温暖的空气会上升，寒冷的空气会下沉。但如果一层冷空气盖在了暖空气上方，暖空气就仿佛碰到了一层看不见的天花板，停止上升，而是沿着水平方向铺展开来。我在村里见过这种很有趣的空气层，是村里人在院子里点炉子升起来的白烟。白烟向上才飘起了一点，还没有村里的两层小楼高，就被拦截下来，只能向四周散开。远看起来，就像空中飘着一块薄薄的白板，所有的房子和树都是一半在白板下面，一半在白板上面。

村里和农田里有很多有趣的事情。因此想起许多人总是说上海不需要农田，我就觉得有些落寞。

风也是可以看的。就像海边盐碱地里可怜的小树苗，全都干巴巴地指向同一个方向；就像天上分层的云，横七竖八地表示出了不同高度上的不同风向。

村里的地平线上可以清晰地看到盛行风的风向，大致向西。最显眼的风向标就是几棵高大的杨树，它们像是脑袋顶上被拴了橡皮筋似地歪着。柳树的"刘海"也总是被梳往同一个方向。其他树种歪得就没有那么明显，不远处的水杉就直挺挺地立着。杉树总是这样飒爽。

风还可以听。风吹过不同树的树冠，发出的声音也不一样。上海到处都是的香樟树，树叶小，树冠密，发出的沙沙响听起来是比较均匀的。而杨树个子高，叶片大，相对也比较稀疏，叶柄也不算短，因此风吹杨树叶的沙沙响里，总掺杂着叶片们互相拍打在一起的啪嗒啪嗒声。而柳树不知道是不是因为枝条长而柔软，风吹过的声音总有种悠扬的感觉。

人类也给风做了很多标记。不过也许是因为有了详细的天气预报，风向标这个东西不太常见了。

2016年开始废弃的高尔夫球场里，不知道是不是之前为了给打球的人参考风速、风向，还留着一个矮小的风向标，上面由两部分组成：三个小勺子般的结构会随着风力大小或快或慢的转动；上方有一块伸出来的铁片，被风吹得转向哪里，就显示出风去往的方向。

在球场荒废后的日子里，这个小风向标还继续转动着，经历了2018年的大雪，经历了夏季的一场场台风和暴风雨，坚挺了六年之后，不知道在哪场风雨里被拦腰斩断，耷拉下了脑袋。

汇桥村里有一个燃气公司的门站，鲜黄色的储气罐撑起了一根长杆，顶上挂着另一种风向标，也有人叫风向袋，因为它就是一个红色锥筒形风袋，上面有四个纵向的白色圈。风袋的尾巴朝哪儿甩就标示着风向；风袋被风撑起来的部分有多长，就可以大概目测一下风速。公路交通有个"注意横风"的标志，那个标志的图案就是一个被风撑满了的风向袋。

燃气公司设置风向袋大概是出于安全考虑。如果储气罐发生泄露，风向袋可以马上告诉人们哪里才是安全的地方。

还有复古乡村风格的公鸡风向标，除了在松江区的泰晤士小镇里，我并没怎么见过。要让一只铁公鸡转起来应该需要挺大风力，想来不太实用，也许只适合装饰吧。

稻田中的晨雾

燃气公司的风向袋

看什么看？

城里人走路和村里人不一样。

城里人大概是因为节奏很快，见得多，也讲究点文明礼貌，不太会盯着什么人看。无论是黑皮肤还是白皮肤的，灰头发还是绿头发的，穿得太少还是穿得太个性的，都不是什么新鲜事。不如手机一捧，天下我有。

但是在村里，不知道是不是因为有大把时间，没啥可看的事情都能给你看出新鲜感来。夏天村里的老头老太往村口小路的树荫里一坐，好几双眼睛就直勾勾地盯着路上看，男的女的，胖的瘦的，开车的骑车的，都要被大伙上上下下打量一通。我要是问问他们前面过去的一辆车是什么车牌号，恐怕他们能马上流利地报出来。

他们看着你，不是看一下就完了，而是目光盯死在你身上，脖颈随着你移动。如果你在路边站着，而看你的人是骑着电瓶车飞驰而过，他们就总是不看路了，而是朝后扭着头。

这种目光，一开始我很不习惯。

反正也是要在户外活动，要防晒防蚊，干脆把自己包裹严实起来。夏天里也总是带着帽子，魔术巾遮着脸，上半身长袖遮着胳膊，下半身长裤从不露腿。因为望远镜和相机更是会引起围观的物件，所以我总是做贼似地塞在背包里，等钻进了林子再掏出来。

过了一两年，我开始瞪回去，有的人因此就不看了，有的人还是跟你大眼瞪小眼。

再后来我发现，只要我盯着天上或者灌木丛里某个位置看（其实那里什么也没有），路过的人就不盯我了，而是试图弄清楚我在盯什么，纷纷朝我盯着的方向看。

我在村里小路上骑自行车，一个骑电瓶车的人经过，扭头一个劲儿地盯着我，还"哈哈哈"地大笑了一阵。我用力蹬着脚踏板，冲着那人的背影大喊"看什么看"，直到回到家，发现因为那天风大而我又没戴帽子，刘海全被掀了起来，分成两撮支棱在脑门上，像一只大蟑螂，确实很好笑。

再后来，我开始觉得无所谓了。看的人和不想被看的人，村里的人和从城里搬来的人，只不过是用两套不同的规则看待彼此，就像鸡同鸭讲。渐渐地，我有时也不遮脸了，相机和望远镜也总背在身上了。遇到盯着你看的人，打个招呼聊上两句，彼此都会从一个百无聊赖的背景中发现的新鲜物件，变成一个具体的交流对象，紧张的气氛也会瞬间缓和不少。

在黄浦江边引水路的桥边，男女老少都会沿着一段小台阶走下去，钻过缺了一根的铁栏杆，到不让进的黄浦江边散步、钓鱼或者发呆。我站在阶梯下面，拍着从路面露出来的最后一点夕阳，直到一双脚和一个大肚皮走进镜头来。

我放下手机。大肚皮的男人问，拍到了吗？我说，拍到了。

于是这个男人热情地拿出手机，说他同事昨天拍的晚霞真好看，想问问是怎么拍的，说想让自己的小孩跟这位同事学学拍照。我看着那些照片，胡扯八道了一些对焦、曝光之类的术语。男人马上就想试试，说自己的手机就拍不出来那个效果。于是我们站在桥上试拍了几张。夕阳已经不见了，只有桥上灰紫色的一片天。男人的伙伴已经走远了。他又反复强调了几遍想让自己的小孩也跟着学一学，以后也是个技能。继续散步之前，男人问我，是干这个的还是业余爱好？有没有获过什么奖？挣不挣得到什么钱？他大方地给我看他手机里的微信群，群名是"斯普瑞"（松江的一家喷雾公司），发照片的那个同事，配的文字消息是"公司的晚霞还不错（笑脸）"。

我在铁路边散步的时候，遇见过一个穿红色羽绒服的女子和她的丈夫。个把小时过后，我们在村里村外不同的路线走了一圈，又在镇上碰见了。那个丈夫认出我来，就盯着我看。我说，哟，你们也走回来啦？那个丈夫就嘿嘿笑了，说，哎，对对。

在田边用单筒望远镜看稻田里藏着的鸟的时候，一个男人骑着电瓶车带着孩子从旁边经过，一个刹车停了下来，在我五米开外的地方扭头盯着我看。过了一小会儿，他们还没有走。于是我说，要过来从望远镜里看看吗？又看了看他的儿子问，小朋友要过来看看吗？男人不好意思地笑了笑，说不了不了，然后走了。

钓鱼佬应该也不喜欢被人看，所以有人经过他们身边的时候，他们总要看看是什么人，发现新奇的人，就盯一会儿。你问他，钓到了什么鱼？他的注意力就会回到钓鱼上去，尤其是还什么都没钓到的那些人。

有人问，你是不是搞摄影的？那么可以给他们拍一两张照。

再后来的后来，我也成了那个盯着看的人，村里可看的热闹实在是很多。想看就看吧！

掉渣

去村里走，难免鞋子和裤腿上沾到泥。

尤其是雨后，田埂上、林地间的土泡软了，每踩上一脚，就会沾一层泥。一条路走下来，鞋底的泥越来越厚，被压成越来越大的一片，越来越重，直到让人走不动了，就得处理掉。如果人还在泥地里，就原地蹬两下，腿甩一甩；等回到水泥路上，再捡一根趁手的小树枝，仔仔细细把鞋底周围刮一刮。遇到特别好用的小树枝，我还会把它插在土路边上，留给后来的过路人或者自己下次踩泥的时候再用。

鞋底沾泥和裤腿溅泥可以达到非常夸张的程度。小狮子曾经看着我穿出去一上午的裤子问，这是怎么了？摔跤了吗？我回答，没摔跤，只是走了走就成了这样。

一开始，我会在回家后把沾泥的鞋提进卫生间，把鞋底纹路里的泥都刷掉、冲干净，裤子也会及时清洗。后来，我发现这么做似乎有些徒劳。最后，观鸟和在村里遛弯时的专用裤子，我可能一个季度才会洗一次，平时就让它脏兮兮地放着。鞋底的泥我也不仔细弄了，反正干掉以后，磕一磕就能磕掉很多。甚至再后来，我连磕也懒得磕了。于是我的大部分鞋子或多或少都沾着泥，我的自行车也是灰头土脸的。

这么放任自由有一个小小的"副作用"，那就是鞋底的泥块干掉后，会随着迈出的每一步陆续掉下一些小土块来。最开始是掉在家门口和我下楼的楼梯上。后来被鞋底带着"入侵"到了更多地方。

有一次在野外观完鸟，因为有东西要买，直接去了城里。那次并没有踩多少泥，但还是在商场光洁亮丽的地板上，留下几颗松动并掉落的土渣。我发现以后，跟店员解释了一下，表示不好意思。店员欣然回答，没关系，反倒是带来了一些乡土的气息。

有一次穿着周末下过地的鞋去上班，一天工作过后，发现自己的工位下面多了一小片土渣渣。

一天逛完回家的时候，正好遇上小区的保洁阿姨在楼栋门口打扫。她马上注意到了我脏兮兮的鞋子和裤子，问我是几楼的，然后感慨难怪经常见到我们家门前有土。她说，她以为我们家有位开荒种菜的老太太。

捡东西

去村里散步的时候，不要忘记往包里装一个自封袋，用来装宝贝。宝贝可多了。

水边有河蚌壳，壳内侧在光下泛着虹彩，小的才指甲盖那么大，大的能比巴掌还大，大致是往水里下笼的人带上来的"副渔获"，跟一团团水草一块儿扔在岸边。有时候能捡到还活着的，就扑通一声扔回水里头去，鳑鲏们还指望着河蚌来产卵呢。

林子里从来不缺各种颜色和形状的落叶、落果。我在阳台上胡乱种的东西，除了鸟播下的，也都是村里顺手捡来的，有牵牛，有乌桕，有苘麻。骑自行车的时候，把顺手捡到的落叶别在车把上，作为之后一段时间内自行车的"冠名品牌"，它曾经是"法国梧桐号""北美枫香号""娜塔栎号"。

死掉的蝴蝶、甲虫之类的虫子，可以捡回来做标本。只捡死掉的，不顺走活的。只要虫还有口气儿，哪怕很好抓，也不下手，而是在旁边瞪着眼盯着看，心里念叨"你是快死了吗？""哦你还没死呢！"小狮子看我捡，后来他有几次出差或旅行回来带的伴手礼，便也是死虫子了。

再往大里捡，就是捡尸了。一开始是跟搞生态保护和自然教育的姜老师夜里巡林子，在农田边上碰到个头骨，看着像貉的。姜老师问我要不要捡回去，我心里一惊，但又有点兴趣。拿回家以后，消好毒清洗干净，抱着书对了半天，确定了不是貉，是狗。不过我还是把这个狗头装在盒子里供了起来，之前从来没有机会像这样观察一只狗：长长的鼻腔（和发达的嗅觉有关），大大的眼窝，头骨上的接缝，山形的白齿……后来还在林子里碰到过羊头骨，看看它那宽扁的白齿上面有一条条棱，就会深感吃素的家伙用来研磨的牙齿和吃肉的家伙真不一样。有次捡回来的一个动物头骨，清洗的时候还从腔体深处冲出好几个过冬的蛾子蛹来，不得不惊叹，死去的生物被大家吃光肉体以后，骨头还可以以这种形式回归自然。

有时候还能捡到一些神秘的东西。比如铁路旁一块破烂褪色的绿色塑料物件，形状是轨道截面的那个"工"字，很像是从哪里掉下来的中国铁路标志，四下寻觅一番，也没找到"工"字上面那个弧形的"人"字。单把"工"字捡回家，小狮子劝我说，咱们把这个扔了吧。我不扔，想用废弃的KT板裁个"人"下来，涂上颜色，和捡来的"工"一起贴在墙上。

甚至有人喊我们去吃海鲜时，我也小心地把吃剩的鲍鱼壳擦一擦揣回家。鲍鱼壳上有很多好玩的东西：小小的藤壶、细长的曲里拐弯的管虫、卷成一小团的右旋虫，以及像一片小疙瘩似的苔藓虫。

还有一些不那么容易捡到的东西，比如鸟蛋的蛋壳。对于鸟儿来说，雏鸟孵化以后剩下的蛋壳是会暴露行踪的危险物品，需要赶快处理掉。珠颈斑鸠曾经把蛋壳扔在我家阳台的小角落里。在汇桥村的一片林地里，我捡到过两个被丢出巢的、还比较完整的乌鸫蛋壳，回家用买东西拆包装剩下的碎纸条把蛋壳裹起来，比较完好的那一面朝外，放进盒子里，像极了两枚完好的鸟蛋。常见鸟的鸟蛋，意外地也有很多种颜色：白头鹎的蛋是带杂斑的暗红色，乌鸫的蛋是带红褐色斑点的淡蓝色，而棕头鸦雀的蛋是漂亮的宝石蓝。还没有人准确地知道这些颜色的意义。白头鹎数量极多，我很少能发现它们的蛋壳，可见都被丢到多么隐秘的地方去了。

羽毛也是不那么容易捡到的。当你捡到一根羽毛，要么是鸟儿换羽自然脱落的，要么说明羽毛的主人已经死了。如果是后者，运气好的话还能收获一整套各个部位的羽毛。

猛禽抓鸟吃时，会停在树上一根根拔毛。我捡到过一套鹭的羽毛，应该是之前风特别大，猛禽的栖树下开阔，导致落羽四散飘零，覆盖了一块不算小的区域，卡在草丛里，飘在被挖掉树苗后积了雨水的水坑里，落进林地之间的沟渠里，挂在长满刺的枳组成的树篱上。我上蹿下跳满地爬，忙活了半天，凑了一小套出来，心里美滋滋的。看那些羽毛大都白花花的，就以为是白鹭，没有多想，选择性地忽略了里面掺杂着的一些灰色和褐色的小片羽毛。回去后被人指出，白鹭身上哪有灰黑色羽毛？老脸一红，再一想，怕不是池鹭？可见观察时还是粗心不得。黑脸琵鹭的飞羽（有幸在南汇的农田参与鸟类调查时捡到过一根）是白色的羽枝，却是黑褐色的羽轴，羽毛末端带一点点黑褐色。观察完那根羽毛后，才意识到，那一点黑褐，其实在黑脸琵鹭展翅飞起来的时候就可以观察到，它们的翅膀并不是纯白的。

猫抓鸟吃，上嘴啃毛。曾经看到有书里说，哺乳动物吃鸟拔毛，没有猛禽干脆利落，会在羽轴上留下一些啃咬痕迹。我还没落着机会亲自观察验证过。不过，有次安徽的朋友发来一丛小灌木下被吃剩的鸟儿照片，正上方附近没有树，被拔掉的毛上也没有牙印，只是好几根毛湿乎乎的，像是沾了口水。鸟的一对翅膀也还比较完整，但是头不见了，身子没了，骨头上的肉被啃得挺干净，翅膀的肉也是，一直被啃到着生羽毛的位置才戛然而止。

最常捡到的是斑鸠羽毛（尤其是黑白色的尾羽），其次，大概要算雉鸡。尤其是雉鸡经常傍地而走，一惊一乍，慌慌张张，飞起来扑棱棱直响，羽毛相对来说更可能掉在有人出没的地方。整体羽色越斑驳的鸟儿，单根羽毛越有趣。就像是一道数学题，以整体斑点和斑纹为算式结果，求出这是什么样的单根羽毛的N次方。

捡东西这件事的趣味在于，它让观察从整体变成了局部，从印象变成了细节。在这个转换视角的过程中，一定会有新奇的发现。

在叶榭镇农田边捡到的狗头

林中捡到的乌鸫蛋壳

河边小路旁捡到的雉鸡飞羽

月光

搬到车墩镇以后开始喜欢看月光。

满月的夜晚，拉开窗帘，关上家里的灯，看一片月光穿透窗户洒到地板上来 —— 原来它这么亮。

满月的夜晚，找一条灯少的路散步，月光照得人身后拖着一条影子 —— 原来它这么亮。

很多人不喜欢黑的地方，觉得什么也看不见，可怕。但其实在城市里，真正让人看不见的不是黑暗，反而是光。就像两车相会如果都开着远光灯，任何走进灯光之间的人或物都会在强光中消失不见，适应了昏暗环境的眼睛，本该能看见夜色中许多可爱的细节，但刺眼的灯光却消解了人眼和光源之间的一切。人在追求灯火通明的繁华时，失去了很多暗夜里的宝藏。

有那么些日子，大风吹散了城市上空的云和尘土，让刚入夜的天空呈现出它们本来的颜色，那是一种非常饱满的靛蓝。在这样的夜晚里，月光也会格外透亮。要是有水汽，月光就朦胧了。

如果天上有灰霾或阴云，它们就会因为反射了城市光污染显得脏污发黄。从飞机上看，那是一幅非常奇怪的景象，城市的灯光打在飞机下方的云上，一整片云都被从底部照亮了，幸好云拦住了灯光，云之上的天空还是本来的样子。但是在地上就看不到天空了，云像一块白色的幕布，夜晚城市里的活动都投影在上面。很讽刺的是，有些那样的投射光，会被地上的人当作神秘现象。

当我望向夜空的时候，是想看星星的，谁要看城市的投影呢？

和小狮子走在下班的路上，经常会看到各种各样的月光。一次小狮子问，满月了，会变成狼人吗？我仰起下巴，对着月亮，嗷呜——

然后我们说起，不知道为什么西方文化里狼人变身会和满月联系在一起，但疯子（lunatic）和满月的关系是有些说法的。其中一种是，过去精神病院的房间里没有窗帘，因此每到满月的时候，病人们睡不好，就会变得更疯狂。

过了一会儿我强调说，所以历史已经证明，睡不好觉人是会疯的。而现在满月已经不足以让人疯狂了，人造灯光要比满月疯狂得多。

话音刚落，看到小区里的流浪狸花猫卧在家门口的路中间睡觉，就算伸手在它脸跟前晃动，它也没有醒。怕有车路过轧到它，我们就把它弄醒了，它却只是睁眼看了看我们，耳朵都没有动一下，又接着闭上了眼睛。

看它睡得这么香，真希望每个人都能在一片漆黑的夜空下，睡一个安稳的觉。

城市光污染投在云层上的彩色光

阳台观星

在车墩镇，空气质量好的晴夜里，能看到一些星星。

并不是说大城市里就看不到星星，其实市区里也能看到一些显眼的亮星（比如夏季大三角*）。郊区比城市好一点点，但比起黑暗更纯粹的地方，又差一些些。不过刚刚好，能找到不少星星，也不至于因为星星太多看花了眼。夏天天气最好的时候，还能非常隐约地看到一点点银河。

在郊区观星的小技巧是，关掉家里所有的灯，来到阳台上。小区道路换了刺眼的LED灯照明之后，我很希望能把那些灯一起关掉。让眼睛适应一会儿黑暗，不要看手机，天上的星星就会逐渐清晰起来。

狮子座的人在生日前后并不会看到狮子座（而是在春天

---

* 夏季大三角：由天琴座的织女星、天鹅座的天津四和天鹰座的牛郎星组成的三角形，是夏季星空中非常显眼的标志，在光污染严重的大城市也可以用肉眼看到。

可以看到），因为星座和生日的关系表示的是太阳经过那个星座位置的时间，也就是说相应的星座出现在白天并且隐没在白花花的日光里。而且，这套规则是几千年前发明的了，现在的对应位置早就已经变了。

星座本身也是人类的一厢情愿，同一个星座里的星星，只是看起来落在同一个球面（天球）上，其实它们各自离地球的远近距离差别相当大。

阳台朝南，于是我看南天就比较多。夏天里，南天有个倾斜的"茶壶"，是人马座的一部分，如果寂寞了，或许可以跟它一起喝一杯；天蝎座卷曲的尾巴像刚长出来的蕨叶，大部分时候只有心宿二这一颗亮星看得比较清楚。从秋天到冬天，毕星团和昴星团逐渐移动到了方便观测的位置，是星空中比较容易看到的"繁星点点"的漂亮景象。冬天，天狼星和猎户座一直挂在天上，陪伴着夜行的路人。我觉得猎户座不像猎人，而是像一个巨大的蝴蝶结；蝴蝶结里有片肉眼可见的光斑，是猎户星云，据说那里是恒星正在孕育的地方，跟地球距离差不多一千四百光年，人只凭自己的肉眼，竟然可以看得那么遥远。

我不太常看星图或者天象预报，喜欢自己拿着双筒望远镜在夜空中乱扫。有些区域星星很少，但有些区域里会有意外的惊喜。有一天晚上乱扫的时候，有两三次视野中都刚好划过一颗流星，让我又惊又喜。现在想来，也许那是流星雨的日子，只是刚好遇到了几颗。印象最深的是某次胡乱扫到了M7星团（托勒密星团），它们相对来说比较暗弱，但很精致，像一小把银屑洒在了暗夜里，我惊叹着看了一遍又一遍。

这些年来城郊的灯光也变得越来越多、越来越亮，一些星座从经常能看到全貌变成了只能看到主要的几颗亮星。但是，用手在两只眼睛旁围成一个碗，挡住周围的灯光，就发现，星星们还在那里。

夏季头顶星空，可以见到非常隐约的银河从照片中横过

冬季的猎户座局部，最亮的是猎户座大星云

商店街

在一公里多一点长的社区街道上，没有多么发达的商业，但光是花店竟然就有三家。再加上干洗店、宠物店、产后修复店、美容店、洗车店和艺术培训班，构成除了吃以外的郊区人民的生活刚需现状。

餐饮方面，以"兰州拉面"这类便宜管饱的快餐小店为主，绝没有城里人称得上是"美食"的店。街上曾有一家"小面舍"，装修颇有点蒸汽朋克和小清新的混搭风格，招牌用了款高高瘦瘦的文艺字体，面的价格很城里，牛肉面二十七元一碗。我吃了，肉是上好的牛腱肉，卤得相当不错，就是太少了，只有吹弹可破的三大薄片，我就算单加一份牛肉，也觉得吃不过瘾。冬天的时候，店门口的牌子上写着"最新推出：红烧羊肉面"，我就进去尝了尝。

吃完了，老板娘问我，感觉怎么样？

我说，还不错。

后来又去吃了一次。吃完老板娘又问我，怎么样？

我说，比上次淡。

老板娘说，哦，好的。

这家店总是人很少。或者说，我去吃的时候都有点晚，一次别的食客都没碰见过。

有一天晚上，我推开店门，发现老板一家人把几张桌子拼了起来，老人小孩都聚在一起吃饭。我点了碗面坐下，默默听着他们聊天，才知道原来是老板家的小闺女在过生日。老板娘把蛋糕拿出来，大家倒上橙汁，碰杯，哈哈地笑。

我吃完面，吸溜吸溜喝了汤，自己扫码付了款。站起来走的时候不太自然地说，生日快乐。

后来，那家店果然还是不适合这里的消费习惯，关门了。

很久以后，街上有的商铺换过两三轮了，一家新的清真面馆开了起来。我们去尝鲜。一进到小小的店铺里，就发现三个穿着黑色棉大衣的大哥围坐了一桌，一人面前一大盆拌面，每个人都埋头大吃着。我心想，来对了，看看大哥们衣服上的土，劳动人民喜欢吃的东西，一定是真的好东西。

我点了和那几个大哥一样的大盘鸡拌面。面很宽，很劲道，浸满汤汁，一份的量能管两个人饱，里面的鸡肉虽然不算多，但麻辣的口味调得绝妙。结账的时候我直说真好吃，老板娘解释，因为这鸡是从他们老家运过来的。这样一份面的价格是十八元。我想，这家面馆应该能开得长久些。

这条商店街实在是太小了，也没有什么值得别处人特意过来的地方，所以，基本上每家店就是一个家庭，每位顾客都是街上的邻居。

我在饺子馆里吃香菇肉馅的饺子。饺子不贵，不过饺子馅里肉不多，甚至香菇也不多，咬下去恨不得满口都是大葱。正琢磨着这饺子怎么回事的时候，老板的小女儿突然冲进来，问爸爸为什么自己写的字又大又丑，而同学的字是她爸爸帮忙写的，又小又漂亮？她一字一句地说，同学笑话我，说我是没有爸爸的孩子。老板尴尬地大笑说，瞎讲！他不住地安慰女儿，爸爸代写是不对的，你自己刚开始写，以后会越写越好。说着说着，女孩的妈妈也走了进来，一起帮着女儿说话。

馄饨店店长阿姨的女儿，经常拿着笔记本电脑坐在店里的一张桌子前，噼里啪啦的，像是在工作。

理发店的老板会趁没生意的时候离开店铺，要理发的人来了一喊，老板娘就放下孩子，从楼上下来，说先坐吧，等一会儿。

在车墩住久了，我会在消费的时候寒暄几句，但总是字很少，嘴傻笑。时间久了，手机里加了很多店铺老板的微信，有时候直接发消息预定。再后来，一些人拉了群，群里有各种各样的人，能买各种各样的东西：隔壁村种的玉米，蘑菇采摘园的菌子，厂子里直接拿出来卖的食品，马桥镇的豆腐。我甚至在群里团购了考驾照的培训课，教练就住在隔壁小区……

这种模式和城里发达、成熟的老社区商业不一样，常常让我想起日本乡镇的商店街。在人口老龄化极其严重的日本，地方小镇的年轻人口都流向大城市，本土商店街的衰落，基本上也标志着逐渐"空城"的社区的衰落。在很多影视作品里都可以看到围绕"拯救商店街"展开的情节。

商店街，是生意，也是文化。

马桥豆腐

车墩镇没有什么特色食品，但周边的其他镇子各有各的好东西。

马桥镇是车墩镇的隔壁镇之一，这里就是名气不大、很多上海人可能都不知道的马桥豆腐的发源地。

马桥豆腐（有时会被叫作"马桥香干"）是一种介于豆腐和豆干之间的东西，炒着吃紧实不散，炖着吃柔滑弹软。外皮是浓油赤酱的颜色，内里白白嫩嫩。马桥豆腐块方方正正，比一般豆干厚很多。

马桥豆腐并不是什么稀罕东西，上海大部分超市和菜场里都有。以前，它在我心中不过是众多豆制品中的一种，并没有特别出色，超市里的马桥豆腐，也不够新鲜。直到在马桥镇的农家乐吃了一道马桥豆腐炖筒骨，惊觉口感实在是柔嫩多汁，从此就成了常客。

农家乐位于马桥镇一个村民们集资自建的景区内，里面有很多从各处移建来的古桥和各种园林景观，景区门口有两座桥，其中一座通往景区，另一座就通往农家乐，和景区之间是隔开的。

农家乐一楼有很大一个厅，吃饭的人总是很多，因此几乎总是需要半自助服务。首先，要占到一张桌子，大厅里没有就去门口走廊上。其次，要走到大厅最深处点菜，那里的墙上贴着菜单，桌子上摆着一些样菜，大锅里炖着马桥豆腐和筒骨，旁边热气腾腾的小车上正在做新鲜的豆皮。最后，要抓住一位服务员，在所有人的大喊大叫中准确地告诉对方你要点的菜。

但不要因为这里的服务感到沮丧。要么避开饭点早点来，要么做好自己服务自己的准备。

必点的菜有：不用说的马桥豆腐炖筒骨（也可以炖排骨和炒韭菜），吃完一份还可以兜走一份；蘸酱料非常好吃爽口的鲜豆皮；松江特产张泽羊肉，白切的可以，入口即化的烂糊羊肉也可以（顺便一提，这里竟然有白切大肠），吃完惊觉，原来不是来自西北的羊肉也可以这样好吃不膻。点菜要挑那些土的，不要点看起来很时髦的菜。

我带好几波来村里玩的朋友吃过这里，从未失手。曾经见过一个气质很绅士的老先生，自己一个人进来，因为这里几乎没有服务而迷茫了一会儿，然后问隔壁桌的我和小狮子有什么菜比较值得吃，我热情地推荐了马桥豆腐炖筒骨。

至于张泽羊肉，其实在车墩另一个"隔壁"叶榭镇的张泽社区能吃到更多。搞志愿拆网活动的姜老师，每次来叶榭干完活儿都要去吃羊肉。

叶榭还有叶榭软糕。但说实话，我分不清南翔方糕、崇明糕和叶榭软糕这些东西，它们似乎都差不多，而且仿佛任何一个小吃店或土特产店都可以卖。

亭林镇有亭林野鸭，是一种酱鸭，沿着车亭公路从车墩进到亭林就可以买到。我特地问了问是不是真的"野鸭"，答曰不是，想来如果是真野鸭也不能这么明目张胆，稍微松了口气。

我永远钟爱的还是马桥豆腐。从我家骑自行车前往马桥镇最近的卖豆腐地点，需要二三十分钟左右。那是古桥观光景点门口的农村合作社直销点摊位，有卖蔬菜的，有卖豆腐的，还有卖方糕的。这里的马桥豆腐可以买炖好现吃的（卤香浓郁），也可以买一袋"生干"回去自己烹饪。我喜欢买生干带回去。

一年冬天，一个周末，张罗午饭的时候，我突然想来点马桥豆腐，于是随便穿上一件外套，蹬上自行车，想着到马桥镇快去快回一趟。去程骑到一半，天上居然飘起了雪。我拉起外套的帽子罩住头，又使劲把外套拉链拉到最顶上，缩起脖子，呼哧呼哧地增加了踏频。

来到农村合作社直销点，雪已经大了起来，只剩下零星几位摊主阿姨在收摊打包。变天了，大家都要回家了。我随便拉住一个买菜的阿姨，气喘吁吁地问，卖豆腐的、卖豆腐的那个人已经走了吗？

答案显而易见。不过，买菜阿姨指了指马路对面，说，那个人的家就在对面，那边第一家，你可以过去问问。

我过了马路，先谨慎地绕着第一户人家的两层小屋转了两圈，一是想看看有没有卖豆腐的迹象，二是看看院子里有没有狗。看完后我搓了搓手，站在院门口喊：有人吗？买豆腐 —— 买豆腐！

过了一会儿，一位阿姨打开大门，不可思议地确认了一下我的来意。她系着围裙，穿着毛拖鞋，让我等一等，然后钻进屋子里，消失了一会儿。最后拿着一袋豆腐出来。我扫她手机上的码付了款。

我走的时候，阿姨说她记得我，就是老从车墩来的那一个。看看天上的雪，阿姨说路上小心点，别着凉了。

后来，疫情暴发，那些景区门口的小摊贩不见了。再后来，疫情有所缓和，但做马桥豆腐的阿姨也不再出摊了。买的人少了，她就不太常做了，说要联系她提前说一声，她才会做一点。这其实并没有增加太多购买难度，但很神奇地，我之后就比较少买了。

　　当年那些豆腐的味道，也就成了一种回忆。

2018年和2023年初的冬天，上海分别下了一场难得的大雪

火苗之歌

小狮子喜欢点火。

我们第一次一起出门旅行的途中，来到一个可以生火的营地。小狮子因为有很多童年时候的玩火经验，信心满满地准备生火，却半天没有点着。看着隔壁火堆旁的朋友都已经喝上热茶了，小狮子就跑过去请教。我在林子里到处捡拾比较干燥的小树枝和可燃物，小狮子重新把木头搭成锥形的一堆。我说，早就该这么搭了，《饥荒》游戏里面的火堆就是这个形状。

那算是我第一次点火。我有了几个新发现：第一，火堆真的非常暖和；第二，柴火烤出来的东西非常好吃，是电炉根本没法比的；第三，柴火堆非常有趣，里面时不时迸发出的哔剥响和随之冒出来的火星很迷人。

后来，到任何一个可以合法点火的地方，小狮子都要生一堆火、烤点吃的再走。

在上海很难找到什么合法点火的地方。村里的经济林里到处都悬挂着森林防火的告示牌，但还是有人悄悄地到林子里烧东西或者烤串、烤鸡、烤羊和烤狗吃。我见过三个男青年，笑呵呵地抱着用荷叶包着的一只鸡走进林子来，在地上挖坑，准备在里头烤鸡。合法的烧柴都发生在镇上的商店里：我们去看烤鸭店里的大炉子和柴火堆，烤好拿出来晾的鸭子滋滋冒油，香味飘满半条街，但那烤鸭买回来吃时，却没什么滋味；我们去看阿布都烧烤店里用红柳木树枝串起来的大块羊肉，比普通羊肉串贵好多，没舍得买。

村里人可以在自己的院子里点火。联建村就有好几户人家会用一种柴炉烧水壶，网上管这叫"农村烧水神器"。其实就是一种高高瘦瘦的不锈钢大壶，里面是分层的：最里层是柴炉，把柴火丢进去点火；外面一层是水壶，打开顶盖可以把生水灌进去，烧好的水可以从壶嘴里倒出来。

一位在村里开小卖部的老阿姨准备烧水。不知道为什么她不用柴炉本身来烧水，还用一根小树枝把壶嘴塞住，等炉子里的火"开了"，再把另外的烧水壶放上去。她拎着一把短柴刀，拖过墙根一个大编织袋子，从里面掏出几根像是板凳腿之类的木头来，用柴刀劈开、劈细，丢进柴炉里去。火从炉子顶部的小口冒出来，蹿得老高，炉膛里时不时哔哔剥剥一阵响，一团火星随风飘散出来。天有点冷，我就着蹿出来的那一小团火烤了烤手。

回家的路上，我不断想着那些小火星和哔剥声，脑子里冒出了一段旋律。一进家门，我就说，我创作了一首"火苗之歌"，并马上给小狮子唱了一遍。小狮子听了以后笑了半天，问我要是再唱第二遍我还能记得吗？我说能，并且我还用手机录下来了。

之后的某一天，睡觉前，准备熄灯了，我们又聊起了这首小歌。小狮子突然蹦起来，把口琴摸了过来，"噗噗"地吹了一会儿，"嗯？"了几声，没找着调。然后他又打开手机里的钢琴软件，"噔噔"地摁着键，一个个试。"是这个吧！""你再唱一下。""不对不对，是那个。"

我完全不懂音乐，甚至连简谱也不识。短短四句的小曲，我们搞了半天才搞出来。小狮子把它用简谱记了下来，这是一首温暖的小歌。

火苗之歌

1=C $\frac{4}{4}$

♩=150

7 7 5 5 2 2 5 5 | i i 6 6 3 - | #4 #4 2 2 6 6 2 2 | 7 7 5 5
哔哔 剥剥 哔哔 剥剥　哔哔 剥剥 哔,　哔哔 剥剥 哔哔 剥剥　哔哔 剥剥

2 - |
哔,

7 7 5 5 2 2 5 5 | i i 6 6 3 - | #4 #4 2 2 6 6 2 2 | 7 7 5 5
哔哔 剥剥 哔哔 剥剥　哔哔 剥剥 哔,　哔哔 剥剥 哔哔 剥剥　哔哔 剥剥

5 - ‖
哔。

在联建村、得胜村等村子里应用广泛的"烧水神器"

粪便的探究

黄鼠狼粪

铁路边两侧的道砟下方和水沟之间，有一条狭长的土地，被旁边村子里的老爷叔开垦成了菜地，在这里发现獐的脚印和留下脚印的獐本獐以后，我就常来沿着铁路边走走，盯着地上看有什么新发现。

就这样发现了一条粪便。粪便很细，形状扭成一个充满棱角的"C"字，和我用食指和拇指比画出的C半径差不多，但长度却短很多。粪便的其中一头非常尖细，拉出一条细丝。粪便一半是黑色的，另一半因为包含了大量细碎的小骨头，明显泛着白。

粪便位于地里的一块石头上，显然是故意排在这里的，这让我想起了一些肉食性哺乳动物会用这个方式宣告自己的领地。

这是谁的粪便呢？

我突然想把这条粪便拿回去研究研究，不巧当天身上没带什么容器或者塑料袋。但同时巧的是，那天因为出门比较早，我用一个保鲜袋装了两片面包当早饭带在身上。于是我坐在粪便旁边一个树桩上，大口大口啃起面包来。

吃了没两口，旁边的林地里刷啦啦一阵响动，种地的老爷叔来了。他问我在这里做什么。我指指粪便，解释说自己没做什么，就是想把这个东西带回去，现在正把面包吃掉好腾出袋子来装。老爷叔说了两句我没太听懂的话，伸出脚来戳弄了一下那条粪便，就慢慢走开了。

这一脚力道不小，粪便有点被踩散了。我拿着吃空的面包袋，觉得现在不太容易把散开的粪便装起来了。

于是我在周围找了一根趁手的小树枝和一块小石片，准备就地把粪便破开来看看。刚开始拨弄粪便，三只鼠妇从粪便下面跑出来，匆匆忙忙地逃走了。粪便挺松散，弄碎并不难，内部还有点湿润。里面大都是一些凭我自己没办法辨认的东西，我可以辨认出来的有：几股纵向粘连在一起的毛发；不少细长的中空的小骨头，应该属于鸟类；三枚尖锐的小爪子，显然属于鸟类。

那么这至少说明，这个家伙吃了一点小鸟。不知道是哪个小倒霉蛋儿遭了毒手。

粪便的主人不难猜到，应该就是黄鼠狼了。

如果是带有宣告领地性质的粪便，今后这条粪便的主人应该还会再来排便，说不定还会让好几次不同时候排出的粪便堆在一起。

我把用来当工具的小石片和小树枝一扔，拍拍屁股走了。回过头一想，趴在石头边上摆弄粪便的时候，一不留神鼻子凑得近了些，或许吸入了一些粪便的分子也说不定，是不是也算"吃"了屎呢？

"解剖"前后的黄鼠狼粪便

貉粪

貉有一个有趣的习惯，就是喜欢定点排便。某个地方一旦被它们选为"厕所"，今后就会被一个貉群体反复光顾，一个"粪堆"里可以看到好几条粪便挨在一起。我和小狮子在有貉出没的小区的犄角旮旯里寻找着貉的粪便，位置通常离貉洞不远，十几米的范围内，有的位于灌木丛下，有的位于草地里。

我们看了看，拍了一些照片就离开了，之后吃了饭，进了一些店，跟穿着玩偶装搞"Free Hug"的女孩拥抱了几下。等到要回家的时候，上了车关了门，我突然闻到一些不可描述的味道。

我先是问，谁的脚臭了？

小狮子表示自己是无辜的。

我大吃一惊，难道是自己的脚臭？这么一想，我低头看了看自己的脚，赫然发现鞋底侧面露出来一些棕黄的东西。

不好！踩屎了！我倒吸了一口气。这下可好，吸进了一大股臭气。那的确不是脚臭味，而是一股恶臭。我把鞋底抬起来一看，凹槽里巧妙地镶嵌了几条貉粪，正在散发出浓烈的气味。

在好不容易找到停车的地方，下来用小棍刮鞋底之前，整个车内小小的空间里都弥漫着那股臭气。

人粪

刚搬来车墩镇的时候，我发现车站门口的大马路边上时不时出现干燥发硬的粪便，从形态上来看，显然不是狗粪。我花了很长时间才意识到，那其实是人粪。（这也从侧面说明，排便的人也坚持在这里排了很长时间。）

自从在人行道上踩过一次新鲜的人粪之后，我记住了，不仅是在野外，在街道上也要小心脚下。

一年春天，小树林下的荒地上五颜六色的小野花开放的时候，我喊了几个朋友来玩。大家还在睡懒觉和辗转在路上时，我自己先去林子里溜了一圈，并踩到了屎。中午回家，把鞋底冲洗了个干净。下午和到达的朋友们去了另一片林子，踩着落叶沙沙地走，向他们介绍了几种野花，然后用小棍拴着肥肉在小水沟里试图钓龙虾。就在这时，我（且只有我）又踩到了一坨屎。因为还要继续玩耍，我就用土和草蹭了蹭鞋底，并在林中一个废弃浴缸的积水中稍微涮了涮。

还有一次是骑着自行车，眼看着地上有一坨屎，我前轮避开了，后轮却没有。于是经过村子的时候，见到有一户人家洗衣服，把洗衣机的排水管直接丢在家门口的路上，我就停下来，用排出来的水洗了洗车轮。回到镇上的街道，发现一处下水道返流，满街都是水，我便来来回回地在积水的路面骑了好几趟。

野厕

其实，野厕是一件还挺有趣的事，你可以观察"闻"讯而来的昆虫。比如，黑脉蛱蝶会落在粪便上，把卷成一卷的口器伸展开，在上面探来探去的，因为粪便是它们的主食之一。

在村里的小树林里和野外，野厕的人都不少。

我连婚礼那天也在野厕。我和小狮子的婚礼小仪式在野外，风景很美，但周围只有一间茅厕。我换好了衣服，画好了妆，突然想上厕所，而那间茅厕要开一小段车才能到。于是，我选择提溜着裙摆和裙撑，歪歪扭扭地走到一个土堆后面解决。

负责帮我望风的化妆师小姐展现出了极高的职业素养，经过我余光的偷瞄，发现整个过程中她的神情和动作没有任何波澜，安静得像一尊佛像一样。偏偏我这泡尿又那么长。

我想，化妆师小姐经历了无数场婚礼，肯定早已见怪不怪了。说不定，每个在室外办婚礼的新娘都撒过一泡野尿。

又或者，此刻她脑内已经出现了茶余饭后跟亲友描述这个奇葩客户的场面。是哪一种呢？我偷瞄着。到底是哪一种呢？

回到村里，在一个夕阳与新月同辉的傍晚，循着黑脸噪鹛的叫声，我来到联庄村一处荒地。这旁边就是新修公路的工地，除了干活的工人，已经没什么人来这里。但此刻我却远远地看见一个男人从村道上鬼鬼祟祟地走进荒地间的小路上来。他没有走远，然后一闪身就钻进路旁的草丛不见了，很久都没有出来。

我从荒地深处慢慢地一边找着鸟儿一边往回走，准备回到村道上去。突然，草丛里传来一阵混乱的拍翅膀声和黑脸噪鹛的惨叫。我顿时想到刚才钻进去的那个男人，又想到这里曾经有带着笼养画眉疑似是来诱捕野生画眉的人。

好哇，我想，这下我可抓住你了。我一边打开手机开始录像，一边紧盯着传出声音的那片草丛，只见有几丛草猛烈地晃动着，黑脸噪鹛叫得有点不同寻常。我已经想到它们被人拿捏在手里拼命挣扎惨叫的样子。是捕鸟网，还是弹弓党？

我焦急地寻找跨过水沟接近那丛草的几座小石板桥，它们曾经很好找，但在地块荒废的时间里被凶猛的加拿大一枝黄花淹没了。那个男人消失不见的位置，我记得就是一处小石桥。

这时，伴随着猛地一声叫唤，一只黑脸噪鹛从草丛中扑棱了出来，踉跄地落在一棵高出草丛的小矮树上，又叫了一声后，匆匆忙忙地起飞，冲进密林里去了。

干得好！我想，鸟儿逃掉了！

接下来就要看看那个男人在搞什么事情了！我一边继续往前走，一边稍微猫起了腰。这一弯腰，冷不丁发现面前的草丛里伸出一个黑黢黢的脑袋来。是刚才那个人！他手里捏着一团卫生纸。

哎哟！我说，不好意思！然后转身准备从另一头走开。

拉屎的男人叫住我说，没事，你过去吧，是我不好意思。

我说，没事没事，正常正常。

从拉屎的男人面前走过以后，草丛里已经是一片安静。原来是我误会了。不知道草丛里的黑脸噪鹛是在和谁打什么架呢？

还有时候，不是人要去小树林拉屎，而是人一进小树林就想拉屎。

我想起自己上大学的时候有个毛病，到了图书馆存好包进了借阅区，站了不多一会儿，就想要拉屎，只能出去把包里的纸掏出来再去厕所，上完厕所再重新刷卡进借阅区。

现在图书馆去得不多了，变成一进小树林就想拉屎了。细一想，书和树都是"纸"，也许差不多。

拉屎是一件非常自由和放松的事情。

当人坐在马桶上，就是作为一个城市人，身上有很多束缚，难免产生一些压力和紧张情绪。人一有压力，大便就容易干燥，排出的时候就不太顺畅。所以当人坐在小小的厕所隔间里，要努力把外面的世界和事情隔绝，想尽一切办法放松神经，才能拉出一条好屎来（尤其在不太顺利的日子里，只有这样做才能勉强拉出屎来）。

在小树林里的顾虑会少很多，除了有可能闯入的人和有可能路过的狗。如果不想污染环境，可以把用过的厕纸装在塑料袋里带走，找个垃圾桶或者回家以后再扔掉。不过，可想而知那塑料袋会有点味道。

每当工作遇到瓶颈，或者写东西缺乏灵感的时候，我就去拉屎。因为只有放松了，灵感才会来。

我想，对很多人来说，拉屎并不是一件容易的事情。希望大家都能找到自己理想的拉屎方式。或者说，祝大家屎屎如意。

芦苇

车墩镇没有什么大公园，直到松南郊野公园在这里落脚。郊野公园没有对原本的乡村做太多建设和改变，基本上由原来的经济林、稻田还有大片的芦苇地组成。

冬天的末尾，我去松南郊野公园找震旦鸦雀，赫然发现公园范围内的大片芦苇地都被挖干净了，地挖得很深，看起来像是要还田。

震旦鸦雀是上海的鸟类名片之一，被称为"鸟中大熊猫"。其实，这种鸟儿现在没有那么罕见。它们不善于长距离飞行，觅食和繁殖都高度依赖芦苇丛。所以，只要有片还算像样的芦苇丛，过一段时间，里面就有可能"长出"震旦鸦雀来。

南汇东滩的大堤内曾经有很多片这样的芦苇丛，但随着临港新城建设的推进，很多芦苇地都被推平了。松南郊野公园开放之初，就设置了大片的"芦花飞雪"片区。难得有公园愿意留下芦苇。因为芦苇不好看，冬天黄了就像一堆枯草，看起来太荒，在园林设计里从来不讨人喜欢。我原本放心地想，既然芦苇地被规划为松南郊野公园的一部分，那应该不会说毁就毁吧。于是，满心期待地等着这里面"长出"震旦鸦雀来。

最后等来的，却还是挖掘机和插满路边的施工标志旗。

最近两年，车墩镇村庄拆迁还田和经济林退林还耕的情况都不少。打听了一圈，别的地方也有这种现象。

整个松南郊野公园里的芦苇地，一眨眼就只剩下巴掌大的一小片了。我想，那么等这年夏天一来，别说"长出"震旦鸦雀了，连画眉、小鸦鹃、棕扇尾莺之类的其他鸟儿，也要没地方钻了。

被扫荡的芦苇地

沈海高速*

我家就在沈海高速边边儿上，
一条路走到黑就能去沈阳。
一直往北再一直往北，
冰湖上停歇着虎头海雕，
黑琴鸡在泰加林里舞蹈。

我家就在沈海高速边边儿上，
另一头走到黑就能去海南岛。
一直往南再一直往南，
椰子树在海风中招摇，
细软的金沙在掌心里流淌。

---

* 沈海高速：车墩镇的交通要道之一，就是通过车亭公路收费站进入的沈海高速。

导航，导航，

去阿勒泰科克苏湿地；

导航，导航，

去云南高黎贡的山脚脚；

导航，导航，

最后还是只能回家睡觉。

我家就在沈海高速边边儿上，

虽然暂时哪儿也还去不了。

堵在莘砖公路的出口旁，

隔音墙后面露出了夕阳。

车子的时速是五十五，

心率却飙到了幺八幺。

让一让，让一让，

一头冲上了应急车道；

让一让，让一让，

我们到西伯利亚去流浪；

让一让，让一让，

一直冲到加拉帕格斯群岛。

我家就在沈海高速边边儿上，

交警的业务在这儿很繁忙。

海妖的歌声一响又一响，

有啥想法都得先放一放，

跑上天也得减速往边上靠。

我家就在沈海高速边边儿上，

一个宇宙中心的小茧房。

回家去吧快回家去吧，

钻进湿冷冷的被窝里，

一切都在温暖的梦乡。

墓园

车墩镇的小墓园被三条彼此相切的弧形铁路夹在中间，大致呈一个三角形。要去到这个墓地，要么走跨铁路的天桥，桥上有一段楼梯专门通往墓园；要么从地面走进去，跨越一条铁路，才能来到墓园的大门前。

我想，要是地下先人有知的话，会不会嫌这个地方整天哐当哐当的，太吵。

铁路旁边有块荒地，就算停车场了。曾经有小巴车开过来，车上呼啦啦下来一波戴着孝的人，大家三三两两走进墓地里去了。我乱猜，是不是已经拆迁搬走的村民们回来上坟。

村里老人不少，所以，我遇见的丧事也有几次了。墓园里的唢呐一大早响起来，隔着几块稻田都能听见。村里的白事酒席通常会在屋前或者屋后搭一溜棚子。小狮子开玩笑，叫我下次遇见摆席的就随点钱，跟着吃席，不要回家吃饭了。

汇桥村的一个角落里有两户人家，被几片林子包围着，那个地方安静，树种杂，我常常钻进里面的小路看鸟。早晨的时候，画眉躲在茂密地灌木丛里，隐秘地活动着，但叫得特别响。

在林子里，经常能看到其中一家的老人和妇女在自家墙根下的菜地里干活，我担心他们嫌我鬼鬼祟祟（这倒也是人之常情），他们倒似乎一直没怎么注意到我。

某一天再到这片林子里的时候，发现水泥道上停着一辆翻斗车，几个人正在拆架子。我一看地上，酒瓶盖鸡骨头的撒了一地，路旁边一团烧过纸的黑乎乎的痕迹。啊，原来这家刚撤了席。

以前这家旁边有一条穿过林子通往铁路边的小土路，从那以后，小路就好像没有什么人踩了一样，草越长越高，最后路的痕迹也看不见了。那栋房子旁也再没见有人干活的身影，后来连人住的迹象都没了，窗户里空空荡荡，院子里乱七八糟堆满了秸秆。倒是地上那团烧纸留下的痕迹，过了很久很久也还是依稀可见。

秋日的某一天，天黑得早，我没来得及在天黑前回到家，在村道上乱转，突然见到了一片蓝色的光。这里是联建村，尽管很多户人家的墙都是新刷的，但还是搬迁得差不多了，剩下零星几户，村道上黑洞洞的。蓝光是蓝色的塑料棚映出来的，棚下面热闹得很，传来碗筷酒杯碰撞的声音——

原来也是在吃席。

继续往前走了两步，这家一间屋的窗户开着一半，正好看见屋里头还摆着一桌没端出去的菜，我瞥了一眼，有一盘香菇油菜、一整只鸭或是大鹅、一盘小番茄、一盆大闸蟹等。

联庄村我去看过燕巢的那户人家，某一天家门口也搭起了棚子。我心里一惊，因为有过几根黄瓜的交情，心里有些感慨，但又很怕是聊过几句天的那位大妈不在了，便不敢凑近看，只远远地望着。棚子里人头攒动，热闹的交谈声传出来。是喜丧，我想，那或许不是那位大妈。

车墩墓园很小很小，显得隔壁马桥镇的仙鹤墓园很大很大。站在跨越女儿泾的中渡桥上，一眼望去，仙鹤墓园里一排排整齐的石碑都望不到头。沿着墓地外墙转一转，转好久都觉得转不完。远远地隔着女儿泾，站在墓园对岸的联庄村，闻着稻香，听见墓园里有音乐悠悠地传来，竟然是《我心永恒》，没有人声的纯音乐版。我想，这支歌很适合献给逝去的爱人。

村里也并不都是老人。傍晚时分，大一点的孩子拿着小树枝在河边打闹，小一点的孩子被抱在怀里或者推在婴儿车里。从村道经过的时候，有时不知道从哪个院子里会传出小孩的大声尖叫。也许他们只是周末来爷爷奶奶家看看，但一定也有长期生活在这里的。那些只有老人住的房子，在老人去世以后，会变成什么样呢？

我和小狮子一起搭伙过日子，早晚也得有一个先离开，如果我先走了，怕他会难过。于是，写了一首小诗，在他不在家的那阵子发了过去。

情书

> 如果你不在了，
> 就写一首诗，
> 把你放在里面，
> 然后折叠起来。

> 如果你不在了，
> 就在阳光里起床，
> 在田野里奔跑，
> 在云端上睡觉。

> 如果你不在了，
> 就再谈一场恋爱，
> 你和他谁排第二，嘘
> 你来猜猜看。

如果你不在了，
就发动一场战争，
投下心跳的炸弹，
目标是征服全世界。

如果你不在了，
就到月亮上去度假，
在真空的躺椅上仰望，
只是一颗星的地球。

趁你还在的时候，
紧紧地握住你的手，希望
如果我不在了，你
剩下的不是悲伤。

小狮子很喜欢这首诗，把它存在了手机里，时不时拿出来看看。

我甚至提前想好了我们两个人的墓志铭。我说，我的就刻"生前热爱胸肌"，你的就刻"生前一直保持着胸肌"，正好，凑一对儿。

妖怪

冬天就要过了，天稍微有点暖和起来以后，我和小狮子决定去露营。

心血来潮找露营的地方并不那么容易，在几处公园绿地前被保安以"这里不让过夜"为理由赶走之后，我们匆匆找了块湖边地方。折腾到晚上十点多，才终于吃上了晚饭。湖边有点风，但不刺骨。

吃好晚饭，我们决定马上收拾一下准备睡觉。小狮子在一旁支起了帐篷，我开始用从远处公厕提来的一桶自来水冲洗餐具。

这时候空气突然冷了，让人牙齿打颤。我宣布"觉得冷了"，向小狮子发出警告，并自己拿出毯子披上。

就在下一个瞬间，一阵猛风突然吹来。我们放在矮桌上的杯子和一些比较轻的餐具被打落在草地上，滚了好几圈；椅子被仰面掀翻在地，几个刚好掏空了东西、临时挂在椅背上的包袋像风滚草一样飞了出去；还没来得及钉好地钉的帐篷马上要跟着飞走，被小狮子一把抱住。

我心想，妖怪来了！

我把身上披的毯子一扔，拔腿就跑，去追那些打着滚迅速跑远的包袋。草地并不平，在起伏的地方我会落后一点，跨过支撑小树苗的木棍时，我又会落后一点。这阵风却没有一点要停的样子，我只能在风中跌跌撞撞地弯腰跑，伸长手，试图够那些被吹跑的东西。

我大概至少跑出去了三百米，已经离开了湖边草地，来到了马路边上。我开始有一种不好的预感：就算是车很少的大半夜，一个人追着风突然冲到路中央，也显然是非常不安全的行为，接下来或许只能放弃。

好在这时风奇迹般地小了点，我冲到非机动车道上扑住了飞跑的包袋。

气喘吁吁地回到露营地，对在风中试图控制住帐篷的小狮子说，我觉得刚才那阵妖风十分吓人，应该重新考虑一下扎营的地点，再确认下夜里的风向风速，并表示如果我认为有风险，我们应该马上回家。

小狮子总是喜欢冒一点险，而我总是极度谨慎和保守。

我们稍微争执了几句，小狮子说他看过天气，晚上会有一阵东风，不过持续时间不长。然后他又确认了下风速。

是多少？我很严厉地问。

五米每秒。小狮子有点迷茫和委屈地答道。

于是我们决定留下来。扎营的地点朝不远处挪了挪，躲到了一个小草坡背面。

我把杯子从草地里捡出来，抖了抖，然后倒了杯水喝。直到第二天，杯子里还是能喝出些干草屑来。

实际上那天夜里感觉还可以，风也没有太大。我只有后半夜稍微醒来哆嗦了一会儿，想来正是小狮子说的会有点降温的那个时间段。我从睡袋里伸出手，把被小狮子卷走的毛毯往自己这边拽了拽，不多会儿就又迷迷糊糊地睡着了。

第二天一早，我们被周围小树上站满的八哥吵醒。出帐篷一看，因为上方没有能遮挡地面散热的东西，我们所有留在帐篷外面的物品上都不出所料结了一层晶莹的露水，留下了昼夜温差的痕迹。

我们在帐篷附近一个角落上了厕所，调侃地互相说着《梅里雪山：寻找十七位友人》里日方登山人员留下的记录中的那句话："中方在帐篷门口小便了。"

在帐篷周围走走，惊讶地发现了"妖怪"的踪迹：昨晚找地方太匆忙，天太黑也没看清楚周围，没想到旁边不远处就是通进湖里的一条河。湖对面的风吹来，很有可能被河道汇聚起来，被成倍地增强。那阵不同寻常的风，说不定就是这么来的。

过年

在很多十八线小城市都禁止燃放烟花爆竹的情况下，外环线以外的上海竟然还可以。

本来已经不太记得什么是年味了。小时候街上总是有很多人放炮，我因为害怕被崩到，总是躲得老远，还把耳朵塞得紧紧的。不记得具体从哪一年开始，烟花爆竹禁放了，那些声响就悄悄地消失了。

因此留在车墩镇过年的那次，从元旦起就听到有人陆续开始放炮的声音后，我顿时感到了一股热闹的年味。村里有人放烟花，我路过了就停下来远远地看。

小狮子也想放炮，拉着我去松江区指定的烟花爆竹销售点买，开售日那天，一大早就要去，而且一大早就要排长队。上海指定销售的烟花爆竹只有两种，一种鞭炮，一种高升，都是动静特别大的。想要花样多的，从摔炮到仙女棒到窜天猴到礼花炮，就只有出了上海才有。

放炮的高峰期有三波：年三十跨初一的夜里迎新年，初四跨初五的夜里迎财神，正月十五晚上庆元宵。其他时候也有很多人不拘小节地挑时间放着玩，过了十五，大人就把剩余的库存炮丢给孩子们。孩子们在小区里聚集玩耍的时候，就把这些火力小的炮当玩具，一直能玩到3月时候。

　　我们这里高压线多，不能乱放炮，挑来挑去，还是决定在小区附近把炮仗解决了。小狮子怂恿我试试，我拼命摇头，并且躲得老远，怕离得近了，该跑的时候来不及跑得够快。我只敢拿着仙女棒。至于鞭炮，实在是太响了，放完之后浓烟滚滚，污染太厉害了。我们在阳台上放了高升，炸响了小区年三十的夜晚，随即有几个人马上跟上，"砰砰"的声音此起彼伏。后来几年里，一直都有人选择在别墅院子或公寓顶楼的阳台放高升或者礼花。

　　我觉得放炮这件事，小放怡情，大放就伤身了。狂欢一夜之后，满地的炮渣子和灰蒙蒙的天可不是什么美景。湖边烟花秀这种大规模的活动，还会惊扰湖中越冬的水鸟。

　　除了放炮，那年我和小狮子还亲自进行了大扫除，小狮子把所有玻璃门窗擦得锃亮，我用油污清洁剂把厨房瓷砖缝都擦得白白净净。最后还张罗了一整桌年夜饭，叫了朋友夫妇二人来一起吃，大到硬菜、小到炒花生米，全都是自己加工，从早上八点一直做到晚上八点，真是累得够呛，但很高兴。

门上的春联也要贴上新的。刚搬来新家的时候，我致力于贴一些奇怪的春联以表达一下对传统的叛逆，比如第二年贴的是一副克苏鲁春联，上联"Ph'nglui mglw'nafh Cthulhu R'lyeh wgah'nagl fhtagn!"（在永恒的宅邸拉莱耶，长眠的克苏鲁等待入梦），下联"Fhtagn! Ebumna fhtagn! Hafh'drn wgah'n n'gha n'ghft!"（他默默在深渊中等待，祭祀在黑暗中掌控着死亡），横批"Iä! Iä! Cthulhu Fhtagn!"（万岁！万岁！克苏鲁富坦！），结果那一整年我都过得十分不顺利。此后，我老老实实地挑最吉祥的话来贴。

自己过年的几天里，不操心世界上的任何事情，就管好这个小家，吃好，睡好，收拾好。我父亲听说后，评价我们是在过家家。

在我近几年对过年的回忆里，留在上海的那次恐怕是最轻松的。其他时候，要么事情太多，要么精神太紧张，躺在被窝里被炮声吵到睡不着觉的时候，反而像片刻喘息。恐怕年味并不在于鞭炮、扫除和传统习俗本身，而是在于大家有足够多的时间、足够放松的神经，也就是足够"闲"去搞各种事情，去过这个年。如果过年是一种放松的活动，一定会更讨大家喜爱一些，也许这就是童年记忆里的过年仿佛更美好的原因。

集市

得胜村有个集市。说是集市，其实就是块小空地、小广场，大家聚在这里，摊子摆起来，就成了集市。

集市位于村里小路伸出来刚要拐进交通干道的不远处，非常热闹。车子在不那么宽的路两旁短暂停下，买买东西再开走。电瓶车在汽车的缝隙间钻来钻去，步行的人又从电瓶车身后冷不丁地闪出来。这是一小段很难走的路，但村里难得有一块这么热闹的地方。

冬至那天傍晚，我和小狮子病刚好，家里什么吃的都不剩了。于是我们出门，准备去买点菜和橘子。门口的街道上没什么人。还开着的生鲜小店里，很多人在挑拣剩下的菜，有人急匆匆地冲进来问"有没有大桶水"，得知没有之后又急匆匆地离开。还有一条黄狗，不属于任何人，也许是图暖和，在不大的店面里、在买菜的人脚底下，兜了好几个来回。

买好菜以后，我们兜兜转转，进了打铁桥村，沿着一条黑漆漆的杉林小路，穿过永福村（经过已经不再有效的"疫情期间　不通永福"的大黄牌子），来到了黄浦江边上。一路上车有些少，人也很少，黄浦江上的船也少了一些，发动机的"噗噗"声也显得沉闷了很多。

天已经黑了。我们站在江边，借着松浦三桥上的灯光看水，看了不到五分钟，我就说"行了，走吧"，怕冷风这么大，再着凉就不好了。

沿着江边途经长溇村，最后从得胜村转出去，就回家了。小狮子突然想起来没有买橘子，我便说，路上没有别的地方了，待会儿就在村口那个集市买吧。

今天的集市没有多少人和车。我念叨着"橘子橘子"过来一看，见着四五个摊，其中一个冒着热气。小狮子快活地说，好像有热的东西，有熟食，有猪头肉。大冬天里，想着那热乎乎的东西，心头一动，再顺着小狮子指的方向一看，见着用来照肉的那昏暗的红色灯，就跟西班牙斗牛见着了红布一样，鼻孔里出着粗气，嘴里改为念叨着"猪头肉猪头肉"，脚底一蹬，不走正路，一下跳上广场边缘的小花坛，再跳进小广场，朝冒热气的摊子直冲过去。

走近了一看，一共有六家摊子：一个蔬菜摊、一个豆腐摊、一个橘子摊、一个吊炉烧饼加五香牛杂的摊、一个炒饭摊和一个大锅热卤摊。我跟小狮子使了个眼色，让他去挑卤肉，我来买烧饼。除了我们，还有两个穿着带反光条的黄色连体衣的大哥，也许是刚下工，正从锅里捞着五香牛杂。牛杂锅和卤味锅挨得特别近，小狮子从旁边拿起一个塑料碗，准备挑一些猪头肉和猪蹄，老板"哎哎"叫了两声，说，你拿的是别人家的碗。一看，那碗竟是五香牛杂家的。小狮子尴尬地要把碗放回去。老板又"哎哎"，说，算了，你摸过的碗，就不要放回去了。挑完猪肉，小狮子过来跟我一起等烧饼出炉，夜晚的风很冷，他就把手摊开挨着炉子烤一烤。我看到以后把他揪到一边去，老觉得他一不留神就会把手给烫了。小狮子得知我才买了两个烧饼，强烈抗议，让多买一点，甜的咸的各来几个，带回去，后面两天都可以拿出来吃。于是我又补买了几个，饼要现做，没办法，还得等。

刚出炉的烧饼特别香，小狮子马上就准备当场吃一个，我赶紧又把他揪住了。他说，哎呀，没事儿了没事儿。按理说我们都病好了，确实是没事儿了，在路边吃个烧饼应该也没关系，可我不知怎的还是有点心虚，跟干了什么见不得人的事一样，生怕别人知道我们之前病过了。最后，我让他走远，到没人的桥头上去吃，我自己在这里等。

五香牛杂卖完了，老板把锅盖起来，准备收摊。大锅热卤还有很多，但卖完我们这一份，老板也收拾收拾准备走了。大家都说，今天太冷了，昨天还好好的，今天特别冷，风特别大，赶紧回去了。我也冷，把帽子戴起来，围巾又缠紧了两三圈，然后也走到烧饼炉跟前，把手摊开放在旁边烤。

有个包着头巾的阿姨说，这么冷的天，你们也不早点回去，回头要着凉发烧了。吊炉烧饼的老板娘手里忙活着揉面，说没发烧就接着干。头巾阿姨接着发表了一番讲话，无非是今天你发烧，明天他发烧，大家早晚都要发烧，只不过有的人抵抗力好，有的人抵抗力差。我听了以后脖颈朝围巾里缩了缩，不敢吱声，怕吱声了被人怀疑发没发过烧。突然又意识到自己已经好了，脖颈从围巾里伸出来直了直。

最后才想起来，差点又忘记买橘子，赶紧去隔壁橘子摊那里，买点砂糖橘。天色太黑，小摊的灯光不亮，看不太清楚，我胡乱挑了一些称了称。

加购的烧饼到手了，我捧着这袋热乎乎的东西，跑去找小狮子，急切地问他烧饼好不好吃。小狮子沮丧地说，吃不出味儿来。

好在我是能吃出味儿来的，现烤的烧饼是真的很香，回家稍微一热，里面的糖汁儿都要滴出来了，滋儿滋儿甜。不过显然，这都不是上海传统的食物，就像村里的居民也是本地老居民和天南海北的外地居民混杂在一起。

至于集市上买来的其他东西 —— 猪头肉竟然是辣的，吃完我们又咳了很久；猪蹄炖的时间有点不够，硬，不好啃，吃得人面目狰狞；砂糖橘不甜，甚至有点苦和涩。不过，小狮子统统吃不出什么味儿来。

后来我们回忆起这一顿，一致同意吊炉烧饼是真的好吃。我说下次再去买，买甜的。小狮子却说，咸的好吃。接下来是一阵尴尬的沉默。小狮子咕哝了一句"弄死你"，与此同时，我也已经飞起一只手扼住了他"命运的咽喉"。"表面夫妻"，小狮子曾这么说过。对此我表示，那可不，"表面夫妻"百日恩呢。

寒冷冬日里，得胜村集市上最后几家摊子

双子座流星雨

双子座流星雨，号称从来不会让人失望。

我很少会专门关注天象预报，很少会提前准备观察天象，只不过恰好在那个初冬的晴夜，赶上了那年双子座流星雨极大值的日子，也恰好是我早回到家，手上掌握了一小把空闲的日子。

我联系小狮子，说今天晚上很适合看流星雨，如果可以，稍微早点回家，咱们一起看看。小狮子没有回复。

我吃好饭，收好了碗筷，运动了一会儿，趁着身上还有那么一股热乎劲儿，准备走进夜的寒冷里去。我穿了很多：加绒保暖的秋衣秋裤，套上羊毛衫羊毛裤，脚上穿珊瑚绒袜子，然后再套上那种表面缝着菱格纹、臃肿但厚实的珊瑚绒睡衣在最外面 —— 平时我严正拒绝穿着这样的衣服出门，哪怕只是下楼扔垃圾。但看星星冷得很，只是上上阳台的话，应该不会有人看见。最后，我结结实实地系上一条围巾，把脖子周围的边边角角都掖好，戴上毛线帽，再把睡衣的帽子盖在毛线帽上，戴好手套，上阳台去了。

可能因为穿得实在太厚，一时半会儿并没有觉得冷，而是首先觉得活动困难。我一抬头，脖子上的围巾就收紧了，像是要把我勒死似的，我"呃呃啊啊"地鬼叫着，扒住围巾把它使劲松了松。然后，就愣愣地站在那里等着。因为怕身体的热量散失太快，也因为懒得收拾，就没有拿凳子和垫子坐着或躺着。

这个时节的昴星团和金牛座就位于头顶上的区域，猎户座在南边的天空中持续升高，等流星的时候，就欣赏一下其他这些星星。

第一颗流星很快就来了，很亮，很长，我说"哇——"。第二到第四颗也很快跟上，之后是很长一段时间的宁静。看不到流星的时候，人就会出现幻觉，老觉得视野的边角似乎有什么东西亮了一下。这种幻觉多了，就会让人懂得区分真流星和"幻流星"，前者每一颗都必定会让人发出一声"哇——"（尾音的长短取决于流星尾巴的长短），而后者只会让人发出一声"嗯?"。

不知道最初是谁发明了看流星许愿的说法。要我说，流星划过的瞬间那么短暂，根本就不够许愿的，应该都用来狠狠地惊叹。

我打算看上一个小时，希望能数到十五颗流星——不不，十颗就够了。终于，我数到了九颗。一小时当中的最后十五分钟相当难熬，因为这十五分钟里我没有看到一颗流星，且无比期盼着能看到一颗。

最后，因为身上已经开始发冷，我还是回屋里去了。把一直悬着的头收回脖子上的时候，感觉晕头转向，浑身酸痛。

休息了一阵子，洗洗刷刷弄起来的时候，小狮子回来了，问还有没有流星看。我说有，一整个晚上都有呢。小狮子问我看了没有，我说看过了，数出来九颗，有几颗特别亮特别长，可好看了。小狮子羡慕得很，说他也想看，问我能不能再陪他看一会儿。我说能呀。

我穿好的一层又一层的衣服还没有脱。我让小狮子也穿上了一模一样的一层又一层的衣服，告诉他外面很冷，也给他拿了一条围巾和一顶帽子。我们俩站在阳台上，小狮子说他一点都不觉得冷，我点了点头。我说，抬头抬久了以后会很累，这样，我们背靠背，你把头仰到我肩膀上。

估摸着时间还没到五分钟，就已经看到了几颗。我们说"哇——"，回声很响，我才注意到周围有点安静，快十点了，对于小区来说已经是入夜了。

我们一边看流星一边聊天，小狮子问了很多问题。我说有老师教给我，双子座流星雨不要只盯着双子座，双子座只是辐射点，实际上流星会在全天出现。小狮子就问，那为什么有的流星轨迹看起来并不是从辐射点辐射出来的？对于那些我不知道答案的问题，我就说，真是个好问题。

我们看到两颗同时出现的流星，它们的方向还不一样，轨迹交叉成X形，这让我们激动地嚷嚷了好一阵子。短短的约一刻钟左右的时间，我们就幸运地看到了七颗流星。但是时候不早了，我们准备回屋睡觉去了。

大约半小时后，天空中会出现这次流星雨中最壮观的火流星，伴随着耀眼的火光冲破大气层直往地面上冲，第二天人们会在网络上传播着它的视频，惊叹着这是什么神仙要下凡了。但彼时彼刻，我们在哗哗的水龙头旁边，在马桶上，在沙沙响的被窝里，在说着什么，但说着什么不重要，这平凡的、普通的生活，每一个瞬间，也都在闪闪发光。

守望思想　　逐光启航

车墩墩野事记

周颖琪 著

策划编辑　苏　本

责任编辑　苏　本

营销编辑　池　淼　赵宇迪

封面设计　裴雷思

内文设计　李俊红

出版：上海光启书局有限公司

地址：上海市闵行区号景路 159 弄 C 座 2 楼 201 室　201101

发行：上海人民出版社发行中心

印刷：北京盛通印刷股份有限公司

开本：850mm x 1168mm　1/32

印张：13.625　字数：235,000

2023 年 9 月第 1 版　　2023 年 9 月第 1 次印刷

定价：79.00 元

ISBN：978-7-5452-1983-8/I・6

图书在版编目 (CIP) 数据

车墩墩野事记 / 周颖琪著 . —上海：光启书局，
2023
ISBN 978-7-5452-1983-8

Ⅰ . ①车… Ⅱ . ①周… Ⅲ . ①纪实文学—中国—当代
Ⅳ . ① I25

中国国家版本馆 CIP 数据核字 (2023) 第 136382 号

本书如有印装错误，请致电本社更换 021-53202430